KB114694

弘源 홍원

신가 新武俠 판타지 소설

FANTASTIC ORIENTAL HEROES

홍원 1

신가 新무협 판타지 소설

초판 1쇄 찍은 날 § 2017년 4월 19일
초판 1쇄 펴낸 날 § 2017년 4월 26일

지은이 § 신가
펴낸이 § 서경석

편집책임 § 조현우

펴낸곳 § 도서출판 청어람
등록번호 § 제387-1999-000006호
등록일자 § 1999. 5. 31
어람번호 § 제2-2704호

주소 § 경기도 부천시 부일로 483번길 40 서경B/D 3F (우) 14640
전화 § 032-656-4452 팩스 § 032-656-4453
http://www.chungeoram.com
E-mail § chungeorambook@daum.net

ISBN 979-11-04-91292-4 04810
ISBN 979-11-04-91291-7 (세트)

弘源

1

홍원

신가 新무협 판타지 소설

FANTASTIC ORIENTAL HEROES

도서출판 청어람

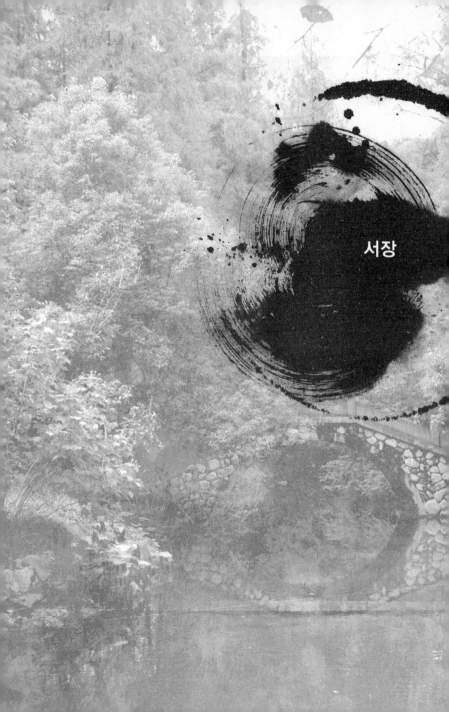

서장

뚝.

눈물방울이 떨어졌다. 왜 그런지 모르겠지만 그랬다.

말도 안 되는 일이다. 지금은 더없이 중요한 마지막 의뢰를 수행하기 위해 매복을 하고 있는 터.

그런 상황에 눈물이 떨어지다니, 은살림(隱殺林) 최고의 살수라는 그답지 않은 실수였다.

"미친."

실수에 대한 분노가 나직한 소리로 입술을 헤집고 나왔다.

이 또한 실수다.

살수가 소리를 내다니.

'빌어먹을.'

그의 머릿속을 스치는 생각이다.

소리를 낸 것에 대해 스스로에게 인 분노이리라.

'그따위 꿈이라니.'

분노의 대상은 다른 쪽이었다.

꿈이라니.

설마 은살림 최고의 살수인 그가 매복 중에 꿈을 꾸기라도 했다는 말인가.

목표 대상이 언제 나타날지 모르는 이 시점에서 졸음이라니.

'은살림과 계약된 마지막 의뢰에 이 무슨 재수 없는 꿈인가.'

꿈의 내용이 무엇이기에 목표에 집중해야 할 그가 계속 잡념을 떨치지 못하고 있을까?

그때였다.

대번에 그의 두 눈빛이 변했다.

날카롭게 벼린 명검과도 같은 기세가 그의 두 눈에서 쏟아져 나왔다.

하지만 주변의 그 어떤 기운도 변하지 않았다.

두 눈에서 번쩍이던 기세도 언제 그랬냐는 듯 사라지고 없었다.

과연 은살림 최고의 살수였다.

푹.

아주 짤막한 소리.

그 소리를 끝으로 그는 그곳에서 사라졌다.

단지 항문 깊숙이 검이 박힌 노인이 측간의 발판에 고꾸라져 있을 뿐이다.

第一章

귀향

　무척이나 건조한 날이다. 내리쬐는 태양에 습기라고는 한 줌
도 없는 관도를 한 사내가 터덜터덜 걸어가고 있다.

　그의 발걸음에 따라 이는 먼지가 길게 이어져 있다.

　"젠장, 그렇게 이상한 꿈이라니."

　그 꿈을 꾼 지 벌써 한 달이 지났다. 그럼에도 아직도 뒤숭
숭하다. 너무도 생생하게 기억이 나서 그런지도 모른다.

　아무튼 그 꿈 덕에 지금 그곳으로 길을 잡고 천천히 걸어가
고 있는 것이다.

　지난 한 달은 무척이나 바빴다.

　마지막 살행에 대한 추적에서 벗어나느라 바빴고, 동시에 은
살림의 추적에서도 벗어나야 했다.

그들이 계약으로는 이번이 마지막이라고 했지만, 어디 그것을 지킬 단체던가. 어떻게든 자신을 회유하든지 제거하든지 하려 할 것이다.

마지막 살행은 어땠던가. 대륙 최강의 단체 중 한 곳이었다. 그들의 추적은 은살림보다 더 무섭고 집요했다.

하지만 그는 불과 한 달이라는 짧은 시간에 그 둘의 추적을 완벽히 떨쳤다.

말도 안 되는 일이었다.

그런데 그는 해냈다.

그게 은살림 최고의 살수이자 대륙 최고의 살수인 그의 실력이다.

"후우, 오 년은 너무 길었어."

특급 의뢰 열 건. 그것이 그와 은살림의 계약이었다.

목표를 위해서였다고는 하지만 애꿎은 목숨을 거두어야 하는 일이었기에 무척이나 꺼려졌다.

하지만 최소한의 양심은 지키려 했기에 열 건의 특급 의뢰에 오 년이라는 시간을 허비한 것이다.

은살림 제일 살수 죽림(竹林).

이것이 그의 살수명이다.

원치 않은 의뢰에 대한 거부권, 부러지지 않고 반드시 지키겠다는 그의 불문율, 죽어 마땅한 자에 대한 의뢰만 수행하겠다.

은살림에 들어가면서 한 계약이다.

그간 그에게 청부된 특급 의뢰는 오십여 건이 넘었건만 겨우 열 개의 의뢰만이 그의 불문율을 통과할 수 있었다.

그래서 오 년이라는 시간이 걸렸다.

살수라는 업은 예상만큼이나 무거운 죄를 짊어지는 일이다.

벌써 여러 날을 걸었다. 건조한 날씨는 계속되었고, 자욱이 이는 먼지에 목구멍이 텁텁할 지경이다.

먼지를 잔뜩 뒤집어쓴 얼굴은 꾀죄죄해 그의 죽마고우라 할지라도 알아보지 못할 모양이 되어 있었다.

"이제 거의 다 왔군."

그의 입에서 낮은 소리가 흘러나왔다. 잔뜩 망가진 몰골과는 달리 청명하기 이를 데 없는 목소리였다.

멀리 성벽이 보인다.

대륙의 서남쪽 끝자락에 있는 작은 읍성.

그곳이 그의 고향이다.

십오 년 전 사부를 따라나선 이후 처음 돌아오는 곳, 중원에서 맺게 된 인연 그 누구도 모르는 그의 고향이다.

유일하게 저곳 읍성을 알고 계신 사부가 등선을 한 지도 벌써 열 해가 지났다. 그 누구도 자신과 읍성을 연관 짓지 못할 것이다.

그것이 고향으로 길을 잡은 이유이다.

물론 뒤숭숭한 꿈자리 탓도 있으나, 그것보다는 조용히 사문의 마지막 비전을 익히기 위함이 더 컸다.

"뭐, 그 꿈 때문인지도 모르지."

나직한 혼잣말이다.

그사이 어느새 그는 읍성의 성문에 도달해 있었다.

십오 년 만의 고향이다. 열다섯 앳된 나이에 떠났건만 이제는 서른, 장년의 나이가 되어 돌아왔다.

"설마 그렇지는 않겠지?"

성문을 지키는 병사의 모습이 지척에 이르렀을 때, 그는 불안한 듯 중얼거렸다. 정말 꿈대로 되어 있을까 봐 두렵다는 기색이다.

대륙 서부의 작은 성답게 오가는 사람은 그리 많지 않았다. 나름대로 상인이나 여행객들의 통행은 있었으나 사람이 몰려 줄을 서서 기다려야 한다거나 하는 혼잡함은 없었다. 수문병들도 사람들을 쉬이 들여보내는 모습들로 보아서는 늘 다니는 사람들만 다니는 그런 시골의 작은 성의 모습이다.

십오 년 만의 귀향이니만치 그는 수문병들에게는 낯선 손님일 것이다. 강산이 한 번 변하고도 또 한 번의 변화가 절반은 일어났을 세월을 보낸 후의 귀향이 아닌가.

"자네, 처음 보는 얼굴이군. 잠깐 멈춰보게."

역시 그랬다. 두 수문병 중 한 명이 그를 멈춰 세웠다.

그는 그 자리에 멈춰 서서 자신을 불러 세운 병사를 바라보았다.

낯이 익은 얼굴이다. 열다섯, 어리다면 어린 나이지만 알 만한 것은 아는 나이이다. 이곳 읍성에서의 기억도 고스란히 가지고 있다. 열다섯이면 성장도 거의 끝나갈 무렵이니 그 시절의 얼굴이 서른이 된 후에도 많이 남아 있었다.

"응?"

병사 역시 그런 것일까.

그를 바로 보면서 고개를 갸우뚱거렸다.

"왜 그래?"

그런 병사의 모습에 선임으로 보이는 다른 병사가 물었다.

"그게… 낯이 좀 익어서요."

"그래?"

선임 병사가 후임의 대답에 이쪽으로 다가왔다.

그의 입가에 미소가 지어졌다.

십오 년 만이건만 이곳은 그대로였다.

그래, 바로 이 때문에 이곳에 온 것이다. 이런 푸근함이 그리워서 이곳에 온 것이다.

강해지겠다고 무작정 사부를 따라 떠났지만, 결코 쉽고 편하지만은 않은 십오 년이었다.

이제는 좀 푸근한 곳에서 쉬고 싶었다.

사문의 마지막 비전도, 꿈도 핑계일지 모른다. 그에게 필요한 것은 마음 편하게 미소 지으며 쉴 수 있는 곳이었다.

그곳이 바로 고향 읍성이다.

"오랜만이다, 진구. 나다, 홍원."

그의 입에서 나직한 말소리가 흘러나왔다.

그 말에 그에게로 다가서던 선임 병사의 입이 쩍 벌어졌다.

성 내부의 거리는 시간이 멈춘 것만 같았다. 오랜 세월이 흘렀건만 홍원이 떠났을 때와 달라진 것이 없었다.

"야, 이 친구야, 사부를 따라 떠났다는 이야기는 들었지만 어떻게 그동안 소식 한번 전하지 않을 수가 있어? 대체 네놈 집에 어떤 일이 있었는지 알기나 해?"

홍원을 알아보자마자 성문 경비를 후임에게 맡겨 버리고 자신의 손을 잡아끄는 이는 어릴 적 동무 추진구다. 그의 눈에는 반가움과 안타까움, 원망의 기색이 골고루 섞여 있었다.

그간 홍원에게 쌓인 것이 많았는지 대답할 시간도 주지 않고 쉴 새 없이 질문이 쏟아졌다.

"그래, 집에 소식도 전하지 않고 무공을 얼마나 익힌 거야?"

이미 그의 부모에게서 사부를 따라 무공을 익히러 떠난다는 소문이 읍성에 돌았을 것이다. 떠날 당시에.

무림인이라고는 일 년에 한두 번 볼까 말까 한 곳이 이곳 읍성이다. 그만큼 대륙에서도 외진 곳에 있는 작은 성이다. 그러니 이곳 사람들은 무공이란 것에 대해 일종의 환상과도 같은 것을 가지고 있었다.

*　　　　*　　　　*

홍원이 고향에 돌아온 이유는 조용히 쉬기 위해서였다. 특히나 마지막 비전을 얻기 위해 들어간 은살림에서의 오 년은 그에게 상상 이상의 피로와 고통을 주었다.

조용히 쉬기 위해서 홍원은 무공을 익힌 사람이어서는 안 되었다. 이미 그에 대한 핑계도 충분히 생각해 두고 온 터이다.

진구의 물음에 홍원은 쓴웃음을 짓고 고개를 절레절레 흔들었다.

"약장수였어. 그 노인네."

짧은 대답. 하지만 그 대답 속에 담겨 있을 무수한 사연을 알아들었다는 듯 진구는 이내 입을 다물었다.

순식간에 천하에서 손꼽히는 고수에서 일개 동네 떠돌이 약장수로 격하된 사부께 죄송함을 느꼈지만 어쩔 수 없었다.

자신에 대해서 알려지지 않은 것이 홍원 자신을 위해서도, 그리고 읍성을 위해서도 좋았다.

무림이란 곳의 생리는 이미 지긋지긋하게 겪어보았다.

잠시 침묵의 걸음이 이어졌다.

"그 노인네, 데리고 다니면서 일시키고 수발 들어줄 아이가 필요했던 모양이야. 거기에 순진한 우리 부모님과 내가 낚인 거지."

씁쓸한 목소리로 천천히 말했다. 홍원의 연기가 그럴듯했는지 진구는 그 말을 철석같이 믿는다는 얼굴이다.

그의 얼굴에 짙은 동정의 빛이 떠올랐다.

"그랬단 말이지……."

진구의 목소리에 걱정이 묻어났다. 홍원은 쉬이 그 기색을 읽을 수 있었다.

"너무 걱정하지 마. 어떻게든 내 한 입 풀칠 못할까. 아버지께 배운 사냥 기술도 잊지 않았고 돌팔이 약장수이긴 하지만 그래도 어깨너머로 간단한 약 한두 개 만드는 법도 익혔어. 향산(香山)에 가서 약초 채취도 하면 되고."

홍원은 친구의 걱정을 그렇게 받아들였다. 십오 년을 허송세월하고 돌아온 친구가 먹고살기 어려울까 해주는 걱정. 그랬기에 홍원은 자신 있다는 듯 가슴을 탕탕 쳤다.

하지만 그런 그의 모습에도 친구인 진구의 얼굴에 어린 시름은 더욱 깊어졌다.

그제야 홍원은 자신과 진구가 서로 다른 생각을 하고 있음을 알아차렸다.

"무슨 일이야?"

홍원이 물었다. 진구는 홍원의 물음에 그를 쳐다보며 무언가 말을 하려고 입술을 달싹였다.

그러나 그의 입에서 나온 것은 깊은 한숨이었다.

"후우, 아니다."

낌새가 이상했다.

"뭐야?"

홍원이 다시 물었다.

"내가 말 안 해줘도 곧 알게 될 거다."

진구의 말에 홍원은 불길한 기운이 뒤통수를 간질이는 것을 느꼈다.

불현듯 마지막 살행 때의 꿈이 떠올랐다.

절대 그럴 리 없을 것이다.

그래, 그래야 한다.

그런데 진구의 저 표정이 자꾸 자신을 불안하게 만들었다. 홍원의 발걸음이 미세하게 떨렸다. 그의 무공 수위를 생각하면 절대 있을 수 없는 일이다.

홍원의 집은 그대로였다. 앞장서 걷는 진구의 발길이 자신이 기억하는 길 그대로였다.

이윽고 집에 도착했다.

작은 초가집 역시 그대로 있었다.

하지만 집의 분위기가 달랐다. 무거운 공기가 집 전체를 짓누르고 있었다. 홍원의 표정이 살짝 변했다.

그런 친구의 낌새를 느꼈음인가. 진구는 그저 한 발 물러나 가만히 홍원을 바라보고 있었다.

"무슨 일이 있던 거지?"

홍원은 제발 자신의 예상이 틀리기를 바라며 진구에게 물었다. 홍원은 왠지 짧지만 굉장히 길던 그 꿈속의 내용이 그대로 되풀이될 것만 같은 불길한 예감이 들었다.

"아저씨가 돌아가셨어."

쿠쿵!

침중한 진구의 말에 홍원의 심장이 덜컥 내려앉았다.

설마 그러지 않기를 바랐건만 정말로 그랬다.

"언… 제?"

홍원의 목소리가 떨려 나왔다.

"너 떠나고 칠 년 뒤."

그러니까 팔 년 전이라는 이야기다. 홍원의 입술이 실룩거렸다.

여기까지는 꿈속 내용 그대로이다.

아버지가 돌아가셨다는 슬픔을 느낄 겨를도 없이 홍원은 혼란 속에 빠져들었다.

예지몽이라는 것이 있다지만, 그래도 어떻게 이리 딱 들어맞을 수가 있단 말인가. 홍원은 머리를 흔들었다.

꿈은 꿈이고 현실은 현실이다.

그렇게 스스로를 다독였다.

이내 현실로 돌아왔다.

현실로 돌아오니 그제야 현실이 다가왔다. 아버지가 돌아가셨다. 그것도 무려 팔 년 전에.

눈물이 주르르 흘러내렸다.

진구는 그 모습을 가만히 지켜보고 있다. 이어 진구의 입술이 달싹였다. 아직 전할 말이 더 남은 모양이다.

"아주머니가 몸이 많이 안 좋으셔."

진구의 침중한 목소리가 고막을 울렸다. 홍원은 그저 눈물을 흘리고 있었다.

그도 예상했다.

꿈에서 보았으니까. 아니, 들었으니까. 그렇다면 다음에 진구가 할 말도 충분히 예상되었다.

"그리고 네 동생들이 있다. 걔들이 태어난 후 아주머니 몸이 급격히 약해지셨어."

진구의 나직한 목소리가 이어졌다.

"그 때문에 아저씨께서 무리를 하신 거고, 향산에서 돌아가셨다."

향산(香山).

읍성의 서쪽에 위치한 크고 험준한 산이다. 대륙의 경계를 담당하는 큰 산맥의 한 축이 될 만큼 거대한 산이다.

신령스러운 기운을 가득 머금고 있기에 기화요초와 영물들이 많았다. 때문에 일확천금을 노리는 약초꾼과 사냥꾼들이 몰리고 기연이란 헛된 꿈을 찾아 철없는 무림인들이 간혹 들어가는 산이다.

읍성은 그런 향산으로 들어가는 길목에 있는 세 성 중 한 곳으로 주로 사냥꾼과 약초꾼들이 찾는 곳이다. 읍성에서는 향산의 동면으로 오를 수 있는데 특히나 약초와 산짐승이 많았다.

영물이나 기화영초는 주로 향산의 북면에 몰려 있기에 무림인들이 주로 가는 길목은 읍성에서 한참 북쪽에 위치한 해미성이다.

"무리하게 북면 쪽으로 사냥을 나갔다가 화를 당하셨지. 그래도 마을까지는 돌아오셨지만 부상이 너무 심해서……."

진구는 말을 채 끝까지 잇지 못했다.

홍원은 진구의 말에 귀를 기울였다. 꿈에서는 어떻게 돌아가셨는지까지는 알려주지 않았다. 그랬기에 처음 듣는 내용이다.

그 이상한 꿈이 자신의 모든 것을 알고 있지 않다는 사실을 확인하자 슬픈 가운데 묘한 안도감이 가슴 한구석에 자리했다.

자박자박.

그때 작은 발소리가 등 뒤에서 들렸다. 오직 홍원의 귀에만 들린 소리이다. 아직 한참 먼 곳에서 들린 소리였기에 진구는 듣지 못했을 것이다. 수없이 많은 발소리 속에 섞여 오직 이곳을 향해 곧장 오는 발소리다.

소리로 미루어 작은 아이다.

홍원은 누구인지 쉬이 짐작할 수 있었다.

발소리는 그 주인이 몹시 지쳐 있음을 알려주었다. 아직 눈물이 마르지 않은 홍원의 얼굴이 어두워졌다.

어떤 어려움 속에서 살고 있는 것일까.

*　　　　　*　　　　　*

꿈은 그들이 매우 어렵게 살았다고만 알려주었지 어떻게 살았는지는 알려주지 않았다. 꿈속의 홍원은 이때에 읍성으로 오지 않았으니까. 그저 누군가에게 들었을 뿐이다.

그러고 보니 꿈속에서도 자신에게 그 이야기를 들려준 이 중 한 명이 진구이다.

죽마고우, 진구는 그런 친구다.

새삼 진구에게 고마웠다.

분명 지금도 힘닿는 데까지 가족들을 돌봐주고 있을 것이다. 그러니 이렇게 소상히 사정을 알고 있는 것이다.

열다섯, 어리다면 어린 나이에 떠난 고향이다. 그때까지의 정에 기대어 친구라고 자신의 가족을 이리 챙겨주다니.

고맙고 또 고마웠다.

진구를 돌아보는 홍원의 눈에 따뜻한 기운이 감돌았다.

"어? 진구 형?"

앳된 목소리가 등 뒤에서 들리자 진구가 돌아보았다. 똘망똘망한 눈을 가진 아이가 가만히 서서 진구를 올려다보고 있다.

맑은 눈에 비해 행색은 꾀죄죄하고 초라하기 짝이 없었다.

"홍산(弘山)이 왔구나."

진구의 목소리가 살짝 떨렸다.

홍원이 돌아왔기 때문에 그럴 것이다.

"오늘은 어쩐 일로 오셨어요? 지금 한창 근무 시간일 텐데."

아이는 똑똑했다.

홍산의 물음에 진구의 시선이 홍원을 향했다.

자연스레 홍산의 시선도 진구를 따랐다.

"누구세요?"

그렇게 묻는 홍산의 눈가가 살짝 떨렸다. 진구가 그 기색을 읽었다.

"아마도 네가 생각하는 사람?"

홍산은 종종 어머니에게서 형이 있다는 이야기를 들은 터이다. 자신들이 태어나기도 전에 고명한 도사님을 따라 읍성을 떠난 형이 있다는 이야기를.

종종 자신의 집에 들러 도움을 주고 가는 진구 형이 바로 형의 절친한 친구라는 이야기도 들었다.

그런 진구 형이 직접 집까지 데려온 사람이다.

그렇다면 다른 사람일 이유가 없다.

홍산의 눈가에 습막이 그렁그렁 차올랐다.

그 모습에 홍원은 쓴웃음을 지었다. 홍산이 무슨 생각을 하는지 짐작한 때문이다.

홍산이 갑자기 집 마당으로 뛰어갔다.

"엄마! 엄마!"

절박하게 외친다. 그 절박한 속에는 반가움이 가득했다.

도사님을 따라 떠난 형이 돌아오면 엄마가 거뜬히 일어날 것이라고 생각하면서 잠든 날이 며칠이던가.

그렇게나 간절히 기다리던 형이 돌아왔다.

이 기쁜 소식을 당장 엄마에게 알려야 했다.

그런 홍산의 뒷모습을 홍원과 진구는 안쓰러운 눈으로 바라보았다.

"네가 돌아오기를 정말 간절히 기다렸다. 네 남동생."

진구의 말에 홍원은 묵묵히 고개를 끄덕였다.

"무슨 일이냐, 홍산아?"

가는 목소리가 문틈으로 들린다.

얼마 만에 듣는 어머니의 목소리인가. 다시 한번 홍원은 왈칵하는 감정을 느꼈다.

어리다면 어리고 크다면 큰 나이인 열다섯. 그때 잠 못 들며 그토록 그리워한 목소리이다.

하지만 홍원의 기억에 있는 목소리보다 훨씬 가냘프고 기운이 없었다.

가슴이 먹먹해졌다.

저벅.

홍원은 마당으로 한 걸음 내디뎠다.

끼익.

그때 문이 열리며 양 갈래로 머리를 묶은 예쁘장한 소녀가 빠끔히 고개를 내밀었다.

"오빠, 무슨 일이야?"

남루한 행색에 비해 새하얀 얼굴이 매력적인 소녀이다.

홍원은 그 소녀 역시 누구인지 알 것 같았다. 저 어릴 때의 모습은 보지 못했지만 훨씬 나중의 얼굴은 본 적이 있다. 물론 꿈속에서.

"홍해(弘海)야, 누가 왔는지 봐!"

홍산의 목소리는 어느새 흥분으로 가득 차 있었다.

오빠의 말에 홍해가 시선을 돌렸다. 그곳에는 너무나 친숙한 사람이 서 있었다.

"진구 오라버니?"

문밖으로 나온 홍해가 물었다.

그 말에 홍산이 세차게 고개를 가로저었다. 봐야 할 곳은 그곳이 아니었다.

"그럼 누구?"

홍해의 물음에 답답하다는 듯 홍산이 뒤를 돌아보았다. 직접 가르쳐 주기 위해서였다. 하지만 자신의 뒤에는 아무도 없었다.

"어?"

홍산은 순간 당황했다. 분명 있었는데. 형이 분명했는데.

아무도 없다. 이게 어찌 된 일일까.

그럴 리 없다는 얼굴로 다시 고개를 돌리는데 홍산의 두 눈에 넓은 등이 들어왔다. 언제 자신을 앞질러 간 것일까.

등의 주인공은 어느새 문 앞에 서 있었다.

"저기."

홍산이 손가락으로 가리켰다. 홍해의 시선이 오빠의 손끝을 따라 뒤로 돌아갔다.

"누구?"

낯선 사람의 출현에 홍해의 목소리가 살짝 떨렸다.

그 아이들이 어떤 반응을 보이든 홍원은 거침없이 문 안으로 들어갔다.

밖에서도 또렷이 들을 수 있는 어머니의 기침 소리가 그를 안으로 이끌었다.

저벅저벅.

홍원의 발소리만 울렸다.

끼익!

낡은 문이 요란한 소리를 내며 열렸다.

"홍산아, 무슨 일인데 그러느냐? 콜록!"

어머니는 당연히 홍산이 들어온 것이라 여겼다.

침상에 누워 있다 힘겹게 몸을 일으키는 어머니.

홍원은 다시 한번 울컥했다.

"어머니."

홍원이 나직이 불렀다.

힘겹게 몸을 일으키던 어머니의 몸이 딱딱하게 굳었다.

돌아누워 있었기에 그 표정은 볼 수 없었지만, 어떤 얼굴일지 짐작은 가능했다.

홍원 자신이라도 그런 표정을 지을 테니까.

어머니는 그대로 굳은 채 움직이지 않았다. 흡사 뒤돌아보면 자신이 들은 목소리가 환청이었음을 확인할까 두려워하는 듯했다.

"어머니, 저 돌아왔습니다."

이번에는 좀 더 크게 말했다.

그제야 천천히 어머니가 몸을 일으켜 뒤돌아보았다.

분명히 있었다.

꿈에서도 잊지 못하던 자신의 아들이.

헌앙한 장부가 되어 눈앞에 서 있었다.

두 눈이 눈물로 가득 찼다.

"홍원아……."

어머니의 목소리가 떨려 나왔다.

"늦어서 죄송합니다."

홍원이 절을 하며 말했다. 그 목소리가 잘게 떨렸다.

어느새 문 앞으로 다가온 진구와 홍산, 홍해 모두 그 모습을 지켜보고 있었다.

홍산은 눈물을 주룩주룩 흘리고 있었다. 그것은 홍해 역시 마찬가지였다.

"아이고, 내 새끼. 어서 이리 오너라."

어디서 그런 힘이 난 걸까? 어머니는 침상을 박차고 나와 엎드려 절하고 있는 홍원을 끌어안고 펑펑 울음을 터뜨렸다.

그간의 미안함과 그리움, 그리고 힘겨움이 모두 녹아든 한 어린 울음이었다.

*   *   *

그날 저녁.

홍원은 다시금 진구와 객잔에서 마주하고 있다. 진구는 가족들 간의 해후를 지켜본 후 곧장 성문으로 돌아갔다. 아무리 자신이 성문 경비의 조장이라 할지라도 자리를 오래 비울 수는 없었다. 아니, 조장이었기에 자리를 비우면 안 되었다.

십오 년 만에 귀향한 친구를 위해 무리를 한 것이다.

그리고 진구의 근무 시간이 끝난 후 이렇게 객잔에서 만나 그간의 회포를 풀려는 것이다.

"후후, 너와 두 번째 마시는 술이 이렇게 객잔에 앉아서 당당히 마시는 술이라니."

진구의 말에 홍원이 피식 웃었다.

자신이 떠나기 몇 달 전이 떠오른 것이다. 이것은 꿈과는 상관없는 온전한 자신의 추억이었기에 그의 웃음은 더욱 진했다.

부모님들 몰래 슬쩍한 탁주를 동네 물레방아간 뒤에 숨어서 홀짝이던 그날이 떠올랐다.

"고맙다."

밑도 끝도 없는 말.

하지만 그 의미를 진구는 충분히 알았다.

진구가 볼을 붉적였다.

"당연한 일인 걸, 뭐. 그리고 나 혼자 그런 것도 아니고 다른 놈들도 조금씩 거들어줬어."

진구의 말에 홍원의 입가에 지어진 미소가 더욱 진해졌다.

"다들 뭐 하고 지내?"

이 자리에 자신과 진구 둘뿐이기에 묻는 말이다. 그 녀석들이라면 분명 자신이 돌아왔다면 당장에라도 달려올 놈들이기에.

그런 친구들이 이곳 고향에 있었다.

"다들 바쁘다. 지금 읍성에 있는 건 나 혼자야."

홍원이 무슨 생각을 하는지 다 안다는 듯 진구가 말했다.

"종현이 놈은 아버지 상단 물려받을 준비한다고 상행에 한창이다. 한 달 전쯤에 떠났으니까 보름쯤 있으면 돌아올 거야."

그 말에 홍원이 고개를 끄덕였다.

작은 상단의 장남인 종현은 그들 중 제일 여유로웠다. 그리고 그 여유로움으로 늘 자신들을 챙겨주던 넉넉한 성품의 친구였다.

"사실 종현이 녀석이 제일 도움을 많이 줬어. 늘 읍성에 붙어 있는 게 나뿐이라 내가 자주 챙긴 것뿐이지."

진구가 자신의 앞에 놓인 청명주 한 잔을 들이켜며 말했다. 홍원도 천천히 술을 마셨다.

"그랬군. 너희들한테는 정말 어떻게 고마움을 전해야 할지 모르겠다."

홍원이 진심을 담아 말했다. 그 말에 진구가 피식 웃었다.

"별소리를 다 하는군. 우린 친구잖아."

마음이 따뜻해지는 말이다.

친구.

"다른 녀석들은?"

진구의 말에 미소를 지으며 홍원이 다른 이들의 소식을 물었다.

"철우는 그렇게 소원하던 표두가 되었다. 지금은 표행 중이야."

"표두라……."

홍원이 나직이 중얼거렸다.

읍성에 있는 철마표국의 만년 표사가 아버지인 철우다. 그랬기에 그는 늘 표두가 될 것이라고 말했다. 거대한 덩치에 이름 그대로 소와 같은 우직한 친구이다.

홍원은 철우라면 그렇게 되리라 늘 생각하고 있었다. 그랬는데 역시 표두가 되어서 표행 중이란다. 이제 자신들의 나이 서른. 빠르다면 빠른 나이에 표두가 된 친구가 대견스러웠다.

"비영이 놈은 숙수가 되었다. 이놈도 굉장히 빠른 편이지."

진구의 말에 홍원은 반사적으로 주방 쪽으로 시선을 돌렸다. 그 모습에 진구가 고개를 가로저었다.

"이 객잔이 아니야. 지금 읍성에 있는 건 나 혼자라고 했잖아. 성현에 가 있어. 더 큰 동네에서 실력을 갈고닦겠다고."

성현은 읍성에서 걸어서 칠 일 정도 걸리는 곳에 위치한 큰 도성이다. 향산을 향하는 길목의 요충지로 향산 덕에 큰 성세를 누리고 있는 곳이다. 읍성은 향산의 동면 바로 아래 입구였기에 오히려 크게 번화하지 못했다.

많은 사람들이 몰리기에는 그 위치가 너무 외진 곳이다. 그랬기에 정이 있는 곳으로 남아 있을 수 있었다. 그래서 홍원은 자신의 고향이 좋았다.

"다들 열심히 사는군."

홍원의 중얼거림에 진구가 고개를 끄덕였다.

"그렇지."

그 역시 이제는 동문 경비의 조장이 되어 있다. 어떻게 병사가 되고 어떻게 승진을 하였는지는 기억에도 없다. 그저 열심히 살다 보니 이렇게 되었다.

진구가 눈앞의 친구를 뚫어지게 바라보았다.

이제 네 이야기를 할 차례라는 무언의 압력이다.

"난 별것 없다. 낮에 너에게 말한 대로야. 그저 영감님 따라다니며 약초를 캐고 약을 만들어 팔았다. 약장수 하며 한두 수

무술도 좀 익히고 어깨너머로 침놓는 법도 좀 배우고. 그야말로 떠돌이 약장수였지."

진구는 가만히 홍원의 이야기를 듣다가 물었다.

"그래서 앞으로 어떻게 살 작정이야?"

"나 아직 아버지께 배운 사냥 기술을 잊지 않았다. 약초 캐러 다니면서도 유용하게 써먹었어."

"하긴 아저씨는 최고의 사냥꾼이었으니까. 너는 워낙에 난놈이었고."

진구가 알겠다는 듯 고개를 끄덕였다.

홍원의 아버지가 북면으로 사냥을 떠난 것도 그냥 호기로 그런 것이 아니었다. 읍성 최고의 사냥꾼으로 그만한 실력을 가진 사람이었다.

홍원은 열 살 때부터 그런 아버지를 따라다니며 사냥 기술을 배웠다. 어릴 때부터 체력이 남달랐던 홍원은 힘들게나마 아버지를 따라다니며 많은 것을 배웠다.

사부를 만난 것도 그렇게 아비의 사냥을 따라나선 향산에서였다.

"아주머니가 걱정하지 않으실까?"

향산에서 남편을 잃은 분이다. 십오 년 만에 돌아온 아들을 또 잃지나 않을까 걱정하는 모습이 눈앞에 훤했다.

"약초도 캐고 사냥도 하고. 깊이 들어가지만 않으면 어떻게든 될 거야."

향산은 크고 깊은 만큼 모든 것이 풍요로운 산이다. 홍원의 말대로 욕심을 부리지 않는다면 홍원의 식구가 먹고사는 데는 큰 무리가 없을 것이다.

"그렇긴 하지."

진구는 납득했다는 듯 고개를 끄덕였다.

"어쨌든 돌아온 것을 환영한다. 비록 나 혼자지만."

진구가 술잔을 들었다. 홍원도 마주 술잔을 들었다.

쨍.

마주친 술잔이 맑은 소리를 울렸다.

그렇게 두 사람은 밤새 오랜만의 회포를 풀었다.

第二章

읍성일상

"장가네 큰아들이 돌아왔다며?"

금세 홍원의 마을에서는 홍원의 귀향이 화젯거리였다. 소식 하나 없다가 십오 년 만에 떡하니 나타났으니 당연한 결과이다.

"에휴, 다행이구만. 요즘 장 부인 몸도 가뜩이나 안 좋은데 삯일 하느라 얼마나 고생했는가. 큰아들이 왔으니 이제 좀 쉴 수 있겠구먼."

홍원의 나이 서른이다. 출가하여 일가를 이룰 때를 한참이나 넘은 나이이다. 그러니 모친과 동생들을 충분히 건사할 수 있을 것이라 마을 사람들은 생각했다.

홍원의 마을은 읍성에서도 제일 서쪽에 있었다. 사냥이 주업

인 아버지가 향산에 드나들기 쉬운 곳에 터를 잡은 것이다.

홍원은 하루 종일 바빴다. 전날 진구와의 술자리 탓에 머리가 아프고 속이 쓰렸지만 바쁘게 움직였다.

물론 숙취 따위야 내공 한번 일으키면 순식간에 사라진다. 하지만 오랜만에 친구와의 즐거운 시간이 남긴 숙취였기에 그렇게 날려 보내긴 싫었다.

진구도 지금 한창 숙취 속에서 성문 경비를 서고 있을 테니 자신만 멀쩡해지는 것이 미안하기도 했다.

일단 사냥을 하고 약초를 캐서 먹고살려면 시장이 어떻게 돌아가는지 알고 있어야 했다. 그래서 먼저 시장 조사 차원에서 성내를 돌아다닌 것이다.

아침 일찍부터 점심때까지 성 구석구석을 돌아다녔다. 읍성이 작은 성이지만 향산에서 가장 가까운 곳에 있는 덕에 약초 시장과 사냥감 부산물 시장은 잘 형성되어 있었다. 흠이라면 가격이 생각보다 쌌다. 성현까지 칠 일 거리라는 것이 그렇게 낮은 가격을 형성하게 했을 것이다.

공급은 많은데 수요가 적으니 시장가가 낮게 형성된 것이다. 그렇다고 성현까지 가지고 가서 내다 팔기에는 거리가 너무 멀었다.

경공술을 펼친다면 먼 거리도 아니었으나 홍원은 보통 사람으로 살기 위해 읍성으로 왔다.

물론 사문의 비전을 완성하기도 해야 했으나 그것은 읍성에서 할 일이 아니었다. 향산에서 할 일이었다.

해가 중천에 떠오를 때쯤 모든 볼일을 마칠 수 있었다. 그즈음에 어젯밤 진구가 한 이야기가 떠올랐다.

'젠장, 난 내일은 오전 근무라고. 네놈은 이대로 집으로 가서 푹 쉬면 되지만 난 아니야. 난 묘시 반각부터 미시 반각까지 근무라고.'

그렇게 말하며 헤어질 때가 묘시 정각 무렵이었다.

그러니까 진구는 근무 반 시진 전까지 자신과 술을 마신 것이다.

과연 근무를 제대로 설 수나 있을까?

조금 전 종루에서 정오를 알리는 종을 쳤다. 진구의 근무 시간이 이제 한 시진 남은 것이다. 문득 진구의 상태가 궁금해졌다.

볼일을 마친 홍원의 발걸음이 자연스레 동문을 향했다.

얼마간 걸어 동문 근처에 다다르니 진구의 모습이 보였다. 성벽 아래에 쳐놓은 차양 안에서 등을 기대고 앉아 꾸벅꾸벅 졸고 있다.

그리고 성문은 그의 후임 병사 둘이 지키고 있었다. 그 모습에 웃음이 절로 나왔다.

엄청 힘들게 근무 설 것처럼 말하고 가더니 저 한가한 모습이라니.

"근무 한번 참 열심히 서는구나."

바로 곁으로 다가간 홍원이 진구의 귀에 대고 중얼거렸다.

"으헛!"

그 소리에 깜짝 놀라 깬 진구가 주위를 두리번거렸다. 그는 곧 자신을 보고 피식 웃고 있는 홍원을 발견했다.

"뭐야? 너였어? 놀랐잖아."

"무척이나 힘들게 일할 것처럼 간 녀석이 팔자 좋게 졸고 있구나?"

홍원의 말에 진구는 아무것도 아니라는 듯 태평하게 기지개를 켰다.

"아함, 잘 잤다. 뭐, 나야 일단 조장 중 한 명이니까."

"그러니까 조장이 이러고 있어도 되느냐고."

홍원의 물음에 진구는 당연하다는 듯 고개를 끄덕였다.

"이 맛에 조장 하는 거지. 게다가 매일 그러는 것도 아니고 어쩌다 그런걸. 더구나 이번 근무에는 비번인 녀석도 없어서 저 둘이서 경비 서면 되고. 여차하면 내가 나가면 되니까."

그러고 보니 어제 성문에 들어올 때는 진구를 포함해서 병사 둘만 경비를 서고 있었다. 마침 한 명이 비번이었던 것이다.

"그러는 너야말로 멀쩡하다? 한창 늘어지게 자고 있어야 할 시간 아니냐?"

"워낙 좋은 약을 많이 먹어놔서."

홍원의 대답에 진구가 피식 웃었다. 약장수 영감을 따라다니면서 얻어먹은 약이라고 해봐야 얼마나 제대로 된 약일까 싶은 것이다.

뎅~ 뎅~

그때 종루에서 오시 이각을 알리는 종소리가 울렸다.

일각이 십오 분으로 한 시진이면 팔각이다. 일각, 이각, 삼각, 반각, 오각, 육각, 칠각, 정각으로 시각을 셈한다. 종루에서는 이각마다 종을 울려 성민들이 시각을 알 수 있게 해주었다.

"어이차! 이제 슬슬 교대하러 오겠군."

"아직 이각 남지 않았나?"

홍원의 물음에 진구가 고개를 절레절레 흔들었다.

"인수인계라는 게 있잖아. 어, 저기 온다."

다음 교대조가 동문을 향해 걸어오고 있었다.

앞장서 걸어오는 인물은 홍원에게도 낯이 익었다.

"여어, 홍원이구나. 돌아왔다는 소식은 들었다."

그가 아는 체를 했다.

"염 형님, 오랜만입니다."

홍원은 꾸벅 인사를 했다. 옆 마을에 사는 염호영이라는 사람으로 홍원보다 다섯 살이 많았다.

"아, 추 조장이 홍원이와 무척이나 친했지. 악동 오인방."

호영의 말에 진구가 머리를 긁적였다.

"원, 형님도. 언제 적 이야기를 하십니까."

"진구 네놈 모습을 보니 어젯밤에 질펀하게 한잔했구나."

조장이라는 호칭이 진구로 바뀌어 있다.

"어라? 그거 이제 전 그냥 들어가라는 소리죠?"

공과 사의 구분이 칼 같은 염호영이다. 그가 진구를 조장이라 칭하지 않고 이름을 부른 것은 사적으로 불렀다는 이야기다. 그 말인즉슨 자신이 뒤를 봐줄 터이니 이각 일찍 들어가라는 소리였다.

공과 사의 구분이 칼 같았지만 이런 나름대로의 융통성이 있었기에 동문 경비의 선임 조장으로 병사들에게 인기가 좋았다.

"염 조장님, 감사합니다."

호영에게 꾸벅 인사를 한 진구는 부리나케 자신의 창을 호영에게 넘기고 홍원의 팔을 잡아끌었다.

"어, 어……"

얼떨결에 홍원은 진구에게 끌려 동문에서 멀어졌다. 호영이 웃음 지으며 그런 둘에게 손을 흔들어주었다.

"자, 일단 주막에 가서 해장부터 하자."

객잔과 달리 작은 집 마당에 평상을 내어놓고 탁주와 간단한 국밥 따위를 파는 주막은 서민들의 사랑방과 같은 곳이다. 진구는 단골 주막이 있는지 걸음에 거침이 없었다.

따뜻한 국물은 확실히 속을 시원하게 풀어주었다. 해장국밥이라는 이 국밥 한 그릇이면 분명 숙취를 해소하는 데 큰 도움이 될 것 같았다.

바로 곁에 있는 탁주만 없다면 말이다.

*　　　　*　　　　*

진구는 어느새 사발에다 탁주를 가득 채워 벌컥거리고 있다.

"너, 해장하러 온 거 아니야?"

"해장하고 있잖아."

진구는 국밥 한 술을 입에 떠 넣으며 대답했다.

"그럼 이건?"

홍원이 눈짓으로 탁주가 그득 담긴 사발을 가리켰다.

"야, 너 한낮에 그 뜨거운 성벽 밑에서 수문병 일을 한다는
게 얼마나 힘든지 알아? 아주 그냥 목이 바짝바짝 타들어간다
고. 이건 그냥 시원하게 한 사발 하는 거야."

빙고(氷庫)에서 꺼내온 듯 탁주 병에는 물방울이 송골송골
맺혀 있다. 분명 읍성을 떠날 때만 해도 빙고와 얼음은 아주
귀했는데 이런 허름한 주막에서 빙고를 가지고 있다니 세월이
좋아지긴 한 모양이다.

불현듯 세상 변하는 줄 모르고 그간 너무 바쁘게만 살아왔
다는 생각이 들었다.

"말은 잘한다."

홍원이 피식 웃었다.

"그보다 너 이제 슬슬 어찌 살지 알아봐야지?"

이미 어젯밤에 진탕 술을 마시며 어찌 지낼지 이야기를 나
눈 터다. 그리고 진구가 어찌어찌 하라고 많은 조언을 해주었
다. 오전에 일을 본 것도 모두 진구의 조언에 따른 것이다.

친구란 좋은 존재였다.

"이미 다 알아봤다."

"응?"

홍원의 대답에 진구가 두 눈을 치켜떴다.

아무리 생각해도 홍원에게는 그럴 시간이 없었다. 술자리에서 헤어진 시간이 분명 오늘 새벽이다.

그런데 벌써 자신이 알려준 곳을 모두 돌아보고 왔다고?

"너 잠은 잤냐?"

진구가 별 해괴한 놈 다 보겠다는 얼굴로 홍원을 바라보았다.

"보시다시피."

너무나 멀쩡한 모습이다.

"하긴 네놈은 그런 놈이었지. 그날도 그랬어."

필시 처음 함께 술을 마신 날을 이야기하는 것일 게다. 그날도 홍원은 너무나 멀쩡했고, 진구는 곤드레만드레가 되어 어른들에게 걸려 죽도록 맞지 않았던가.

"앞으로 내가 네놈이랑 술 마시면서 끝까지 가면 사람이 아니라 개다, 개!"

진구가 질렸다는 듯 외쳤다.

"그런데 혼자서 다 돌아봤다면 나는 왜 찾아온 거야?"

진구가 고개를 갸웃거리면서 물었다.

필시 홍원이 앞으로의 일을 준비하는 데 자신의 도움을 받으려 찾아왔다 생각했기에 홍원의 방문 이유가 궁금해졌다.

"네 녀석 괜찮은가 걱정돼서 와봤다."

"에구, 그러셨어요? 거참, 고양이, 쥐 생각해 주시네요. 참 고맙습니다."

홍원의 말에 진구가 실실 웃으며 대꾸했다.

"그리고."

그런 진구를 보며 홍원이 나직이 말했다.

"아버지께도 한번 가봐야 할 것 같고."

그 말에 진구의 웃음이 뚝 멎었다.

그러고는 탁주를 벌컥벌컥 들이켰다.

"그래야지. 고향에 왔으면 아버지께 가봐야지."

진구가 무거운 어조로 말했다. 언제 농을 했냐는 듯 진중해진 모습이다.

"고맙다."

홍원이 낮게 말했다. 오늘 새벽에 집에 들어갔을 때 어머니는 여전히 깨어 계셨다. 혹시라도 아들이 다시 사라질까 못내 불안하신 게다.

그리고 어머니에게 짧지만 많은 이야기를 들었다.

아버지께서 돌아가셨을 때 아직 어린 친구들이 많이 도와주었다고. 그리고 진구가 앞장서서 아버지를 향산에 모셨다고.

가만히 이야기를 듣는데 다시금 눈물이 흘렀다.

은살림에 있으며 이제는 눈물이 모두 말라 버렸다고 생각했는데 그렇지 않았다. 고향에 돌아온 지 하루 만에 너무나 많은 눈물을 흘렸다.

지금 진구를 보는 홍원의 눈시울이 또다시 붉어졌다.

"당연한 것을."

진구가 피식 웃으며 말했다.

"그때는 너희도 힘들었을 텐데."

팔 년 전이면 스물두 살 때다. 다들 기반 잡기도 힘들 땐데 그런 정성을 보여주었다는 것이 고맙고 또 고마웠다.

"됐고, 가자."

진구가 자리에서 일어났다.

"주모, 여기 우리 먹은 거 있수다."

진구는 품에서 철전을 꺼내 상 옆에 놓고 앞장서 걸음을 옮겼다.

홍원이 그 뒤를 따랐다.

"평생을 향산에서 사신 분이라 향산에 모셨다. 성문 닫히기 전에 돌아오려면 서둘러야 할 거야."

진구는 집에 들러 옷을 갈아입어야 했으나 그냥 수문병 복장 그대로 휘적휘적 걸어갔다.

술시가 되면 성문을 닫으니 그전에 돌아오려면 바빴다. 이미 시각은 미시 반각이다. 바삐 걸어야 했다.

"향산 초입이니까 그리 멀지는 않다. 네 녀석이라면 여유 있게 다녀올 수 있어. 아이들이랑 아주머니께서 가기 쉬운 곳을 찾았으니까."

아버지의 묫자리를 찾아 향산 근처를 헤맸을 친구들을 생각하니 가슴이 절로 따뜻해졌다. 고맙고도 고마운 친구들이다.

읍성 서문을 빠져나가 부지런히 걸었다.

향산의 험준함이 시작되기 전 야트막한 둔덕의 전망 좋은 곳에 묘가 하나 있다. 둔탁한 석비 하나 서 있는 단출한 묘.

아버지의 묘였다.

홍원은 묵묵히 절을 올렸다.

진구가 주막에서 먹다가 가지고 온 탁주를 내민다.

예의는 아니었지만 없는 것보다는 낫다는 생각에 홍원은 탁주 병을 받아 들어 묘 여기저기에 뿌렸다.

사냥 후의 탁주 한 사발.

살아생전 아버지께서 삶의 낙이라며 하신 말이다.

체력이 좋은 두 사람이 빠른 걸음으로 온 덕에 아직 시간적인 여유는 있었다.

홍원은 묘 앞에 퍼질러 앉았다. 그리고 가만히 묘를 바라보았다.

진구는 뒤에서 그 모습을 묵묵히 바라보고 있었다.

아무 말도 않고 있지만 홍원은 속으로 아버지와 많은 대화를 나누고 있을 것이다.

홍원은 많은 이야기를 아버지에게 했다. 지난 십오 년간 있었던 일들.

꿈속에서 보지 못한 아버지의 묘는 정성이 가득 들어가 있었다. 아마도 진구가 꾸준히 관리를 해온 듯했다.

가족을 잊다시피 하고 지낸 십오 년.

그사이에 아버지는 떠났다.

다시 눈물이 흐른다.

홍원은 말없이 눈물을 흘렸다.

"가자."

이내 홍원이 자리를 털고 일어났다. 얼굴에는 눈물 자국이 가득했으나 굳이 닦아내지 않았다.

두 사람은 읍성으로 돌아왔다. 돌아오는 내내 둘은 묵묵히 걸음만 옮겼다.

아무 말도 않는 것.

그러나 두 사람은 천 마디보다 많은 대화를 나누었다.

＊　　　＊　　　＊

"놈은?"

"놓쳤습니다."

돌아온 대답에 다탁에 앉아 있는 인물의 얼굴이 일그러졌다.

"련의 모든 힘을 동원하여 추적하였는데도?"

"네. 북해까지 간 것은 확인이 되었습니다만… 그곳에서 종적이 끊겼습니다."

"어디서 온 놈인지는 알아냈느냐?"

"실력으로 보아 은살림의 죽림(竹林)인 것 같습니다."

"하긴 놈이 아니고는 련주님을 그렇게 시해할 수 없지."

다탁의 노인이 고개를 끄덕이며 말했다.

"한데… 이상한 것이 있습니다."

"뭔가?"

"은살림에서도 죽림을 쫓는 것 같습니다."

"응?"

노인의 얼굴에 이채가 어렸다.

"그럼 죽림의 단독 행동이란 말인가?"

"그렇지는 않습니다. 죽림은 대륙 제일의 살수이지만, 살행을 싫어하는 특이한 살수입니다."

"그렇지. 그런 놈이 단독 행동을 할 리는 없지. 한데 대체 놈이 왜 련주님을 살해한 것인지……."

은살림.

대륙 제일의 살수 집단.

죽림.

그중에서도 최고의 살수.

죽림의 행동 철칙은 이미 대륙에서 알 만한 사람은 모두 알고 있었다. 오 년간 수없이 죽림에게 청부가 들어가고 거절당하는 과정에서 알음알음 소문이 퍼진 것이다.

그렇기에 노인은 한 달 전 련주가 암살당했다는 소식을 접했을 때 죽림을 떠올리지도 못했다.

자신들이 아는 련주는 절대 죽림의 목표가 될 수 없는 사람이었으니까.

하지만 추적을 하면서 드러나는 정황이 살수가 죽림임을 말해주고 있었다. 그가 아니면 절대 성공할 수 없는 살행이었기에. 한데 은살림에서 자신들의 최고 패를 쫓고 있다니 이건 또 무슨 상황이란 말인가.

"용도 폐기 같습니다."

노인의 곁에 잠자코 서 있었기에 그 존재감마저 희미하던 중년인이 낮게 말했다.

"용도 폐기?"

"우리 숭무련(崇武聯)을 건드린 일입니다. 작게도 아니지요. 그런 살수를 품을 수는 없겠지요. 우리의 목표가 될 테니까요."

숭무련 최고의 지자라 꼽히는 선문강의 말에 노인이 고개를 끄덕였다.

"도마뱀이 꼬리를 자르겠다?"

노인은 잠시 찻잔을 바라보았다.

"그럴 수는 없는 일이지. 일단 청부는 은살림을 통해서 들어갔을 테니까."

"그렇습니다."

선문강이 대꾸했다.

"정리해."

노인의 간단한 말.

하지만 절대 간단할 수 없는 내용이다.

중원 최고의 살수 집단 은살림. 그들을 정리한다는 것이 주머니 속에서 물건을 꺼내는 것과 같은 일은 아니다.

하지만 중원의 동북쪽을 지배하는 패자 숭무련이라면 이야기가 달라진다.

대륙 최강의 사대 무력 집단 중 한 곳인 숭무련.

그들이 죽림이라는 살수명을 지닌 홍원을 쫓고 있었다. 그

첫 번째 행동으로 그들의 칼끝은 은살림을 향했다.

"걸렸습니다."

"씨팔."

보고에 대한 반응이 너무나 적나라하다.

"어떻게 하지요?"

"뭘 어떻게 해? 잠수 타야지."

"가능할까요, 림주?"

"의뢰를 받을 때부터 준비했잖아."

"그렇기는 하지요."

은살림에서 숭무련주의 암살 청부를 받았을 때 그들이 가장 먼저 고려한 것은 암살이 가능한가의 여부가 아니라 과연 숭무련의 손에서 살아남을 수 있는가 하는 것이었다.

암살은 죽림에게 맡기면 될 일이었다.

청부가 들어왔을 때 딱 알아봤다. 이건 죽림이 무조건 받아들인다. 숭무련주는 그런 확신이 들 수밖에 없는 개새끼였다.

그랬기에 그들은 살아날 방도를 찾고 준비했다. 그것이 완벽해졌을 때 그들은 죽림에게 청부를 맡겼다.

물론 그들의 도주 계획의 한 축에는 죽림이 있었다. 당분간은 죽림을 미끼로 던지려 했으니까.

"그런데 그놈이 청부를 마치자마자 튈 줄은……."

은살림의 림주가 아쉽다는 듯 중얼거렸다.

"똑똑한 놈이잖습니까? 사실 그놈이 이 일을 한 것 자체가 신기합니다, 전."

은살림에서 죽림 다음가는 실력을 지닌 살수 송림(松林)이 말했다.

"그렇긴 하지. 그놈은 대체 무슨 목적으로 우리에게 온 걸까?"

오 년 전 뜬금없이 나타난 인물, 그는 단 일 수에 송림을 제압하고 은살림 최고의 살수가 되었다.

그리고 림주와 계약했다. 그 계약이 오 년이나 갈 줄은 그도 림주도 몰랐다.

"목적한 것이 있었고, 그걸 진즉에 이루었겠지요. 그러니 마지막 의뢰가 끝나자마자 튄 거 아니겠습니까?"

"빌어먹을. 그렇게 될 거면 차라리 실패나 하던가."

"후, 돌아오면 자신이 죽을 줄 알았겠지요."

"뭐, 안 잡히면 죽지는 않잖아."

림주의 대답에 송림이 고개를 절레절레 흔들었다.

"걔 지금 숭무련에서 놓쳤습니다."

"그거야 바로 튀었으니까. 그 바보들이 지들 련주의 인격을 너무 믿은 거지."

"그럼 바로 계획을 갑에서 을로 바꿨으면 좋지 않았습니까?"

"놈이 튀기에 다른 애들도 안 걸릴 줄 알았지."

"놈이랑 애들이랑 같습니까?"

송림의 핀잔에 림주의 얼굴이 붉어졌다.

"그래, 너 잘났다, 잘났어! 그래도 한 달은 안 걸렸잖아!"

숭무련에서 은살림의 움직임을 눈치챈 것은 최근이다. 물론 그들이 쫓는 살수가 죽림이라는 결론을 내렸다면 화살은 자연스레 은살림으로 향할 테지만.

"쓸데없는 미련이었습니다. 작정하고 최선을 다해 숨은 놈을 어떻게 잡겠다고……."

송림이 말을 끝내지 못했다. 다시 생각해 봐도 너무나 괴물 같은 놈이었다.

"알았다, 알았어. 그럼 병계 발동이다."

"병계는 무슨, 그냥 무조건 튀어, 이거면서."

"쓰읍. 너 요즘 자주 기어오른다?"

"이제 얼마나 살지도 모르는데 이게 대수일까요?"

끝까지 지지 않는 송림의 대꾸에 림주가 이마를 짚었다. 절로 골이 지끈거렸다.

"죽림은 어떻게 합니까? 계속 찾아요?"

"내가 병계라고 했지? 그놈 찾다가 걸렸는데. 그냥 무조건 처음 계획한 대로 튀어. 병계로 잡은 도주로랑 은신로 따라서. 그리고 오 년은 잠수 타."

"거참, 찾다가 걸렸나요. 숭무련에서 그놈인 거 알면 어차피 걸릴 거였는데."

"시끄러!"

림주의 외침과 함께 벼루가 날아갔으나 송림은 어느새 사라지고 없었다. 과연 전 은살림 최고의 살수다운 실력이다.

"아이구, 두야. 내가 저런 놈들 믿고 어이 사나. 이제 한 오

년은 좀 편히 쉬려나?"

투덜거리면서 자리에서 일어나는 림주의 몸에서 강렬한 존재감이 뿜어져 나왔다.

"그전에 일단 꼬리 좀 달고 움직여야지. 현역에서 손 놓은 지 꽤 되었는데 될는지 모르겠다. 그래도 살아야 오 년을 쉬지."

투덜거리면서 걸음을 옮기는 은살림의 림주 사강도의 눈빛이 매섭게 변했다.

*　　　*　　　*

어느새 저녁이 되어 가는지 하늘이 붉게 물들었다. 진구와 헤어진 홍원은 집으로 향하는 작은 골목을 지나고 있었다.

그때 웬 아이들이 우르르 몰려가는 것이 보였다.

보아하니 그의 쌍둥이 동생인 산과 해 또래였다.

"야, 그 거지 자식, 오늘 제대로 밟아야 해. 형이 돌아왔다고 아주 기고만장하던데?"

달려가는 아이의 말소리가 홍원의 귀를 간질였다.

내용이 왠지 자신과 연관되었을 거란 생각에 홍원은 자연스레 아이들의 뒤를 쫓았다.

아이들이 간 곳은 골목의 후미진 막다른 곳이었다. 그 끝 벽에 한 아이가 대여섯 명의 아이들에게 둘러싸여 있다.

"이 거지새끼가! 학관 근처에도 오지 말랬지?"

대장인 듯 비단옷을 입은 아이가 한가운데 서서 소리치고 있었다.

"담 너머로 왜 우리 공부하는 걸 넘봐? 집 나간 거지 형이 돌아오니 이제 아주 살 것 같냐, 이 거지 새끼야?!"

그 말과 함께 주먹이 날아가 아이의 얼굴을 때렸다. 입술이 터지면서 피가 주르륵 흐른다. 아이는 독기 어린 눈으로 자신을 때린 아이를 노려보았다.

"공부 같은 소리 하고 있네. 여태 천자문도 못 뗀 주제에. 그건 나도 이 년 전에 끝냈다. 담 너머로."

"이익, 이 상거지 새끼가."

아이의 말에 분노한 아이의 발이 날아갔다.

"밟아!"

홀로 다수를 맞상대할 수 있을까? 쓰러진 몰골의 아이가 대책 없이 밟혔다. 그 와중에도 몸을 웅크리고 팔로 막아 피해를 최소한으로 줄이려는 모습이다.

"이 새끼야, 집 나간 형이 돌아왔다고 네놈을 위해 뭘 해줄 것 같아? 그래봐야 결국은 거지일 뿐이야! 우리 아버지 말 한마디면 납작 엎드려야 한다고!"

홍원은 작은 아이들의 모습을 쭉 지켜보았다.

움켜쥔 주먹이 살짝 떨렸다.

'산아.'

자신의 동생임을 대번에 알아보았다.

담 곁에 몸을 숨기고 있던 홍원은 한 발 앞으로 나서서 말리려다가 멈칫했다.

홍산의 눈을 본 것이다. 그렇게 맞는 와중에도 두 눈을 빛내며 자신을 때리는 아이들을 보고 있었다. 아니, 자신을 때리는 아이들의 손발을 보며 맞을 때 몸을 교묘히 틀어 충격을 최소화하고 있었다.

맞을 줄 아는 사람의 모습이다.

그 모습을 보아 이런 일이 하루 이틀이 아닌 듯했다.

이런 상황에서 자신이 나서봐야 오늘은 넘어갈지 몰라도 다음은 아니었다. 자신이 늘 동생의 곁에 붙어 있을 수만은 없었다.

일단 돌아가는 모양을 지켜보기로 했다.

사람이 사람을 때린다는 것은 사실 무척이나 힘든 일이다. 체력이 보통 강하지 않고는 일각의 반도 때리기 힘들다. 아니, 반의반 각이 지나기도 전에 지친다.

여럿이서 때린다고 하지만 때리는 요령이 없었다. 그저 아이들의 마구잡이 폭력이었다.

결국 홍원의 예상대로 사분의 일각이 되기도 전에 아이들이 숨을 몰아쉬며 나가떨어졌다.

"헉헉헉!"

다들 숨이 거칠어져 호흡도 제대로 못했다.

"헉헉! 너, 한 번만 더 학관 근처에 얼씬거려 봐. 아주 죽여버린다."

그 말을 남기고 아이들이 우르르 사라졌다. 홍산은 대자로 뻗어 바닥에 드러누웠다. 홍산의 숨결도 좀 거칠어져 있었다.

이를 악물고 아이들의 구타에서 버티는 것도 쉬운 일은 아니었으리라.

홍원은 여전히 몸을 숨기고 지켜보고 있었다.

홍산에게 다가가는 다른 기척이 있었기 때문이다.

"너, 그러니까 내가 멀찍이 떨어져 있으라고 했잖아."

예쁘장하게 생긴 여자 아이가 손에 면포 수건을 들고 오고 있었다.

"시끄러."

홍산이 퉁명스레 대꾸했다.

그러거나 말거나 소녀는 면포 수건으로 홍산의 얼굴을 닦아주었다. 피와 먼지에 엉망이 된 얼굴이 그제야 좀 봐줄 만하게 정리되었다.

멍들고 퉁퉁 부어 있는 것은 어쩔 수 없었지만.

"그 얼굴로 어찌 집에 들어가려고 그래?"

"찬물로 좀 식히면 돼."

"이 더운 여름에?"

"향산에서 내려오는 물은 얼음장같이 차가워."

그 말이 맞기는 했다. 한여름에도 발도 못 담글 정도로 차가운 물이 향산의 계곡에서 성으로 흘러들었다. 향산에서 성으로 흐르는 물은 총 세 곳이 있는데 그중 한 곳이 유독 차가워 사람들은 빙천(氷川)이라 불렀다.

"에효, 그런다고 멍이 지워질까?"

"아연이 너, 시끄러."

홍산이 퉁명스레 말했다.

"그러니까 이제 학관에는 오지 말라고. 저 아이들 배우는 거다 익힌 지 오래면서 왜 자꾸 저 아이들 눈에 띄어서 이 꼴을 당해."

"내가 담 너머를 볼 수 있는 방이 그곳뿐인걸."

"그러면 아예 그냥 학관을 다니던가."

"우리 집 형편 알잖아."

안다. 너무 잘 안다. 아연이라는 소녀뿐 아니라 학관의 학사들도 다 알고 있다. 총명했으나 학관에 다닐 형편이 안 된다는 것을 너무나 잘 알고 있었다.

그렇다고 홍산만 받아줄 수도 없었다.

총명함이 아까웠지만 어찌할 수가 없었다. 배우고 싶으나 형편이 안 되어 배울 수 없는 아이들이 많았다. 그중에 좀 총명하다는 이유로 홍산만 특별대우를 할 수는 없었다.

그저 신경 써줄 수 있는 것이 홍산이 담 너머로 도강하는 것을 알면서도 모르는 체해주는 정도였다.

홍원은 가만히 둘을 지켜보았다. 이제 열 살 먹은 아이들의 대화라기에는 너무 어른스러웠다.

홍원은 가슴이 먹먹해졌다. 어려운 집안 형편에 동생이 너무 빨리 철이 들어버렸다.

아마도 집안에 남자가 자신 혼자라 그랬을 것이다.

열 살 꼬마를 어른으로 만들어 버렸다.

홍원은 그것이 자신이 집을 떠난 탓인 것만 같아서 너무나 안타까웠다.

"그럼 난 간다."

아연은 더 이상 해줄 말이 없는지 쪼그리고 앉아 있던 두 무릎을 펴고 일어났다.

아연이 사라지고 나서도 한참 동안 홍산은 누워 있었다.

"씨팔."

열 살 아이의 입에서 거친 욕설이 튀어나왔다.

분노와 억울함, 한이 담긴 욕설이다.

그때쯤 홍원이 걸음을 옮겼다.

저벅저벅.

어른의 발걸음 소리에 홍산이 고개를 돌렸다. 이 막다른 골목은 어른들은 좀처럼 오지 않는 곳이다. 그래서 늘 이곳에 끌려와 이렇게 구타를 당한 것이다.

발걸음 소리의 주인을 본 홍산의 눈이 잘게 떨렸다.

"형… 님……."

입술을 깨물며 나직이 중얼거렸다.

어머니께 말로는 많이 들었지만 실제로 본 것은 어제가 처음이었다. 아직은 남같이 낯설기만 한 그런 형이 '다가오더니 자신의 곁에 털썩 주저앉았다. 그리고 담벼락에 등을 기대고 하늘을 올려다본다.

*　　　　*　　　　*

"많이 아프냐?"

"……."

"많이 아프냐?"

"……."

"많이 아프냐?"

"네……."

같은 물음을 세 번 던졌을 때야 비로소 홍산이 어렵게 대답했다.

"어디가?"

열 살 아이에겐 너무나 어려운 질문이다. 하지만 홍원은 거침없이 물었다.

"둘 다요."

형의 물음을 이해했다는 것일까.

두 번째 물음에 대한 대답은 그래도 빨리 나왔다.

홍원은 가만히 고개를 끄덕였다. 많이 아플 것이다. 아이들에게 무자비하게 맞은 몸도 아플 것이고 무력한 자신의 마음도 아플 것이다.

홍원으로서는 경험한 적이 없는 일이지만, 그래도 동생의 눈빛에서 그 아픔을 느낄 수 있었다.

"미안하구나."

홍원이 동생에게 해줄 말은 그것밖에 없었다.

"네."

형에 대한 한 역시 제법 쌓여 있는 듯 짧은 대답이 바로 뒤어나왔다.

"공부가 좋으냐?"

홍원이 다시 물었다. 저런 질 나쁜 아이들에게 이토록 두들겨 맞으면서도 꾸준히 학관의 담 너머로 수업을 훔쳐보는 것을 보면 공부에 대한 열망이 보통이 아닌 듯했다.

"네!"

힘 있는 대답이 나왔다. 그 대답을 할 때만큼은 홍산의 두 눈이 초롱초롱 빛났다.

"그렇다면 왜 그렇게 그 아이들에게 맞고만 있었지? 네가 만만하지 않다는 것만 보여줘도 그 아이들은 널 어쩌지 못할 텐데."

"아니요. 어쩔 수 있어요. 제가 만만치 않다고 해도 우리 집이 만만하다 못해 하찮으니까요."

철이 빨리 든 것일까, 너무 총명한 것일까?

어린아이는 몰라도 되는 것을 너무도 잘 아는 동생이 안쓰러웠다.

"학관에 다니고 싶으냐?"

"……."

이번에는 홍산이 대답하지 않았다. 과연 저 허름한 모습의 형님이 그럴 능력이 있는지 확신이 없기 때문이다.

"녀석."

그 모습에 홍원은 피식 웃었다.

깨어진 믿음과 그간 입은 마음의 상처를 치유하려면 앞으로 많은 시간이 필요할 듯했다.

그래도 기분은 한결 나아졌다.

아버지의 죽음 앞에 불효자로 죄스럽기만 하던 마음이 동생을 보면서 한결 풀렸다. 아버지는 그렇게 가셨지만 동생들과 어머니가 남아 있다.

아버지께 못한 것을 남은 이들에게 하면 되리라.

"일어나라. 집에 가자. 어머니 걱정하신다."

홍원이 엉덩이를 툭툭 털고 일어나며 말했다.

홍원이 손을 내밀자 홍산이 그 손을 잡고 몸을 일으켰다. 두 사람은 골목을 따라 나란히 집으로 걸음을 옮겼다.

"산아."

"네."

홍원의 부름에 대답이 바로 나온다. 짧은 시간이었지만 그 사이 느낀 바가 있는 것일까. 홍산의 태도가 한결 친근하게 바뀌었다.

"뭐가 하고 싶으냐?"

"……."

또 대답이 없다.

무뚝뚝한 녀석 같으니.

홍원은 그리 생각하며 다시 한번 물었다.

"공부의 끝에 네가 하고 싶은 것이 있는 게냐?"

조금 더 구체적으로 변한 물음에 홍산은 입을 열어 대답을 하지 못하고 그저 작게 고개를 끄덕였다.

그 모습은 자신의 꿈이 허황되다고 비웃음당할 것을 걱정하는 어린아이의 그것과 똑같았다.

홍원은 피식 웃으며 홍산의 머리를 헝클어뜨렸다.

"이 형이 힘닿는 데까지 도와주마."

이미 지나가 버린 세월 십오 년. 그 세월을 갚을 방법 하나를 알게 된 하루였다.

다음 날.

홍원은 이른 아침부터 집을 나와 향산으로 향했다. 그 전에 대장간에 들러 전날 주문한 활과 화살을 챙겼다. 보통의 사냥꾼들이 일반적으로 사용하는 활이었기에 주문한 지 하루 만에 받을 수 있었다.

늘 생산하고 있던 것을 홍원에게 맞춰 조금 손질한 정도로 만든 덕이다.

천천히 걸음을 옮기던 홍원의 발걸음이 산이 깊어질수록 빨라졌다.

보통 사람은 느려져야 정상이지만 홍원은 주변에 사람이 없음을 확인하며 경공을 조금씩 섞어서 걷기 시작한 덕에 반대로 더 빠르게 이동한 것이다.

향산의 동면은 작은 동물들의 천국이었다. 산세가 험해 살기 힘들 텐데도 많았다. 그들의 천적이 이곳으로는 잘 넘어오지 않기 때문이다.

왜 그런지는 알 수 없었다.

위대한 자연의 이치를 어찌 한낱 인간이 알까.

하지만 홍원은 대강 추측할 수는 있었다. 자신의 눈에 보이는 향산의 길이 그 이유를 말해줬다.

홍원은 자신의 눈에만 보이는 향산의 길을 따라가지 않았다.

오늘 홍원이 향산에 오른 것은 사냥보다는 탐색이 목적이었기 때문이다. 활과 화살은 사람들에게 사냥을 하러 간다는 것을 보이기 위함이다.

어쨌든 사문의 비전은 모두 모았다.

사부가 등선을 한 후 십 년 동안 천하를 떠돌았다. 원래는 훨씬 빨리 모을 수 있었지만 은살림과의 계약이 그의 발목을 잡았다.

비맥(秘脈) 천선문(天仙門).

천선문의 정식 제자가 되기 위한 마지막 시험. 사부가 숨겨놓은 비전을 찾아 익히는 것.

홍원은 십 년 만에 일단 비전을 찾는 과제를 완수한 상태였다. 이제 그 비전을 익혀야 했다.

그리고 그 비전을 익힐 곳을 찾아 홍원은 향산을 누비고 있었다.

산세는 험하지만 작은 동물들의 천국인 동면. 이곳을 오를 사람은 보통의 사냥꾼이나 약초꾼들이다. 그들이 쉽사리 접근하지 못할 곳을 찾으면 수련 장소로 적당할 것이다.

북면은 무림인들이 종종 찾는 곳이라 내키지 않았다.

자신이 원하는 수련 장소를 찾으려면 길을 따라가면 안 되었다. 전체적으로 산세를 살피며 인적이 없을 곳을 찾아야 했다.

수련 장소를 찾으면서 홍원은 무언가 미심쩍은 감정을 느꼈다. 열심히 열과 성을 다해 수련을 해야 하건만 왠지 자신은 이미 비전을 모두 알고 익힌 듯한 느낌이 든 것이다.

그 꿈이 문제였다.

꿈속에서 자신은 북해로 향했다. 실제로도 북해로 향했다. 단지 꿈에서 본 뒤숭숭한 내용 때문에 읍성으로 방향을 틀었을 뿐.

꿈에서는 북해에서 다시 십 년을 보냈다. 고련에 고련을 거듭하면서. 그렇게 십 년을 고련한 결과 비전의 소성(小成)을 이루었다. 그리고 출도했다.

그 고련의 과정과 깨달음이 너무도 생생했다.

마치 자기 자신이 직접 이룬 것만 같았다.

얼마나 헤맸을까? 산세는 점점 험해지고 해는 높이 떠올랐다. 울창한 나무 덕에 햇살은 심하지 않았지만 시간을 가늠할 수는 있었다.

태양의 높이보다는 배 속의 요동에 시각을 먼저 알았지만.

홍원은 적당한 나무에 기대앉아 품에서 주먹밥을 꺼냈다. 아버지께서 사냥을 가실 때면 늘 어머니께서 싸주시던 그 주먹밥이다.

몇 년 만에 준비한 것일 텐데도 맛은 여전했다.

이 주먹밥을 만들며 어머니는 또 얼마나 불안해하셨을까.

홍원은 천천히 주먹밥을 먹으며 하늘을 올려다보았다.

아직 한여름이건만 하늘은 가을 하늘처럼 높고도 푸르렀다.

한결 시원한 산바람을 맞으며 앉아 있기를 잠시, 홍원의 귀를 간질이는 물소리가 들려왔다. 여기저기 헤매고 다닐 때는 미처 듣지 못한 소리가 잠시 쉬는 사이 귀를 울리고 있었다.

홍원은 마지막 남은 주먹밥 조각을 입에 털어 넣고 자리에서 일어났다. 그리고 소리가 들리는 곳으로 천천히 걸음을 옮겼다.

＊   ＊   ＊

걸음이 점점 빨라졌다. 이윽고 나는 듯이 달리기 시작했다.

한 줌 바람이 되어 달려가는데, 신기하게도 바닥에는 발자국이 전혀 남지 않았다.

아니, 발이 바닥에 닿지를 않았다. 그냥 보면 모르나 자세히 살피면 발이 땅에서 반 치 좀 안 되게 떠서 내달리고 있었다.

어찌 사람이 이런 재주를 부릴 수가 있단 말인가.

천선문의 독문 경공 허공보(虛空步)의 신기였다.

그렇게 얼마나 내달렸을까?

홍원의 눈앞에 깎아지른 절벽이 나타났다. 물소리는 절벽 아래에서 올라오고 있었다.

절벽 끝으로 가서 아래를 내려다보았으나, 물안개에 가려 대체 얼마나 깊은지 알 수가 없었다.

홍원은 고민하지 않았다.

절벽 아래로 몸을 띄웠다. 누군가 보았다면 기함할 광경이다. 이것은 자살하려는 게 아니고 무어란 말인가.

그러나 홍원의 얼굴은 평온하기 그지없었다. 옷자락을 펄럭이며 절벽 아래로 낙하를 시작했다. 속도가 점점 빨라지려는 찰나, 몸을 비틀며 발끝으로 절벽을 툭툭 차기 시작했다.

그때마다 떨어지는 속도가 감소했다. 그러고는 천천히 일정한 속도로 내려가기 시작했다.

그렇게 한참을 내려갔다.

안개를 뚫고 바닥이 보였다.

바닥은 예상과 다르게 마른 땅이었다.

물소리로만 봐서는 아래에 어느 정도의 물이 흐르는 계곡일 것이라 생각했는데 그렇지 않았다.

폭신한 흙으로 덮인 마른 땅이었다.

바닥에 착지한 홍원은 주변을 둘러보았다.

물이 흘러내려 가는 곳이 있었다. 하지만 그 크기가 개울보다 조금 더 큰 정도이다. 그 정도로는 자신의 귀에 소리가 잡힐 리 없었다. 물이 흘러내려 오는 곳을 거슬러 올랐다.

물소리가 점점 커진다.

잠시 걷다 보니 제법 큰 소(沼)가 나타났다. 그리고 절벽의 중간이 뚫려 그곳에서 물이 떨어지고 있었다.

"지하 수맥의 폭포로군."

산 어딘가의 지하로 흐르던 수맥 중 하나가 이곳 절벽을 뚫고 나온 것이다.

홍원은 주변을 둘러보았다. 쉬이 찾을 수 없는 곳이다. 자신도 물소리를 듣지 않았으면 이곳으로 오지 않았을 터이다.

"이곳이 좋겠어."

홍원은 고개를 끄덕이며 적당한 곳에 철퍼덕 앉았다.

그리고 품에서 네 조각으로 나뉘어져 있는 서책을 꺼냈다. 각각 끈으로 단단히 묶인 네 권의 얇은 책이다.

홍원은 거침없이 끈을 잘라내고 각 장을 펼쳤다.

"이런 간단하면서도 번거로운 방법이라니……."

책에는 한쪽 귀퉁이에 보기 쉽게 숫자가 쓰여 있었다. 그런데 그 숫자가 제멋대로이고 같은 숫자는 보이지 않았다.

홍원은 그 숫자를 보면서 한장 한장 순서를 맞췄다. 일부터 시작한 숫자는 백구십구가 되어서야 끝이 났다.

"비급 하나를 풀어헤쳐서 마구 섞어 네 권으로 나누다니… 거참, 간단하면서도 귀찮은 방법으로 숨겨놓으셨어."

홍원은 사부를 떠올리며 중얼거렸다.

그렇게 홍원은 천선문의 비전 비급을 살펴보았다.

일(一)이라는 숫자가 적힌 장은 비급의 표지였다.

천선(天仙).

단 두 글자.

그것이 비전 무공의 이름이다. 그리고 문파의 이름이기도 했다.

홍원은 진실을 몰랐다. 꿈에서도 진실은 나오지 않았다.

천선이라는 저 두 글자의 비급이 의미하는 바가 뭔지.

천선은 곧 천선문의 문주지공(門主之功)으로 문주 후보, 즉 소문주만이 익힐 수 있었다. 천선문은 비맥으로 그 맥이 끊기기 쉬웠기에 한 대에 다섯의 소문주를 두었다.

홍원의 사부 또한 그런 소문주 중 한 명이었다. 하나 자유로이 떠도는 것을 좋아했기에 문으로 돌아가지 않았다.

그러던 찰나 홍원을 만난 것이다. 홍원의 재능을 한눈에 알아보았기에 고민하지 않고 제자로 받아들였다.

혹시 모를 실전을 염려하면서.

그저 문파의 이름을 전해주고 본산의 위치만 알려주었다.

찾아가서 소문주의 위치를 인정받으면 다행이고 찾아가지 않으면 그 나름대로도 괜찮았다.

소문주가 많아봐야 후계 구도가 복잡해지고 다툼만 일어난다.

천선의 마지막 심득은 오직 문주가 된 후에만 얻을 수 있었다.

천선문은 문주가 결정되면 백 일 폐관에 들어간다. 오직 문주만이 들어갈 수 있는 폐관 수련실.

그곳에 천선문 대대로 내려오는 문주만의 마지막 심득이 존재했다.

홍원의 사부는 그런 후계 다툼이 싫었기에 문을 떠나지 않았던가.

홍원은 그런 사실은 전혀 모른 채 천선의 비급을 읽기 시작했다.

천선문의 비전 중의 비전인 천선이건만 책장을 넘기는 홍원의 손길은 거침이 없었다. 시중에 나도는 잡서를 읽는 듯한 속도이다.

한 권의 비전 비급을 전부 읽는 데 걸린 시간은 불과 반 시진.

홍원은 책을 덮고 하늘을 올려다보았다. 그의 얼굴이 무척이나 복잡했다.

"역시……."

복잡한 번뇌에 휩싸인 목소리이다.

너무나 쉬웠다. 이미 모두 알고 있는 내용을 다시 읽는 듯했다.

자리를 털고 일어났다.

그리고 신중히 발을 디디고 서서 몸을 움직이기 시작했다.

천선은 특별히 정해진 병기가 없는 무공이었다. 검법도, 도법도, 권법도, 창법도 되는 그 활용이 무궁무진한 무공이었다. 과연 이것이 정말로 무공일까 하는 의문이 들 정도였다.

가지고 온 것이 활과 화살뿐이었기에 홍원은 권법으로 변형해서 천선을 펼치기 시작했다.

거침이 없고 막힘이 없다.

손발의 수발이 자유로웠으며, 주먹의 내뻗음에 올곧은 힘이 있었다. 투로는 물 흐르듯 자연스러웠으며 기운의 움직임은 강맹하기 그지없었다.

약 이각 동안 권법을 펼친 홍원은 곧 자세를 바로 했다.

"젠장."

홍원의 입에서 거친 말이 튀어나왔다.

자신이 지금 펼친 천선의 권법은 십 성 대성의 경지였다. 펼치는 순간 알 수 있었다. 아직 몸에 익숙하지 않다 뿐이지 그 외의 것은 완벽했다.

꿈속에서 수련하던 모든 것이 고스란히 머릿속에 녹아 있었다. 단지 몸이 단련되지 않아 어색함이 있을 뿐이다. 그것도 홍원이 십 성 대성의 천선을 너무나 잘 알았기에 그 어색함을 눈치챘을 뿐 모든 것이 완벽했다.

서너 달 정도 수련하면 더없이 완벽할 것이다.

그런데 기분이 영 더러웠다.

자신이 알지 못하는 것이 자신에게 작용하고 있다는 것.

그것만큼 찝찝한 것도 없으리.

"대체 그 꿈은 뭐냔 말이야!"

목소리에서 들끓는 분노를 느낄 수 있었다.

홍원은 다시 자리를 깔고 앉았다. 그러고는 다시 한번 천선의 비급을 읽기 시작했다.

이렇게 꿈에게 끌려갈 수는 없었다.

꿈에서 자신이 익힌 천선이 완벽한 것일까? 꿈속의 자신은 이것이 답이라고 생각했지만 그것을 그대로 믿으면 왠지 자신이 꿈에게 지는 것만 같았다.

홍원은 한 글자 한 글자 씹어 삼키듯 비급을 읽었다.

꿈과는 다른 무엇인가가 있을 것이다.

그렇게 믿었다. 그리고 그것을 찾기 위해 애썼다.

그렇지 않으면 지금의 삶이 너무나 무의미할 것 같았다.

꿈에서 이룬 것을 그대로 따라간다?

안 될 말이다.

이건 절대 홍원의 방식이 아니었다.

얼마나 비급에 집중한 것일까?

어느새 사위가 어두워져 있었다. 그때야 홍원은 고개를 들었다. 이미 안력이 어둠에 영향을 받지 않는 경지에 올랐기에 밤이 된 줄도 몰랐다.

홍원은 비급을 품에 넣고 서둘러 움직였다. 어머니께서 걱정하실 것이다.

절벽을 올라와 빠르게 달리던 와중 홍원은 활을 화살에 재었다.

쒜앵!

공기를 가르며 날아가는 화살의 파공성이 날카롭기 이를 데 없다.

퍼억.

작게 울린 소리.

명중이다.

홍원은 곧 화살을 날린 곳으로 갔다. 토끼 한 마리가 화살에 맞아 쓰러져 있다.

"사냥 나온 거니까."

좀 일찍 갔으면 모르나 너무 늦었다. 무언가 변명거리가 필요했다. 이 토끼는 홍원이 늦은 이유가 되었다.

향산을 벗어나 읍성의 서문에 도착하니 이미 성문이 굳게 닫혀 있다. 시간이 시간이니만큼 당연한 일이었다.

이런 일은 어린 시절 아버지를 따라 사냥을 다녀올 때도 예사로 겪던 일이다. 홍원은 성문 옆의 작은 쪽문으로 갔다.

쪽문 역시 굳게 닫혀 있었다.

똑똑똑.

홍원이 쪽문을 두드리자 잠시 후 문 가운데의 가림 판이 열리고 수문병의 얼굴이 나타났다.

홍원을 힐끗 보고는 핀잔을 던진다.

"거, 좀 일찍 좀 다니슈. 이름이 뭐요?"

홍원이 모르는 얼굴의 수문병이다. 이제 갓 약관이나 되었을까 싶은 얼굴로 보아 아마 제일 막내인 듯했다.

"장홍원이요."

홍원은 불퉁한 수문병의 말에도 대수롭지 않게 대답했다.

"잠시 기다리슈."

가림 판이 다시 닫혔다.

장부를 확인하러 가는 것이다. 사냥을 위해 서문을 벗어날 때 통행인 명부에 이름을 적었다. 가끔 약초꾼이나 사냥꾼이 성문이 닫힌 시각이 넘어서 돌아올 때 통행 허가 여부를 결정하기 위해 작성하는 장부이다.

수문병은 금세 돌아왔다.

이런 일이 늘 있는 듯 그의 행동에는 거침이 없었다.

곧 쪽문이 열렸다.

"장부 확인했어요."

장부를 확인하는 새 태도가 달라져 있었다. 홍원에 대한 이야기를 들은 모양이다.

"고향에 돌아온 지 얼마나 됐다고 이렇게 늦게 다녀요? 좀 쉬엄쉬엄해요."

기억에는 없지만 이 수문병도 한 다리 건너면 다 아는 사이일 것이다. 그도 그걸 알기에 홍원을 확인하고 태도가 바뀐 것이다. 얼굴을 몰랐기에 불퉁했지만, 장부를 관리하는 동료에게 들었을 수도 있는 일이다.

"고맙소."

인사를 한 홍원은 서둘러 집으로 걸음을 옮겼다.

어깨에 매달린 토끼가 대롱대롱 흔들린다.

第三章

향산지객

　향산은 어느새 붉은 옷으로 갈아입었다. 서늘한 바람이 부는 가을이 되어 세상은 수확 준비에 한창이었다.

　홍원의 일상은 늘 똑같았다.

　산으로 들어가 수련을 하고, 사냥을 하거나 약초를 좀 캐서 집으로 돌아왔다. 그 덕에 집안 형편이 좀 나아졌다.

　홍산과 홍해 모두 학관에 나간 지도 보름이 지났다.

　전에 본 학관 아이들의 행동이 걱정되었지만 그래도 아이들이니까 하는 마음이 한편에 있었다.

　그리고 홍산이 보통이 아니었기에 홍산을 믿는 마음이 컸다.

　향산으로 들어가는 홍원의 차림은 늘 그대로였다. 인적이 드문 곳에 다다르면 주위의 기척에 집중하며 허공보를 펼쳤다. 수련 덕인지 홍원의 경공은 더욱 빨라졌다.

예의 그 폭포 아래에 도착한 홍원.

도착 후 제일 먼저 하는 일은 비급을 한 자 한 자 읽는 것이다. 이미 다 알고 익힌 내용이지만 그대로 가기에는 홍원의 고집이 허락지 않았다. 그것은 홍원이 알고 익힌 것이 아니라 꿈이 익힌 것이니까.

자신의 것은 자신이 얻겠다는 확고한 고집이 그런 행동을 만들었다.

비급을 모두 읽는 데 꼬박 한 시진이 걸렸다. 그건 매일 똑같았다. 아무리 읽어보아도 똑같은 내용이건만, 홍원은 그것을 꼭 한 시진을 채워서 읽었다.

그 요상한 꿈 때문에 이미 모두 이해하고 있는 내용이다. 그것을 다시금 그렇게 한 획 한 획 분해해서 읽는 것은 절대 꿈대로 가지 않겠다는 홍원의 의지였다.

그렇게 한 시진 동안 비급에 집중한 홍원은 그사이 비급 보관용으로 만들어둔 상자에 잘 넣어두고 바위 밑 땅에 묻었다. 그리고 이곳에 준비해 둔 창을 들었다.

꿈속에서 홍원은 도(刀)를 사용했다.

그래서 창을 들었다.

이것 역시 꿈에 대한 반항이었다.

창이 멋진 곡선을 휘돌며 움직이기 시작했다. 머릿속에 있는 동작이지만 좀처럼 마음대로 되지 않았다.

도와 창.

병기의 차이에서 오는 초식의 차이가 만들어낸 어색함이 움직임 곳곳에 있었다.

벌써 두 달째 수련 중이지만 좀처럼 나아지지 않았다.

사실 창이라는 병기 자체를 처음 사용하기도 했다. 홍원이 즐겨 사용하는 병기는 검이었다. 평범한 청강장검을 주로 사용했기에 창이라는 병기에 익숙해지는 데도 시간이 필요했다.

다루기 어려운 창을 다룰 때면 홍원의 입가에 미소가 어렸다.

무언가 어색하고 어려우면 꿈과는 다른 삶을 살고 있다는 실감이 들었다. 그래서 좋았다.

이미 가족을 찾아 꿈과는 완전히 다른 삶을 살고 있지만, 그래도 홍원에게는 더 많은 증거가 필요했다.

창을 휘두르는 홍원은 금세 땀에 흠뻑 젖었다.

당연한 일이다. 한 초식 한 초식 집중해 전력을 다하는 그 움직임은 보통 힘든 일이 아니다. 단전에서 시작한 내력이 온몸을 휘돌아 활력을 주지만, 천선의 심오함은 그 내력으로도 감당할 수 없을 지경이었다.

꼬박 두 시진을 창을 휘둘렀다.

"헉헉헉!"

홍원의 숨결은 이루 말할 수 없이 거칠어져 있었다.

그렇게 세 시진을 보내고 나니 어느새 허기가 정신을 일깨웠다. 이미 점심때는 한참 지나 있었다.

홍원은 늘 기대앉는 자리에 철퍼덕 주저앉았다. 그곳에는 미리 꺼내놓은 주먹밥이 있었다.

어머니께서 손수 준비해 주신 주먹밥은 세상 그 어떤 음식보다도 맛있었다.

그간 너무나도 그리운 맛이었다.

그 맛을 지난 두 달 동안 매일같이 느끼고 있다.

"뭐, 이런 게 행복이지."

수련할 무공이 있고 함께할 가족이 있으며 자신을 위하는 어머니가 계시다.

이것이면 충분하다 싶다.

무공 수련은 꿈에 대한 오기에 찬 반항일 뿐이다.

홍원은 절로 그런 생각이 들었다.

지금의 현실에 너무나 만족한 덕이다.

지하 수맥에서 떨어진 차디찬 물로 목을 축인 홍원은 지하 수맥의 폭포 아래 가부좌를 틀고 앉았다.

운기를 시작할 시간이다.

천선은 동공이자 정공이었다.

천선의 무학에 따라 초식을 펼치는 것 자체가 운공이었고, 또한 가부좌를 틀고 앉아 조식을 하는 것도 운공이었다.

그 역할이 서로 달랐다.

동공은 내공이 흐르는 혈맥을 넓히고 튼튼하게 해주었으며, 정공은 그 길을 따라 내공이 빠르게 흐르게 해주었다.

두 가지가 상호 보완적으로 작용해 그 경지를 더욱 높은 곳으로 이끌어주었다.

천선의 심법은 기본적으로 사부에게 배운 것과 같았다.

사부는 자신의 심법을 무유심법(無圍心法)이라 했다.

무유심법.

얽매임이 없는 심법.

말 그대로 홍원이 익힌 심법은 얽매임이 없었다. 자유롭고
또 자유로웠다. 그랬기에 천선에 수록된 모든 무학, 모든 초식
을 펼치는 데 거침이 없고 얽매임이 없었다.

그뿐만이 아니다.

사부와 함께할 때 간혹 사부는 쓸모가 있을 거라며 다른
문파의 무공 몇 가지를 가르쳐 주었다. 단지 그 초식을 가르
쳐 줄 뿐 그에 필요한 내력의 수발에 대해서는 알려주지 않았
다.

각기 무공은 그 초식에 맞는 내력의 수발이 필요하고 그 수
발의 경로를 따라 움직이는 법이 바로 독문심법이다.

독문심법 없는 무공 초식은 반쪽짜리 무공이다.

어느 정도 흉내는 낼 수 있지만 그 진정한 모습을 보일 수는
없었다.

하지만 무유심법은 그렇지 않았다.

그랬기에 사부는 내력의 수발에 대해 알려줄 필요가 없었던
것이다.

사부가 가르쳐 준 초식을 펼치자 자연스레 내력이 일었다.

단지 무유심법은 정공이었다.

늘 운기와 조식을 통해 수련하여야 무공을 펼칠 때 내력이 따라 일었다. 동공을 통해서는 수련이 불가능했다.

천선심법과의 유일한 차이점이다.

'천선심법의 절반으로 만든 심법 같았지.'

홍원은 운공 중 생각했다.

운공 중 마음을 둘로 나누어 다른 생각을 할 수 있다는 것.

이것 또한 무유심법과 천선심법의 신묘한 점이었다. 다른 점은 무유심법은 둘로만 나눌 수 있지만 천선심법은 여덟까지 나눌 수 있다는 것이다.

홍원의 생각은 맞았다.

무유심법의 연원은 결국 천선심법이었다.

천선심법을 천선문 일반 제자들을 위해 간소하게 만든 심법이 무유심법이었던 것이다.

그랬기에 홍원은 천선심법도 쉬이 익힐 수 있었다.

이것은 꿈 때문이 아니었기에 홍원은 순순히 받아들였다.

운공을 마치자 어느새 서쪽 하늘이 붉게 물들어 오고 있었다.

오늘은 운공 시간이 좀 길었다. 평소라면 창을 한 번 더 휘두르고 내려갔겠지만 이미 하산할 시간이었다.

주섬주섬 짐을 챙겼다.

짐이랄 것도 없었다. 활과 화살, 단검, 그리고 약초를 담기 위한 망태기가 전부이다.

비급을 묻은 곳은 바위를 올리고 꼼꼼히 정리해 그 흔적을 지웠다. 이미 얼마든지 필사할 수 있지만 진본은 소중했다.

은살림의 생활이 흔적을 지우는 데 많은 도움이 되었다.

망태기를 짊어지는 순간 홍원은 깜빡 잊은 것이 떠올랐다.

"맞다. 오늘 조 영감님께 하수오 세 뿌리를 갖다 주기로 했는데."

완전히 잊고 있었다.

천선에 너무 몰입한 탓이다.

가지고 있는 하수오가 없었다. 지금부터 캐야 했다. 대강 자생지를 알고 있기에 시간이 그리 걸리지는 않겠지만 그래도 마음이 급했다.

"오늘 사냥은 글렀군."

매일같이 사냥해 가는 것은 아니지만, 그간 날짜를 셈해보면 오늘쯤 작은 사슴 정도는 잡아가야 했다. 하지만 하수오를 캐려면 그 일은 요원했다.

"뭐, 하수오를 캐 가면 결국 같은 거지만."

홍원의 가족 생계를 위한 비용은 홍원이 사냥한 동물을 팔거나 약초를 캐서 파는 것으로 충당했다.

오늘은 사냥은 건너뛰고 약초를 캐는 것으로 정했다.

홍원의 걸음이 빨라졌다.

"쩝, 백린(伯麟) 녀석이 있으면 편할 텐데. 그놈은 어디에 자빠져 있으려나."

홍원은 은살림으로 들어가면서 헤어진 친구를 떠올렸다. 사

람은 아니지만 사부와 함께 천하를 떠도는 동안 외로움을 잊
게 해준 소중한 친구였다.

                    *   *   *

해미성.

읍성에서 북쪽으로 말로 열흘은 가야 하는 거리에 있는 제
법 큰 성이다.

향산의 북면으로 가는 길목에 있는 성으로 무림인과 상인
들이 많이 찾아 읍성과는 비할 수 없이 번화한 곳이다. 사람이
많이 찾고 돈이 도니 자연스레 커진 것이다.

해미성의 동문으로 두 노인과 이남일녀의 세 젊은이가 들어
섰다.

이미 해가 뉘엿뉘엿 지고 있었기에 그들 다섯은 객잔부터 찾
았다.

번화한 곳답게 객잔은 많았고 그들은 쉬이 마음에 드는 곳
을 찾을 수 있었다. 거리 곳곳에 병기를 소지한 무림인들이 돌
아다니고 있었다. 객잔 이 층의 식당도 예외는 아니었다.

"쯧쯧, 헛된 기대를 안고 모여드는 부나방들 같으니……."

날카로운 인상의 노인이 혀를 찼다.

"그건 우리도 마찬가지 아닌가요?"

일행 중 유일한 여인이 고개를 갸웃거리며 말했다. 스물 초반
으로 보이는 여인은 여느 곳에서 쉬이 볼 수 없는 미인이었다.

어딜 가나 반드시 돌아보게 만드는 미의 소유자였다.

이미 이곳 식당의 남자들의 시선이 모두 그녀를 향해 있었다. 어떻게 수작을 걸고 싶다는 마음이 얼굴에 드러나 있는 사내도 몇몇 되었다.

단지 함께한 노인들의 내력이 범상치 않아 보이기에 경거망동하지 못할 뿐이다.

그 모습에 불편해하는 것은 여인과 함께 있는 청년들이었다.

"모용 사매, 일단 면사부터 하는 게 어때?"

"답답한걸요, 문 사형."

입술을 삐죽이며 대답하는 그녀의 모습은 영락없는 철없는 명문가의 금지옥엽이다.

"우리가 유람 온 것은 아니지 않느냐. 쓸데없는 분란을 만드는 것보다 네가 조금 답답한 것이 낫다."

나이가 서른 즈음으로 보이는 사내가 진중하게 말했다. 그에게는 대꾸를 할 수 없는지 여인은 조용히 면사를 걸쳤다.

그 모습에 속으로 탄식을 터뜨리는 사내들이 제법 되었다.

"연아랑 함께 다니면 늘 이런 게 불편하단 말이지. 흘흘."

조용히 있던 인자한 인상의 노인이 미소를 지으며 말했다. 모용연이란 여인을 바라보는 그의 눈에는 정이 듬뿍 담겨 있었다.

"제 말도 좀 사도 사형의 말처럼 들으면 좋을 텐데 말이지요."

모용연에게 문 사형이라고 불린 사내 문명후가 씁쓸하게 웃으며 말했다. 사매는 자신에게는 늘 반항이었다. 대사형인 사도평에게는 늘 고분고분하면서 말이다.

"그만해라. 우리가 이곳에 놀러 왔느냐?"

날카로운 인상의 노인이 카랑카랑한 목소리로 말했다.

"죄송합니다, 호 장로님."

세 젊은이가 즉각 고개를 숙이며 말했다.

"특히 연아 너는 네 동생 일로 온 것이 아니냐?"

이어진 말에 모용연의 얼굴이 급격히 어두워졌다.

"허허, 진백 이 친구야, 연아도 잘 알고 있네. 단지 애써 밝은 척하고 있는 게야. 연아가 혜아를 얼마나 끔찍이 아끼는지는 자네도 잘고 있지 않나."

인자한 인상의 노인의 말에 호진백은 그저 술잔을 들이켰다.

이곳에 모인 무림인들을 보고 부나방이라 했지만 자신들 역시 그 부나방 무리 중 하나이기에 그런 것이다.

"갈 호법님, 감사합니다."

모용연이 작은 목소리로 말했다. 어느새 그녀의 두 눈은 붉게 물들어 있었다. 애써 잊고 있던 동생이 떠오른 것이다.

동생의 앙상하게 마른 몸에 움푹 파인 볼이 다시금 떠올라 절로 가슴이 복받쳐 올랐다.

그 모습을 갈현청이 안쓰럽게 바라보았다.

"현청 자네는 너무 물러서 탈이야."

호진백의 말에 갈현청은 그저 웃을 뿐이다.

"갈 호법님, 그런데 정말 향산에 그것이 있을까요?"

사도평의 물음에 갈현청이 애매한 표정을 지었다.

"글쎄, 나도 모르겠구나. 그 친구에게 그 이야기를 들은 것이 워낙 오래전 일이라."

갈현청은 자신의 오랜 친우를 떠올리며 말했다.

"그럼 그분을 찾으면 될 일 아닙니까?"

문명후가 답답한 듯 말했다.

"그럴 수 있으면 진즉에 그랬지."

호진백이 어두운 얼굴로 말했다. 그는 갈현청이 말한 인물을 알지는 못하지만 그가 지금 어디에 있는지는 이미 갈현청에게 들은 터였다.

"그게 무슨 말씀이십니까?"

사도평이 물었다.

"등선하셨대요."

모용연도 미리 들은 듯 대답은 그녀의 입에서 나왔다.

"이런……."

문명후는 차마 말을 잇지 못했다.

"벌써 십 년 전의 일이다."

갈현청이 나직이 말했다.

"내가 십오 년 전 만났을 때 그 친구가 그랬지. 향산 어딘가에서 그것의 기운을 느꼈다고."

"믿을 수 있을까요?"

사도평이 조심스레 물었다.

"내 그 친구와의 약조 때문에 누구인지 밝히지는 못한다만 확실히 믿을 수 있는 친구야. 그 능력도 대단하고. 심산유곡에 숨어 지내는 것을 좋아하던 친구라 영초나 영물의 기운을 느끼는 능력은 특별하고도 특별했지."

"대체 그분이 누구십니까?"

문명후가 궁금하다는 듯 물었다. 그 물음에 갈현청은 빙그레 미소 지을 뿐이다.

삼십 년도 더 전에 우연히 맺게 된 인연이다. 나이 차가 십년 이상 났지만 마음이 통하는데 그런 게 무슨 상관이냐며 그냥 친우로 지내자 한 지음이다.

마지막으로 본 것이 십오 년 전, 그리고 십 년 전 그 제자를 통해 부고를 전해 들었다.

"누군지는 알려줄 수 없지만 이것 하나는 말해주마. 나와 진백이 함께 덤벼도 다섯 초식도 버틸 수 없는 그런 사람이지."

그 말에 세 사람이 두 눈을 부릅떴다.

자신들의 앞에 앉은 이 두 노인이 어떤 사람인가. 현 강호에서도 초절정고수로 이름 높은 그들이다. 그런데 그런 분들이 합공을 해도 오 초도 버티지 못한다니 믿을 수 없었다.

"에휴, 이럴 때 그 똥개 녀석만 있어도 좋을 것을… 십 년 전부터 도통 감감무소식이니……."

"똥개라니요?"

모용연이 갑작스러운 말에 궁금하다는 듯 고개를 갸웃거리며 물었다.

"그런 녀석이 있다. 영약에 환장한 똥개가."

갈현청이 얼굴을 찌푸리며 말했다.

"그럼 내일부터는 계획대로 둘로 나뉘어 움직이는 겁니까?"

묵묵히 있던 사도평이 입을 열었다.

"그래야지. 명후와 연아는 나와 움직인다."

호진백이 말했다.

"평이는 나와 움직이면 될 게다."

갈현청이 고개를 끄덕이며 대꾸했다.

그때 한 중년인이 이층으로 올라와 주변을 두리번거렸다. 평범한 복색에 굳은살 가득한 손이 무림인은 아니었다.

한참을 두리번거리던 그는 목적한 사람을 찾았는지 그곳으로 걸음을 옮겼다. 그 방향이 다섯 사람이 앉은 곳이다.

"마침 오는군."

갈현청이 그를 바라보며 말했다.

"어르신, 소인 인사 올립니다. 초 서방이라 부르시면 됩니다."

회(會)의 사람을 미리 보내 수배해 놓은 약초꾼으로 향산에서의 길잡이 역할을 할 사람이다.

"반갑네. 그런데 어이해 혼자 오는가?"

"말씀을 전해 들었습니다만… 향산의 북면은 험하기 이를 데 없습니다. 게다가 찾으신다는 곳은 그곳에서도 더욱 깊고 험준한 곳입지요."

사내가 조심스레 설명했다. 다섯 사람은 눈짓으로 어서 말해보라고 했다.

"그곳에 길잡이로 들어갈 수 있는 사람은 몇 없습니다. 이곳 해미성에서는 제가 유일합죠."

그 말에 다섯 사람의 얼굴에 골이 파였다. 시작부터 계획이 틀어졌다.

*　　　　　*　　　　　*

갈현청이 친구에게 들은 곳은 북면 가마골에서 호골 사이의 어딘가라고 했다. 상당히 넓은 지역일 듯해 둘로 나누어 움직이기로 한 터였다.

"가마골에서 호골 사이면 산봉우리만 다섯입니다. 게다가 그 험준함을 생각하면 한 달은 헤매야 하지요."

막연히 힘들 것이라 생각은 했지만 산봉우리가 다섯이라는 말에 갈현청의 얼굴이 심각해졌다.

"초 서방, 자네가 해미성에서 유일하다고 했는가?"

"네."

사도평은 초 서방의 말에서 무언가를 눈치챈 듯 빠르게 물었다.

"그러면 다른 성에는 길잡이를 할 수 있는 사람이 있다는 뜻인가?"

"북면에서 먹고사는 사람은 모두 해미성에 모여 있습죠. 그러니 향산 북면 길잡이는 해미성에서만 구할 수 있습니다만…

예외가 딱 한 사람 있습니다."

"누군가?"

호진백이 다급히 물었다.

"여기서 관도를 따라 남쪽으로 말로 열흘 거리쯤에 읍성이라는 작은 성이 있습니다. 동면으로 들어가기 전 마지막으로있는 관문 같은 성이죠."

"동면은 영초가 별로 없다 들었는데?"

초 서방의 말에 문명후가 고개를 갸웃거렸다.

"산도 그리 험하지 않고 약초와 적당한 동물들이 많아 저희같은 것들이 살기에는 알맞은 곳이죠. 한데 동면은 북면과 쉬이 연결되어 있는 곳입니다요. 길만 잘 타면 걸어서 보름이 안걸립죠."

관도를 말로 열흘이면 사람이 부지런히 걸어 스무 날이 넘는 거리이다. 그런데 험한 산으로 보름 거리라니 믿을 수 없는일이다.

"그래서?"

사마평이 물었다.

"읍성의 사냥꾼 중 정말로 기가 막힌 실력을 가진 친구가 하나 있는데, 그 친구는 수시로 북면을 들락거렸습니다. 말씀하신 가마골에서 제가 만난 적이 있습죠. 그게 팔 년 전이긴 합니다만……."

"그래?"

문명후의 물음이다.

"네, 그렇습죠. 그때 그 친구도 길잡이로 왔습니다. 어르신네들 같은 사람들을 데리고 영물 사냥을 왔다고 하더군요."

다섯 사람은 깊은 고민에 들어갔다.

"그가 누군가?"

갈현청이 물었다.

"읍성에서 사냥꾼 장씨를 찾으면 된다 하였습니다."

갈현청과 호진백이 서로를 마주 보았다.

그리고 고개를 끄덕였다. 결정을 내린 것이다.

호진백이 입을 열었다.

"내일 날이 밝는 대로 명후와 연아는 나를 따라 읍성으로 간다."

　　　　　*　　　　　　*　　　　　　*

집에 돌아왔을 때는 늦은 밤이었다. 제법 괜찮은 하수오로 골라서 캐느라 시간이 걸렸다. 사부와 다니면서 약초를 캐는 데는 이력이 났다.

사부는 진실로 약장사를 하면서 다니신 분이다.

약초를 캐고, 침을 놓고, 연단을 해서 단약을 팔았다. 본모습을 모르는 사람이 본다면 영락없는 떠돌이 약장수였다.

읍성에 돌아온 날 홍원이 진구에게 한 말이 완전한 거짓말은 아니었다.

사부는 그런 방식의 은거를 택한 기인이었다. 세상을 떠도는

것을 좋아하고, 심산유곡을 좋아하고, 또 반대로 소탈한 보통
사람을 좋아하는 참으로 종잡을 수 없는 그런 분이었다.

홍원은 그런 사부의 어깨너머로 제법 많은 것을 배웠다. 무
공만 배운 것이 아니었다.

그 덕에 홍원은 당장 작은 의원을 차려도 돌팔이 소리를 듣
지 않을 실력이 된다. 결국 먹고살 수단이 하나 더 있는 것이
다.

"홍원이 왔느냐?"

집으로 들어오는 기척을 느끼신 것인지 어머니의 목소리가
들려왔다.

"네. 오늘은 조 영감님이 부탁하신 하수오를 찾느라고 좀 늦
었습니다."

"저런, 힘들었겠구나. 영감님 약방은 이미 문을 닫았을 텐
데."

"네, 그렇잖아도 내일 아침 일찍 가보려 합니다."

홍원은 짐을 내려놓고 어머니의 방으로 들어갔다. 홍원이 처
음 온 날에 비해 혈색이 많이 좋아지셨다. 병색이 완연하던 얼
굴에는 이제는 붉은 기운이 돌고 있었다.

모두 홍원의 노력 덕이다.

사부의 어깨너머로 배운 것이 큰 도움이 되었다.

"몸은 괜찮으세요?"

"네 덕에 아주 날아갈 것 같구나."

어머니가 웃으며 대답하셨다.

"일단 한번 살펴볼게요."

홍원이 어머니에게 다가가 맥을 짚었다.

맥이 많이 좋아졌다. 어느 정도 건강을 찾으신 것이다. 하지만 그간의 고생과 심화가 너무 심해 아직은 몸이 약한 상태였다.

환자의 상태는 벗어났지만 여전히 허약한 상태이다.

"많이 좋아지셨네요. 그래도 원기 손상이 워낙에 심해놔서 아직 시간이 좀 걸릴 듯합니다."

홍원의 걱정 어린 말에도 어머니는 빙그레 웃을 뿐이다.

"네 덕에 이 정도 된 것이 어디냐. 집안이 어려워 약도 못 쓰고 있었는데. 어르신이 널 참 훌륭히 키워주셨구나."

어머니는 사부를 어르신이라 불렀다. 홍원이 떠나던 날에도 그랬다. 그 어르신 탓에 이렇게 고생하며 산 것일지도 모르는데 사부에 대한 원망은 한 점도 없었다.

오히려 사부께서 등선하셨다는 소식을 전했을 때는 더없이 슬퍼해 주셨다.

어머니는 그런 분이었다.

"침으로 치료하는 것은 오늘이 마지막일 듯해요."

"네가 알아서 하려무나."

어머니는 아들을 전적으로 믿는다는 따스한 눈길로 홍원을 바라보았다.

어머니가 돌아앉자 홍원의 손이 바쁘게 움직였다. 홍원의 내력이 깃든 침이 혈 자리를 찾아들어 갔다.

홍원의 이마에 땀이 송골송골 맺혔다. 홍원의 내력이 허공을 격하고 침을 따라 어머니의 몸속으로 들어가고 있다.

등에 장심을 대고 직접 주입하는 것보다 훨씬 힘들고 효율도 떨어지는 작업이지만, 현재 어머니의 혈맥이 너무나 약해진 상태였기에 이 방법을 사용해야 겨우 홍원의 내력으로 어머니의 생기를 돋울 수 있었다.

짧지 않은 치료가 끝났다.

홍원은 어머니가 옷을 정리하는 사이 자리에서 일어나 방을 나섰다. 땀으로 흠뻑 젖은 모습을 보이기 싫어서이다. 이런 모습을 보면 걱정하실 테니까.

"내일 약방에 가는 길에 연단할 재료를 좀 사야겠다."

홍원이 가만히 중얼거렸다.

고향에 돌아온 후 지금까지 하루도 집을 비울 수가 없었다.

어머니의 상태가 너무 안 좋아서 하루에 한 번은 반드시 치료를 해야 했기 때문이다.

처음 진맥한 날 홍원은 어머니가 너무나 고마웠다.

그런 몸 상태로 자신이 돌아올 때까지 버텨주신 것이 고맙고도 또 고마웠다.

홍원이 볼 때 이런 환경에서 그렇게 나빠진 몸 상태로 버틴 것은 기적과도 같은 일이었다. 그때 어머니의 몸 상태는 그 정도로 최악이었다.

아마도 홍산과 홍해가 버팀목이었을 것이다.

그 어린 아이들을 두고 갈 수 없다는 집념이 어머니가 버틸 수 있는 원천이었을 것이다.

그리 생각하니 동생들도 고마웠다.

오늘 진맥을 하니 더 이상 자신의 내력과 침으로 해줄 수 있는 것이 없었다.

이제 원기를 보충하는 약을 쓸 차례였다. 원기가 차오르고 혈맥이 좀 더 튼튼해지면 그때 영약을 쓸 생각이다.

지금 홍원은 어머니가 영약을 섭취할 수 있도록 그 준비를 해가는 과정이었다.

                    *   *   *

날이 밝자마자 홍원은 조 영감의 약방으로 향했다.

"장씨네 장남 왔구만."

조 영감은 홍원을 보자마자 반가이 맞아주었다. 이제나저제나 하며 기다리던 하수오가 아닌가.

"그냥 홍원이라 부르세요."

홍원이 머쓱하게 웃으며 말했다.

"아직 내 두 눈엔 무양(武洋)이 그 친구가 보여. 그런 이상 넌 장씨네 장남이야."

아버지가 사냥을 공친 날에 심심파적 삼아 캐다 팔던 약초들을 사주던 영감님이다. 벌써 세월이 제법 흘렀건만 아직도 아버지를 기억해 주고 있었다.

"그럼 예전처럼 아원(兒原)이라 부르시던지요."

"알았다, 알았어. 그나저나 부탁한 건 구했느냐?"

"네. 그것 때문에 좀 늦게 내려와서 어제 못 들렀어요. 죄송합니다."

홍원의 사과에 조 영감이 고개를 가로저었다.

"부탁한 지 얼마나 됐다고. 내 생각보다도 훨씬 빨리 구해온 거야. 어디 좀 보자."

조 영감의 말에 홍원은 망태기에서 하수오 세 뿌리를 꺼냈다. 그것을 본 조 영감이 깜짝 놀랐다. 자신의 생각보다 훨씬 훌륭한 하수오인 것이다.

"이 정도면 셋 다 십오 년은 너끈히 넘겠구나. 쉬이 보이는 녀석들이 아닌데 대체 어떻게 된 것이냐?"

"그때 절 데려간 어르신이 연단사셨어요. 직접 약초를 캐서 연단을 해서 단약을 파시는. 그 덕에 많이 배웠습니다."

홍원의 말에 조 영감이 고개를 끄덕였다.

이미 그때 홍원을 데려간 노인이 떠돌이 약장수라는 소문이 퍼진 후였다. 진구의 값싼 입 덕이다.

조 영감의 눈빛은 '그래도 아주 사이비한테 속아 간 것은 아니구나. 다행이다'라고 말하고 있었다. 홍원은 그저 슬며시 웃었다.

"고맙다. 급했는데 이렇게 쉬이 해결되는구나."

"급한 거였나요?"

"내가 오죽하면 너한테 부탁했을까. 생전 이런 약초는 안 캐

오던 녀석이."

홍원이 캐다 판 약초는 아버지와 거의 비슷했다. 그래서 조 영감도 별 기대 없이 부탁한 것이다.

"앞으로 종종 부탁하마."

조 영감이 은근한 웃음을 지었다. 홍원은 마주 웃을 수가 없었다.

너 잘 걸렸다.

조 영감은 그렇게 웃고 있었으니까.

"어디 보자. 값을 쳐줘야지."

조 영감이 셈을 치르러 약방 깊숙한 곳으로 걸음을 옮겼다.

"아, 약재로 주세요."

홍원이 서둘러 말했다.

"약재?"

조 영감이 돌아보며 물었다.

"네. 어머니 약 좀 달여 드리려고요."

홍원의 말에 조 영감의 눈에 애잔한 빛과 미안함이 동시에 떠올랐다.

"그래, 장 부인이 몸이 많이 안 좋았지. 나라도 신경을 좀 썼어야 하는 것을… 미안하구나. 약재 볼 줄만 알지 쓸 줄은 모르는 처지라……."

조 영감은 진심으로 미안해했다.

약초와 약재를 감별하는 데는 읍성에서 따라올 사람이 없는 약재상이지만, 그렇다고 약을 지을 수 있는 것은 아니었다.

섭섭하지 않다면 거짓말이리라. 조 영감 정도면 아는 의원을 통해 조금이라도 도와줄 수 있었을 테니까. 하지만 조 영감과는 그 정도까지의 사이는 아니었다. 그랬기에 이해했다.

어머니께서 살아 계시기에 이해할 수 있었다.

홍원은 그저 웃으면서 약재가 쌓인 곳으로 갔다.

"괜찮습니다. 그냥 적당히 고르면 되나요?"

"그래. 셈은 내가 하고 있으니 적당히 골라봐."

연단사 밑에 있었다니 어느 정도 약은 짓겠구나 하는 얼굴이다.

홍원은 필요한 약재를 모두 골랐다. 그래도 여유가 있는지 조 영감은 제법 묵직한 돈주머니를 건넸다.

셈은 확실한 사람이었다.

집으로 돌아온 홍원은 칠 일간 향산으로 나가지 않았다.

어머니가 드실 단약을 만드는 데 온 정신을 집중했다. 화로에 불꽃이 피어오르는 동안은 잠시도 눈을 떼지 않았다.

그렇게 정성을 들인 단약이 모두 서른 알 만들어졌다.

이것을 다 드시면 그때는 어느 정도 혈맥이 단단해지리라.

그러면 자신의 내력으로 혈맥에 쌓인 잡기를 청소하고 영약을 드시면 된다.

"북면에 가봐야 하려나?"

홍원은 단약을 보며 중얼거렸다.

홍원은 알고 있다. 아버지가 굳이 북면까지 사냥을 하겠다고 나가신 이유를.

영물과 영약이 많은 북면이지만 그만큼 사나운 맹수가 많은 곳이다. 가끔 마물(魔物)도 나온다는 소문이 도는 곳이다.

아버지는 향산의 길을 읽을 줄 아셨다. 동면만이 아니라 서면, 남면, 북면, 심지어 중심까지.

향산에서 가장 험한 곳은 중심이다. 사람의 접근을 허용하지 않는 곳이다. 향산을 빙 둘러 가서 향산 너머에 다른 대륙이 있다는 것을 알게 된 것이지 향산을 가로질러 간 사람은 홍원이 알기로는 아직 없었다.

아마 아버지께서 무공을 익히셨다면 가능하지 않았을까?

그렇게 추측할 뿐이다.

아버지는 향산의 기운이 보인다고 하셨다. 그 기운이 향산의 길을 알려준다고.

그것은 어린 홍원만이 아는 비밀이다.

아버지는 아마 북면을 다니는 것도 어렵지 않았으리라. 안전한 길로 다니는 것은 쉬운 일이었지만 사냥을 하려면 결국 위험 속에 몸을 던져야 한다.

아버지의 사냥 실력은 홍원이 아는 한 최고였지만, 북면의 사나운 맹수들에게는 모자랐나 보다. 홍원은 그렇게 위안 삼았다.

홍원은 아버지에게 향산의 길을 보는 법을 배웠다. 핏줄을 통해 그 능력이 전해진 것인지 어렵지 않았다.

하수오 자생지도 그렇게 찾았다.

내일이나 모레쯤 어머니의 상태를 봐서 영약이나 영초를 찾아 향산에 들어가야겠다고 마음먹었다.

이번 길은 짧으면 며칠, 길면 보름이 넘게 걸릴 것이다.

第四章

자홍선지초
(紫紅仙芝草)

　"말씀하신 곳에 다녀왔습니다만… 아무런 흔적도 없었습니다."

　복면을 쓴 자가 부복하며 태사의에 앉은 노인에게 말했다. 그 보고를 들은 노인의 얼굴에 당혹감이 떠올랐다.

　절대 그럴 리가 없다는 얼굴이다.

　"분명한 것이냐?"

　"반경 십 리를 샅샅이 뒤졌습니다. 한데 아무 흔적이 없었습니다. 사람이 머물던 흔적도 없었습니다."

　흔들리지 않는 목소리로 대답했다. 그는 자신의 대답에 확신이 있었다.

　"은월(隱月), 네가 그리 말한다면 그런 거겠지."

그리 말하는 노인의 목소리에 힘이 쭉 빠져 있다. 거기에 더해 근심이 가득했다.

"노야(老爺), 대체 그곳에 누가 있어야 하기에 그러시는 것인지요?"

은월이 조심스레 물었다. 자칫 노야의 심기를 거스를 수도 있기에.

"괴물이 있어야 하지. 아니, 괴물의 새끼가."

그리 말하는 노야의 목소리에 두려움이 묻어났다.

그 모습에 은월이 깜짝 놀랐다. 노야가 누구란 말인가. 이 대륙 무림에서 과연 두려워할 만한 이가 있을까 하는 의문이 드는 사람이다.

그런 그의 목소리에 두려움이란 감정이 묻어나다니.

"혹시 모르니 북해 전체를 이 잡듯 뒤져라."

"존명."

노야는 별 기대 안 한다는 얼굴로 명령을 내렸다. 혹시 모를 가느다란 끈이라도 찾아보겠다는 그런 얼굴이다.

은월이 물러간 후 노야는 의자에서 몸을 일으켜 창가로 다가갔다.

높은 누각의 최상층인 듯 넓은 장원의 온갖 건물이 한눈에 들어왔다. 아무리 주변을 둘러보아도 이 누각보다 높은 건물은 없었다.

아니, 아스라이 단 한 곳이 있었다.

"허어, 황제 폐하를 위해서라도 어떻게든 찾아야 하건만…

놈은 대체 어디로 간 것이란 말인가. 분명 북해에 있어야 하는데."

노야가 얼굴을 찌푸린 채 중얼거렸다.

놈은 진정 무서운 녀석이었다.

그놈을 떠올리는 것만으로도 몸서리쳐지는.

"노야, 문주님께서 오셨습니다."

문밖에서 시종의 목소리가 들려왔다.

노야는 얼른 의관을 정제하고 문 앞으로 다가갔다.

"안으로 뫼서라."

문이 열리며 젊은 청년이 들어왔다.

천선문의 문주 북궁휘용이다.

"문주님을 뵙습니다."

노야는 허리를 깊이 숙였다.

"노야, 노야께서는 제 사조님이십니다. 이러시면 안 됩니다."

문주라 불린 청년이 당황해하며 노야에게 다가갔다.

"문파에는 위계질서라는 것이 있습니다. 이제 문주님께서는 우리 천선의 가장 큰 어른이십니다. 그러니 제가 당연히 예를 다해야지요."

"부담스럽습니다, 사조님."

"익숙해지셔야 합니다."

그리 말하는 노야의 얼굴은 단호했다. 문주는 어쩔 수 없다는 듯 고개를 끄덕였다.

"어쩐 일로 친히 소인의 처소까지 오신 겁니까?"

다탁으로 문주를 안내하며 노야가 물었다.

"은월 공(公)이 돌아왔다 들었습니다."

차를 따르던 노야의 손이 멈칫했다.

은월 공.

천선문의 비은팔호법(秘隱八護法) 중 한 명이다.

천선문의 일반 문도에게는 알려지지 않은, 그야말로 어둠 속에서 천선문을 지키는 호법들이다. 그랬기에 문주가 공이라 높여 지칭한 것이다.

"어이해 그를 저 먼 북해까지 보낸 것입니까?"

찻잔을 받은 문주가 노야를 바라보면서 물었다.

노야를 직시하는 그의 눈은 분명 문주의 눈이었다.

그 모습에 노야는 작게 고개를 끄덕였다. 눈앞의 문주가 분명 자신을 추궁하고 있건만 그런 당당한 모습을 보이는 것에 기꺼워하는 듯했다.

"제가 이 년 전에 순천(順天)의 선술법(仙術法)을 시행한 것을 알고 계실 겁니다."

"물론입니다. 제가 아직 소문주 중 한 명일 때였죠."

문주가 고개를 끄덕였다.

"그때 술법의 결과로 예지몽을 꾸었습니다. 끔찍한 꿈이었지요."

노야의 얼굴이 일그러졌다.

문주의 얼굴에 호기심이 어렸다. 대체 얼마나 끔찍한 꿈이었기에 자신에게는 태산과도 같은 노야가 저런 얼굴을 하는가.

"괴물이 나왔습니다. 한 번의 칼질로 궁을 반쪽 내버리는 어마어마한 도강(刀罡)을 자유자재로 뿌려대는 괴물이었습니다."

"그런……."

문주는 믿을 수 없다는 얼굴을 했다. 그도 그럴 것이, 궁을 반쪽 내버리는 도강이라니 말도 안 되는 일이지 않은가.

"저희는 삼십 년 전에 드디어 그간의 준비를 마치고 황제 폐하의 곁으로 왔습니다. 폐하를 지켜드리기 위해서지요."

"그것이 우리 문의 존재 이유이지요."

문주가 고개를 끄덕이며 대꾸했다.

대륙 중원의 지배자 황제.

군(軍)과 관(官), 민(民), 그리고 무림(武林), 그 모든 세계의 정점에 이른 절대의 지배자이다.

물론 무림은 북동, 북서, 남동, 남서의 네 방위에 각 황(皇)과 제(帝)의 칭호를 허락한 네 개의 세력이 있다. 무림이란 워낙 깊고도 넓어 어디로 튈지 모르는 세계이기에 그들에게 어느 정도의 권한을 위임해 준 것이다.

하지만 황제 그 자신에게 힘이 없으면 언제 딴마음을 먹을지 모른다.

무림이란 곳은 그런 힘과 욕망을 가진 세계였다.

그래서 황제에게 절대의 힘이 필요했다.

무림을 제어하기 위한 황제의 힘, 그것이 바로 천선문이었다.

그래서 늘 천선문의 소문주 중 한 명은 황가의 핏줄을 가진 이였다.

"제가 꾼 예지몽은 삼십 년의 세월입니다. 이 못난 몸이 그때까지 살아서 못 볼 것을 모두 보았습니다. 비록 꿈이지만 정말로 몸서리쳐질 정도로 끔찍했습니다."

노야는 입이 마르는 듯 차를 한 모금 들이켰다.

"그 악귀가 황도를 휩쓸었습니다. 한 번 칼질로 궁을 쪼개고 두 번 칼질로 성벽을 무너뜨렸습니다. 그렇게 황궁이 무너지고 천선문이 무너졌습니다."

"허어……."

문주는 대꾸를 하지 못했다. 그저 절대로 믿지 못하겠다는 얼굴이다.

"그 악귀의 종자가 지금 북해에 있습니다. 꿈이 그렇게 말해 주었습니다. 그래서 은월을 보낸 겁니다."

천선문 호법들의 최고 어른인 태상호법 우문기영.

천선의 모든 문도는 존경의 뜻을 담아 그를 노야라 불렀다. 전전대 문주로 문주의 자리에서 물러난 후에도 문을 위해 불철주야 애쓰는 그는 충분히 그런 대우를 받을 자격이 있었다.

능히 섭정이 가능할 위치에 있음에도 문주의 위에서 내려온 후엔 철저히 호법으로 문을 위해 일해 온 그였다.

"순천의 선술법이 우리 문의 비술 중 비술이라 하나 그것이 항상 정확한 것은 아니었다고 알고 있습니다. 아무리 생각해도 그런 말도 안 되는 일은 일어나지 않을 것이니 너무 염려 마십시오, 노야."

찻잔을 비운 문주가 자리에서 일어났다.

"만에 하나라는 것이 있어 일단은 은월에게 맡겨둔 터입니다. 너무 신경 쓰지 마십시오."

마주 일어난 노야가 말했다.

"호법들은 모두 우리 문에 없어서는 안 될 기둥들입니다. 그 쓰임에 있어 신중 또 신중해야 할 겁니다."

"존명."

문주의 말에 노야는 포권을 취하며 낮게 말했다.

"이러시면 불편합니다."

그 모습에 문주는 깜짝 놀랐으나 노야 우문기영은 요지부동이었다. 그런 그의 행동에 문주는 어쩔 수 없다는 듯 한숨을 내쉬며 노야의 방을 나섰다.

문주가 떠난 후 우문기영은 다시 창가 난간으로 걸음을 옮겼다.

멀리 보이는 높은 건물.

황제의 누각이다.

우문기영은 똑똑히 기억했다.

저 마천루 같은 누각이 종(縱)으로 쪼개져 허무하게 스러지는 모습을.

"문주, 내가 펼친 것은 순천의 선술법이 아니라오."

우문기영의 나직한 독백이 바람과 함께 아스라이 흩어졌다.

"그것은 꿈이 아니라오. 일어나지 않을 일도 아니라오. 다 내가 피눈물을 흘리고 겪었음이니… 역천의 대법, 그것을 펼칠 수밖에 없었음을……."

　　　　　*　　　　　　*　　　　　　*

　그림자가 제법 길어진 오후이다. 학관의 정문이 열리면서 아이들이 우르르 쏟아져 나왔다.

　그 무리에는 홍산과 홍해도 있었다. 오누이는 손을 꼭 잡고는 걸음을 옮기고 있었다. 콧노래도 흥얼거리는 것이 기분이 무척 좋은 듯했다.

　사실 아직도 믿기지 않았다.

　자신들이 이런 생활을 할 수 있다니.

　형이 있다는 것을 알고 얼마나 원망을 한 홍산이던가.

　이제는 그때의 행동이 다 부끄러워질 지경이다. 형이 돌아온 후 어머니도 건강해지고 자신과 해아도 학관에 다니게 되었다.

　모두가 형 덕분이다.

　고맙고도 미안했다.

　그래도 조금 더 빨리 돌아오지 않은 것은 좀 섭섭했다. 그런 마음이 남아 있는 것으로 보면 홍산은 아직 어린 아이였다.

　"야, 거지."

　그때 홍산과 홍해를 가로막는 아이들이 있었다.

　그동안 어째 조용하다 했더니 오늘로 날을 잡았나보다. 홍산이 긴장한 얼굴로 한 발 앞으로 나오며 홍해를 가렸다.

　홍산을 가로막은 아이는 예의 지난번의 그 비단옷을 입은 아이였다.

"관오령……"

홍산이 그 아이의 이름을 중얼거렸다. 오빠 뒤에 숨은 홍해는 잔뜩 겁먹은 얼굴이다. 쌍둥이라고는 하나 홍해는 여자아이인 데다 홍산보다 머리 하나는 작아 영락없이 어린 동생으로만 보인다.

"이 거지새끼들은 남자새끼나 여자새끼나 왜 이리 내 심기를 건드려? 응?"

관오령은 잔뜩 화가 난 얼굴이다.

발단은 간단했다.

이 년째 천자문에서 헤매는 관오령을 놔두고 홍해가 벌써 천자문을 떼고 상급반으로 올라간 것이다. 어차피 두 사람은 다른 반이었으니 아무 상관없는 일이다.

천자문을 떼었다고는 하나 조그맣고 가난한 여자아이 하나 신경 쓸 관오령이 아니었다.

문제는 그 아이의 이야기가 아버지의 귀에 들어간 것이다.

그 때문에 어제는 정말 오랜만에 제대로 혼났다. 눈물을 줄줄 흘렸다. 아버지의 화는 오늘 아침까지도 풀리지 않았다.

그 때문에 관오령은 지금 독이 바짝 오른 상태였다.

"따라와라. 둘 다."

관오령이 사납게 말했다. 이미 그를 따르는 아이들이 홍산과 홍해를 둘러싸고 한 곳으로 몰아가기 시작했다.

지난번에 홍산이 당한 그 골목이다.

　　　　*　　　　　*　　　　　*

　정신없이 달려왔다.

　한시가 급했기에 그렇게 달려올 수밖에 없었다.

　덕분에 호진백과 문명후, 모용연은 먼지를 잔뜩 뒤집어쓴 몰
골로 성문을 통과했다.

　"후우, 어서 씻었으면 좋겠어요."

　모용연이 힘없는 목소리로 중얼거렸다.

　"그럴 시간 없다. 우리가 왜 이리 서둘렀는데."

　대답은 문명후의 입에서 나왔다.

　"그런데 사냥꾼 장씨는 어디서 찾지요?"

　모용연의 물음에 호진백과 문명후의 얼굴이 찌푸려졌다.

　들어와 보니 읍성은 말도 안 되게 작은 성이었다. 해미성에
비할 바가 아니었다.

　같은 향산의 관문에 있는 마지막 성이건만 어찌 이리 차이
가 난단 말인가.

　이런 작은 성에 와본 경험이 별로 없는 그들이었기에 앞으로
의 일이 난감했다.

　"흐음, 작은 성이니 오히려 서로 더 잘 알지 않을까요?"

　"그래도 주루나 객잔이 제대로 있겠느냐?"

　모용연의 물음에 문명후가 답했다.

　"그거야 물어보면 되죠. 애, 사람을 좀 찾는데 어디 가서 물
어보면 빨리 알 수 있을까?"

모용연의 행동은 빨랐다. 문명후에게 대답을 하자마자 몸을 돌려 지나가는 아이를 잡고 물었다.

그 모습에 문명후는 어처구니가 없다는 표정을 지었다. 저런 아이가 무얼 안다고 묻는단 말인가.

"사람을 찾는다고요? 저기 주막에 진구 아저씨가 있는데요, 그 아저씨가 잘 알 거예요."

아이는 손가락으로 한 초가지붕을 가리키고는 제 갈 길을 갔다. 바삐 뛰어가던 아이는 뒤도 돌아보지 않았다.

그 모습에 모용연은 살짝 자존심이 상했다. 이런 산골 마을에서 자신과 같은 미인은 보기 힘들 텐데 어찌 저 아이는 놀란 표정도 짓지 않고 저렇게 도망치듯 떠난단 말인가.

모용연의 표정 변화를 본 문명후가 피식 웃었다. 자신의 사매가 어떤 생각을 하고 있는지 안다는 듯한 얼굴이다.

"벌써 며칠을 못 씻었는데. 아주 먼지로 범벅이 돼서 땟물이 줄줄 흐르는구나."

"어맛!"

문명후의 말에 자신의 몰골을 깨달은 모용연이 서둘러 면사를 썼다.

본디 미모를 가리기 위한 용도로 모용연이 사용하던 면사이다. 그런 만큼 잘 하지를 않아 난감한 상황을 많이 만들었는데 지금은 그렇게 답답해하던 면사를 냉큼 썼다.

'참나, 보이기 싫은 모습만 가리려 하니… 어찌 된 아이인지.'

문명후는 어이없는 중얼거림을 속으로만 했다. 모용연의 귀에 들어가면 귀찮아질 뿐이라는 것을 알기에 취한 현명한 행동이다.

"서두르자. 저런 꼬마 말을 믿어야 할지는 모르겠다만, 그래도 아무것도 안 하는 것보다는 낫지 않겠느냐."

호진백이 앞장서 걸으며 말했다.

세 사람은 금세 아이가 가리킨 주막에 도착했다.

주막이라는 곳은 상당히 신기한 곳이었다. 호진백은 물론 문명후나 모용연이 지내던 곳에서는 볼 수 없는 구조였다.

짚단을 얼기설기 엮어 지붕을 얹은 집 앞마당에 평상을 여러 개 놓아두고 그 위에서 밥을 먹거나 술을 마시는 사람들의 모습은 참으로 생소했다.

"중원에서 떨어진 대륙의 외곽이라고는 하나 참으로 신기하군요."

문명후가 주막의 싸리문 입구에 서서 말했다. 호진백은 그저 고개만 끄덕였다.

모용연은 두 눈을 반짝이며 자신의 호기심을 한껏 드러내고 있었다.

그렇게 세 사람은 입구에 멀뚱히 서 있었다.

어디를 둘러보아도 점소이가 보이지 않았기에 대체 누구에게 말을 붙여야 할지 판단을 못 하고 있는 것이다.

"이보슈."

그때였다, 세 사람의 뒤에서 낯선 목소리가 들린 것은.

셋의 머리가 동시에 돌아갔다.

"어이쿠, 깜짝이야!"

그 일사불란한 동작에 세 사람에게 말을 건 사내가 경기를 일으켰다.

"거, 주막에 들어갈 거면 들어가고 말 거면 어서 비키시오, 입구 막고 있지 말고! 거참, 사람 놀라게 하는 재주도 대단하오!"

경기를 일으킨 모습이 부끄러웠는지, 아니면 자신을 그렇게 만든 셋에게 화가 났는지 사내는 삿대질까지 하면서 외쳤다.

그제야 모용연을 비롯한 셋은 나란히 서서 입구를 막고 있음을 깨달았다.

"이거 죄송합니다. 저희가 잠깐 딴생각을 하느라 입구를 막고 있는 줄도 몰랐군요. 놀라셨다면 다시 한번 사과드립니다."

상황을 판단하고 먼저 허리를 숙인 이는 문명후였다.

그의 신분에서는 쉬이 할 수 없는 행동이었지만 그는 상황 판단이 빨랐고 결정을 했으면 행동에 옮기는 것 또한 과감했다.

"뭐, 그렇다면야… 흠흠."

문명후의 사과에서 진정을 느낀 것인지 사내는 세 사람이 비켜준 입구로 천천히 걸어 들어갔다.

"주모~!"

사내는 빈 평상에 앉더니 큰 소리로 누군가를 불렀다. 그러자 중년의 아낙이 재빠르게 그 평상으로 다가갔다.

그제야 세 사람은 왜 이곳에 점소이가 없는지 깨달았다.

"중원에서는 보지 못한 모습이네요."

모용연이 중얼거렸다.

"그렇구나. 변방이긴 하지만 이런 곳이 있는 줄은 몰랐다. 남동성도(南東省都)에서는 상상도 못한 모습이구나."

문명후가 고개를 끄덕이며 말했다.

"어서 사람이나 찾아보거라."

호진백의 말에 문명후가 싸리문 안으로 들어갔다. 자신들이 길을 막고 있던 사내에게서 주문을 받은 주모가 막 초가집의 주방으로 향하는 찰나였다.

"이보시오, 주모."

문명후가 재빨리 불렀다.

그의 부름에 걸음을 멈춘 주모가 그를 위아래로 훑어보았다.

"외지인 같은데 무슨 일이슈?"

주막에서 산전수전 다 겪은 주모였기에 단번에 문명후가 외지인임을 알아보았다.

"사람을 좀 찾으려고 합니다. 혹시 진구라는 분이 이곳에 계십니까?"

문명후는 최대한 예를 갖춰 물었다.

그의 물음에 주모의 시선이 자연스레 돌아갔다. 문명후의 시선도 따라 돌았다.

그곳에 막 벌컥벌컥 마신 탁주 사발을 내려놓은 사내의 뒷모습이 보였다. 성문을 지나칠 때 본 수문병들과 똑같은 옷을 입은 사내였다.

그가 진구라는 사내이리라.

문명후는 그를 향해 걸어갔다.

진구는 자신의 술상에 갑자기 그림자가 드리우자 고개를 돌렸다.

문명후와 추진구의 시선이 마주쳤다.

용건이 있어 찾아온 것은 문명후였기에 먼저 포권을 하며 허리를 숙였다.

"남동부의 건화성에서 온 문명후라 합니다. 혹시 형장께서는 진구라는 이름을 쓰시는지요?"

상대가 먼저 예의 바르게 대하니 그에 맞게 답해줘야 한다.

진구는 평상에서 내려와 포권을 취했다.

"진구가 제 이름이 맞습니다. 추진구라 합니다."

"추 소협이시군요."

문명후의 말에 진구는 손사래를 쳤다.

"성문 경비나 하면서 밥 벌어먹고 사는 촌무지렁이입니다. 소협이라니 당치도 않습니다."

상대의 순박한 모습에 문명후는 내심 안도의 한숨을 내쉬었다. 이런 사람이라면 자신들이 원하는 바를 쉬이 들어줄 가능성이 높기 때문이다.

"멀리서 오신 분들께서 어인 일로 저 같은 수문병을 찾으셨습니까?"

진구는 이내 문명후의 뒤에 서 있는 호진백과 모용연이 그와 일행임을 알아차리고 물었다.

"사실 사람을 찾아왔습니다. 읍성은 처음인지라 이 넓은 곳에서 어찌 찾을까 고민하던 차에 한 꼬마가 추 소협을 알려주더군요."

재차 칭해진 소협이란 말에 진구의 얼굴이 벌겋게 변했다. 이곳은 성문 수문병들의 단골 주막이다. 이곳에서 이런 대화가 오간 것은 금방 다른 수문병들에게 소문이 나게 마련이다.

"소협이라는 말은 제가 감당할 수 없는 말입니다. 제발 거두어주십시오."

애원하는 듯한 표정의 진구를 보자 문명후도 더 이상 그를 소협이라 부를 수가 없었다. 그의 얼굴은 정말 간절해 보였다. 무림에서야 소협이 젊은 무인을 칭하는 일종의 호칭과 같다지만, 스스로가 소협으로 불리길 거부하는 사내에게 뭐라 불러야 할지 난감했다.

그렇다고 진구라는 이름을 그대로 부를 수는 없지 않은가. 그것은 상대에 대한 결례였다.

상대의 그런 난감함을 알아차렸음인지 진구가 재빨리 입을 열었다.

"못난 놈이 부족하지만 성문의 경비 조장을 맡고 있습니다. 그냥 추 조장이라 불러주시면 됩니다."

"아, 추 조장이셨군요. 몰라뵈어서 죄송합니다."

반색을 한 문명후는 적당히 진구를 높여주었다. 자신을 높여주는 데 싫어할 사람은 없었다. 진구 역시 은근한 미소를 지었다.

눈앞의 사내는 딱 봐도 굉장히 높은 신분의 사내이다. 그건 오랜 성문 경비로서의 직감이다. 그랬기에 자신보다 제법 어려 보이는데도 불구하고 계속 존칭을 사용하고 있었다.

더군다나 자신을 소협이라 부른 것을 보면 분명 무림인이었다. 더욱 조심해야 했다.

'저 정도 되는 자라면 한껏 오만해야 정상인데 이리 예를 다하다니 분명 보통 사람이 아니다. 조심해야 해.'

관 성주의 아들들을 보더라도 어느 정도 신분이 높다 하면 오만방자에 안하무인이 기본이다. 그런데 저들은 그렇지 않았다. 저런 자들이 더 무서운 법이라는 것을 진구는 경험으로 체득하고 있었다.

"어느 꼬마가 그런 말을 했는지 모르겠습니다만, 저는 일개 성문 경비일 뿐입니다. 제가 어찌 읍성의 모든 사람을 알겠습니까?"

"모두는 몰라도 구 할은 알잖아?"

다른 평상의 술상을 정리하던 주모가 끼어들었다.

'젠장, 저 아줌마는 분위기 파악도 못 하고……'

진구는 속으로 짜증이 왈칵 일었지만 내색하지는 않았다. 눈앞의 사람들과 엮이면 안 될 것 같아서 어떻게든 빠져나가려 했는데 주모가 그것을 막아버렸다.

주모의 말에 반색한 것은 당연히 문명후 일행이었다.

문명후가 재빨리 물었다.

"혹시 장씨 성을 쓰는 사냥꾼을 아시오?"

장씨는 흔한 성이다.

사냥꾼 또한 읍성에서는 흔한 직업이다.

빠져나갈 구멍을 찾았다.

진구가 그렇게 안도하는 순간, 다시 한번 그의 평정심을 깨뜨리는 말이 들려왔다.

"향산 북면에도 들어갈 수 있는 자라 하더군."

지금까지 한마디도 하지 않고 가만히 서 있던 노인이다.

다시 한번 얼굴이 일그러지려 했지만 진구는 필사적으로 참았다. 저 셋 중 가장 무서운 인물이 방금 입을 연 노인이라고 진구의 본능이 강렬한 경고를 보내고 있었다.

"거, 북면에 들어갈 수 있는 사냥꾼이라면 장씨고 뭐고 간에 읍성에는 한 명뿐이라우."

다시 끼어든 주모.

정말 분위기 파악을 못하는 여편네다.

그 말을 들은 세 사람의 얼굴이 대번에 밝아졌다. 이곳까지 고생하며 온 보람이 있는 것이다.

하지만 이내 그들의 얼굴을 일그러뜨리는 말이 주모의 입에서 흘러나왔다.

"뭐, 팔 년 전에 북면에 들어갔다가 횡사했지만."

그 말을 하는 주모의 얼굴은 어두웠고, 그 말을 들은 세 사람의 얼굴은 더욱 어두웠다.

한 줄기 희망이라 생각하고 이곳까지 왔건만 이 세상 사람이 아니란다.

주모는 그런 분위기를 아는지 모르는지 계속 조잘거렸다. 참 분위기 파악 못하는 여편네다.

"한데 장씨가 산에 갈 때마다 아들을 자주 데려갔는데… 집 떠났다가 몇 달 전에 돌아왔지, 아마? 그렇지, 진구야?"

세 사람의 시선이 벼락과도 같은 기세로 진구에게 꽂혔다.

분위기 파악 못하는 것도 그렇지만 어쩌면 저렇게 사람 기분을 지옥과 천당으로 오르내리게 하는지 참 기찬 재주를 가진 주모다.

세 사람의 시선이 너무나도 무서웠기에 진구는 떨떠름히 대답했다.

"뭐, 제 친구이고 얼마 전에 돌아오기는 했습니다만… 그 녀석이 향산에 들어간 것이 열한 살, 열두 살 적이라… 그리고 벌써 십오 년을 떠났다가 돌아온지라 제 아비 임종도 못 지킨 불효자식 놈입니다."

진구는 어떻게든 이들이 홍원을 찾는 것을 막기 위해 최대한 별것 아니라는 투로 말했다.

하지만 이들이 향산 북면을 찾는 것은 너무나 절박한 사정이 있기 때문이다. 그들은 거미줄 같은 실낱에도 희망을 걸어봐야 할 상황이었다.

"상관없네. 일단 만나게만 해주게."

호진백이 다급히 말했다. 그만큼 급하다는 것이다.

그 모습에 진구는 속으로 시름에 잠긴 한숨을 쉬었다.

이제 겨우 자리를 잡아가는 친구가 무림인들과 엮여서 모진 꼴을 당하는 건 아닐까 걱정이 된 탓이다.

"우리의 목적만 이룰 수 있다면 어떤 보상이든 해줄 테니 그 친구를 만나게만 해주게."

호진백이 진구의 양손을 꽉 잡으며 간절히 부탁했다. 그 두 눈에는 간절함이 가득했다.

이들이 무림인이라는 것이 못내 걱정되었지만 지금까지의 행동으로 보아 사파나 마도의 인물들은 아닌 듯했다.

소문으로만 들은 사파나 마도의 무림인들은 그야말로 악귀들이었으니까.

'나쁜 사람들은 아닌 것 같지만… 그래도 무서운 사람들인 건 분명한데……'

하지만 이미 엮여 버렸다. 어째 오늘은 일을 마치고 바로 집으로 가고 싶은 생각이 든다 했다.

이곳에서의 탁주 한잔은 일과였기에 찜찜한 가운데 빠뜨리면 또 다른 찜찜함이 생길까 봐 들른 것인데 결국 이런 사달이 났다.

진구는 앞으로는 자신의 직감을 좀 더 믿어야겠다고 생각하며 세 사람을 안내했다.

그래봐야 이미 외양간의 소는 도망간 후이지만.

*　　　　　*　　　　　*

집 뒤편에 있는 창고에서 꼬박 칠 주야 동안 연단에 집중한 홍원이다. 서른 알의 단약을 기름종이에 고이 싸서 품에 넣었다. 그러고는 찌뿌드드한 몸을 이리저리 돌리며 굳은 근육을 풀었다.

창고 문을 열고 나와 보니 이미 해는 향산 너머로 내려가고 붉은 구름이 사위를 감싼 늦은 오후다.

홍원은 가만히 붉은 구름에 둘러싸인 향산을 바라보았다.

읍성 서쪽의 향산, 그중에서도 북면 쪽으로 시선을 두었다. 고민이 역력한 눈치다.

한 달 치의 단약을 만들었으니 자신이 집을 비워도 어머니의 건강에 별일은 없을 것이다. 하지만 자신을 걱정하는 어머니의 심화(心火)가 단약의 약효를 억누를까 저어되기도 했다.

그래서 이삼 일 뒤에나 향산을 가볼까 고민 중이다.

"적당한 핑계가 있으면 좋으련만……."

홍원은 낮게 중얼거렸다.

그때 홍원의 눈빛이 변했다.

'고수다. 그리고 상당한 수준의 무인도 둘.'

홍원의 감각에 그의 집으로 향하고 있는 무인들의 기척이 감지되었다. 눈을 빛내며 기척을 더듬던 홍원이 고개를 갸웃거렸다.

기척 속에 익숙한 기운이 느껴졌기 때문이다.

"이건 분명 진구 녀석인데… 대체 무슨 일이지?"

작게 중얼거렸지만 그런다고 답이 나올 일도 아니다. 잠시

기다리면 알게 될 것이다.

홍원이 느낀 바로는 다가오는 자들 중 자신의 본래 경지를 알아볼 이는 없었다. 그래도 혹시 몰라 최대한 내공을 억제하고 무인의 기운을 감췄다.

무림인을 쉽게 볼 수 없는 읍성에 찾아온 무림인이라면 평범한 일은 아닐 터. 자신의 본 실력을 들켜서 괜한 주목을 받을 필요는 없었다.

잠시 후 진구가 나타났다.

"어라? 나와 있었네?"

"무슨 일이야?"

진구를 보며 물었다. 하지만 홍원의 시선은 진구 뒤에 서 있는 세 사람을 살피고 있었다. 당연히 진구는 그런 기색을 알았다. 그랬기에 진구는 무척이나 미안한 얼굴로 입을 열었다.

진구의 뒤에 서 있는 세 사람이 진구의 표정을 읽을 수 있을 리 없었다. 그랬기에 진구는 얼굴로 홍원에게 말했다.

평지풍파 일으킬 것 같은 혹을 달고 와서 정말 미안하다고.

홍원은 그 얼굴을 읽고는 살짝 고개를 끄덕였다. 진구의 표정에 피식 새어 나오려는 웃음을 홍원은 애써 참았다. 노인에게서 뿜어져 나오는 사나운 기세가 그렇게 만들었다. 쓸모없는 웃음으로 괜한 소란을 만들어봐야 어머니 걱정거리만 늘려드릴 뿐이다.

"소협, 소협이 장 엽사의 아들인가?"

호진백이 한 발 앞으로 나오며 물었다. 엽사(獵師)는 사냥꾼을 지칭하는 말이다. 아버지를 찾아오신 손님인가 하는 생각이 들었지만 무림인들이 아버지를 찾을 일은 없었다.

그렇게 단정 지으려는 찰나 홍원은 어릴 적 기억을 떠올렸다.

도인으로 보이는 할아버지들의 길 안내를 맡아 아버지가 북면으로 떠나던 뒷모습.

지금 생각해 보면 아마도 영약이나 영초, 또는 영물을 찾아온 무림인들의 길잡이를 나간 것일 게다. 무림인들이 워낙 드문 읍성이라 십오 년간의 어린 시절 기억을 통틀어 딱 두 번이긴 하지만 말이다.

"아버지를 찾아오신 분들이십니까?"

홍원이 정중히 물었다. 홍원의 물음에 아차 싶은 얼굴로 호진백이 포권을 취했다. 노강호인 그답지 않은 모습이다. 또한 지금 풍기고 있는 기세와도 어울리지 않았다.

그럼에도 먼저 굽히는 모습을 보인다는 것은 그가 나아갈 때와 물러날 때를 알고 또 그것을 실천할 수 있는 행동력을 지닌 노련한 강호인이라는 것을 뜻한다.

"나는 경천회의 호법을 맡고 있는 호진백이라 하네."

그가 자신을 소개하는 순간 진구의 입이 크게 벌어졌다. 홍원 역시 마찬가지였다.

진구는 진심으로 놀라서 어쩔 줄 모르는 것이고 홍원은 연기였다. 촌무지렁이다워 보여야 저들이 쓸데없는 의심을 하지 않을 것이다.

입을 크게 벌린 것은 연기였으나 놀란 것은 진실이다.

설마 경천회의 호법이나 되는 이가 자신을 찾다니, 그것도 저렇게 예를 차리다니 보통 일이 아니었다.

'외통수다.'

홍원은 그렇게 생각했다. 하지만 어떻게든 빠져나가야 했다.

경천회(敬天會).

무림사대세력 중 한 곳이다.

당금의 천하는 황제의 막강한 권력이 지배하는 대륙의 중앙 중원이 중심이다. 황제의 권력이 미치는 대륙 전체를 중원이라 하기도 한다.

중원을 중심으로 북동, 북서, 남동, 남서 네 지역에 각기 무림의 패자인 사대세력이 자리를 틀고 앉아 있다.

대륙은 넓고 사대세력의 힘은 막강했기에 황제는 결국 그들의 자치권을 어느 정도 인정해 주고 각 세력에 황과 제의 칭호를 허락했다.

물론 행정의 대부분은 황제가 내려 보낸 관리가 집행하고 있었지만, 치안의 팔 할 이상은 각 세력이 담당하고 있었다.

황제가 관과 무림은 서로 관여하지 않는다는 원칙을 세우고 인정한 무림 세력들이지만 치안을 담당하고 있는 바, 관과 무림이 조금씩은 얽힐 수밖에 없었다. 그것을 서로 모르쇠로 지낼 뿐이다.

경천회는 대륙의 남동부를 차지하고 있었다.

단천도제(斷天刀帝) 모용백.

경천회의 회주로 오천존(五天尊)이라 불리는 이황이제일선(二皇二帝一仙) 중 한 명이다. 이황이제는 당연히 사대세력의 수장들이다.

그런 대단한 곳의 호법이라는 인물이 먼저 숙이고 들어왔다. 그런 성의를 보인다면 그에 대한 대가를 주어야 한다.

그 대가가 무엇인지는 알 것 같았다. 아버지를 찾아왔다면 뻔한 일이다.

"향산 북면에 올라야 할 일이 있네. 해서 처음에는 해미성에 들렀지. 하지만 길잡이가 모자랐어. 둘로 나뉘어 움직여야 하는데 해미성에서 한 사람을 겨우 구했어. 그가 자네 선친을 추천해 주었다네."

호진백은 차분히 찾아온 용건을 말했다.

"읍성에 도착하고 나서야 선친의 소식을 들었어. 우리로서는 참으로 안타까운 일이네. 그런 가운데 자네 이야기를 들었지. 우리는 정말로 지푸라기라도 잡는 심정으로 자네를 찾아온 것이네. 우리를 도와줄 수 있겠는가?"

간결한 설명이다. 몇 가지는 과감히 생략한 것 같기도 하다.

하지만 그들이 원하는 바를 알기에는 충분했다.

"죄송합니다. 저에게는 선친과 같은 능력이 없습니다."

"하지만 듣기로는 어린 시절 선친과 향산에 자주 올랐다고……"

호진백의 말에 홍원의 시선이 진구를 향했다.

진구는 세차게 자신은 아니라고 고개를 저었다.

"어린 제가 어디까지 가봤겠습니까? 저는 그저 초입까지만 따랐을 뿐입니다."

홍원은 다시 한번 거절했다.

"게다가 열다섯에 고향을 떠나 세상을 떠돌다 돌아왔습니다. 선친의 임종도 지키지 못한 불효를 저질렀고요. 그런 제가 어찌 선친의 능력을 따르겠습니까."

호진백이 무어라 말하려 하자 홍원은 쐐기를 박듯 자신의 말을 이었다.

"흐음."

호진백의 이마에 주름이 생겼다.

* * *

"홍원아, 무슨 일이냐? 손님이 오신 게냐?"

마당의 기척을 느꼈음인지 어머니가 문을 열고 나오셨다. 홍원은 재빨리 어머니에게 다가가 부축했다.

"아버지를 찾아오신 손님들이에요. 제가 설명하는 중입니다. 걱정 마시고 들어가 계세요."

홍원의 말에 어머니는 호진백 등을 향해 간단한 목례만 하고 다시 방으로 들어갔다. 상태가 호전되었다고는 하나 어머니는 여전히 허약했다.

그 모습에 호진백의 얼굴에 실망이 어렸다. 북면에 들어갈 정도의 실력이 있는 길잡이라면 어머니가 저렇게 아프게 두지 않았을 것이란 생각이 들어서이다.

북면은 기화요초에 영약이나 영초가 많은 곳이다. 그곳을
제 집처럼 다닐 수 있다면 어머니를 치료할 약초를 캐거나 아
니면 의원에게 데려갈 돈 정도는 벌 수 있다.

결국 저 청년은 북면에 들어갈 실력이 안 된다는 얘기였다.

호진백이 포기하고 발길을 돌리려는 찰나 모용연이 나섰다.
그녀는 호진백과 생각이 다르다는 얼굴을 하고 있었다.

"이봐요, 당신은 능력이 있으면서도 어떻게 모친을 저렇게 둘
수 있는 거죠? 선친께만 불효한 게 아니라 모친께도 불효를 하
고 있군요?"

이건 아예 책망하고 있는 격이다.

그녀의 말에 홍원의 시선이 모용연을 향했다.

"소저께서는?"

무례도 이런 무례가 없었지만 상대는 경천회에서 나온 이들
이다. 홍원은 조심스레 물었다.

"모용연이라고 해요."

그녀의 대답에 홍원의 눈썹이 찰나 찌푸려졌다가 펴졌다.

모용 씨라면 회주의 직계이거나 방계로 어쨌든 혈족이다. 여
인의 몸으로 회주의 혈족이 이곳까지 찾아왔다는 것은 막중하
고도 막중한 일이란 소리다.

경천회는 사부와 인연이 있는 곳이다. 그랬기에 지금의 상황
만 아니라면 어지간하면 돕고 싶었다.

아니, 읍성이 아닌 해미성에서 만났다면 도왔을지도 모른다.

하지만 이곳은 아니었다. 평범하게 살면서 향산에서 조용히 무공을 익히기 위해 귀향한 터다. 홍원은 아무리 사부와의 인연을 가진 경천회라지만 그들 때문에 자신의 평화가 깨지는 것은 원치 않았다.

그렇지만 조금 전 모용연의 언사로 그런 마음이 싹 가셨다. 아무리 외통수라 하나 자신이 모르쇠로 일관하면 저들도 어쩔 수 없다.

경천회는 명문정파를 표방하는 방파이다. 게다가 이곳은 세력권 밖이다. 읍성에서 가장 가까운 사대세력은 사혈궁이지만, 읍성은 사혈궁의 세력권 밖에서도 한참이나 서쪽으로 떨어져 있다.

명문정파를 자처하는 저들이 세력권 밖에서 무공도 모르는 양민을 상대로 강압적으로 행동하지는 않을 것이다. 대륙을 떠돌며 본 경천회의 무인들은 모두 그랬다. 홍원은 그것을 믿었다.

"가뜩이나 모친을 제대로 모시지 못해 죄송한 마음이 절절한데 그런 소인을 책망하는 이유가 무엇입니까?"

"홍, 할 수 있는데 안 하는 것이지 어찌 못 한다 하지요?"

모용연은 한 치의 물러섬도 없었다.

"연아."

문명후가 당황해 모용연의 소매 깃을 잡아당겼다. 양민을 상대로 이런 도발을 한다는 것은 경천회의 무인으로서 부끄럽기 짝이 없는 행동이었다.

그럼에도 아랑곳하지 않았다.

"우리가 당신을 필요로 하는 이유는 북면에서 자홍선지초를 찾아야 하기 때문이에요. 험하디험한 북면을 길잡이 없이 들어가는 건 자살 행위나 다름없다는 충고를 들었기 때문이죠."

자홍선지초(紫紅仙芝草).

지초라 불리는, 산에서 자라는 풀이 있다. 줄기의 높이가 한 척에서 두 척 사이고 잎은 어긋나고 피침 모양이다. 초여름에 하얀 꽃이 피며 작은 견과가 열매로 달리는데 이 지초의 뿌리가 약으로 쓰인다.

지초의 뿌리는 본디 자주색이다. 이 지초가 오래 묵으면 묵을수록 뿌리의 자주색에 붉은 빛이 조금씩 진해진다. 그 정도로 지초의 수령을 판단하게 된다.

물론 수령이 오래된 지초일수록 약효가 좋다.

지초는 제법 흔한 약초로 동면에서도 쉽게 채취할 수 있었다.

지초는 오래 살아야 십 년에서 이십 년이 한계인 약초이다. 영약이라 할 수 없는 풀인 것이다.

한데 개중에 영기가 깃든 땅에 뿌리를 내리게 되면 이야기가 달라진다. 제 수명을 훨씬 넘겨 천 년 이상을 계속해서 자생하게 된다. 지초가 천 년을 묵으면 뿌리의 색깔이 자주색에서 자홍색으로 바뀌게 된다.

그러면 약효를 논할 수 없는 영약이 된다.

그걸 자홍선지초라 부른다.

자홍선지초는 양강의 기운을 띠는 영약이다. 해서 음한 체질 개선에 좋은 효력을 보인다.

"지초라면 몰라도 자홍선지초를 소인이 어떻게 찾는단 말입니까? 저는 그런 능력이 없습니다."

홍원은 끝까지 모르쇠로 일관했다.

그 모습에 호진백이 고개를 저었다.

"실례 많았네. 모친의 건강을 바라네."

인사를 끝으로 호진백은 문명후와 모용연을 데리고 발길을 돌렸다.

일단은 묵을 곳을 찾아야 했다. 그리고 앞으로의 대책을 강구해야 한다.

이미 갈현청과 사도평은 북면으로 들어갔을 것이다. 그들만 그리 둘 수는 없었다.

그렇게 묵을 곳을 찾아 걷는 내내 모용연의 볼이 부풀어 있다.

"왜 그러느냐? 아까 그 친구에게 무례하기가 이만저만이 아니더니."

"칫! 그 사람, 분명 뭔가 있어요. 그런데 그걸 숨기고 있다고요."

사형의 말에 모용연이 확신에 찬 목소리로 말했다.

"그래서 그런 것이더냐?"

호진백이 물었다.

"네."

"확실한 게냐?"

"당연하죠. 혜아 목숨이 달린 일인데 제가 허튼소리를 할까요."

그 말에 호진백의 이마에 주름이 깊어졌다.

모용연에게는 특이한 능력이 있었다. 특이하다고는 하지만 정말로 특이할 뿐 사실 그다지 쓸모가 있는 능력은 아니었다.

상대방이 무언가 숨기는 것이 있거나 속으로 켕기는 것이 있으면 그녀는 귀신같이 알아차렸다.

아주 쓸모 있는 능력 같지만 별반 쓸모가 없었다. 사람이란 존재가 살면서 남에게 켕기는 것이 어디 한두 가지이겠는가.

아주 사소한 것부터 아주 중한 것까지 다양하고도 무궁무진했다. 모용연의 능력은 그런 것은 구분하지 못했다. 그저 상대가 자신에게 무언가를 켕겨한다는 것을 알 수 있을 뿐이다.

그래서 그런 사람을 다그쳐 물으면 너무 예뻐서 남몰래 사모하고 있었다든지, 남몰래 그녀가 독서하는 모습을 훔쳐본 적이 있었다든지, 그녀의 외모가 질투가 나서 뒤에서 험담을 한 적이 있었다든지 같은 사소하고도 쓸모없는 내용들만 흘러나왔다.

더 큰 것을 숨기고 있을 수도 있지만 작은 것으로 충분히 가릴 수 있었기에 그녀의 능력은 특이하지만 쓸모없는 것이 되었다.

하지만 모용연도 나름 시행착오를 겪으면서 나름 자신의 능력을 효과적으로 사용하는 방법을 터득했다.

그중 하나가 조금 전 홍원에게 한 것과 같은 도발이다.

"하면 이번에는 네 그 쓸데없는 능력에 희망을 한번 걸어봐
야겠구나."

호진백의 말에 모용연의 얼굴이 확 일그러졌다. 꼭 집어 쓸
데없는 능력이라고 했기 때문이다.

第五章
인연

　홍원의 집을 나선 이후 계속 아미를 찡그린 채 걸음을 옮기고 있는 모용연. 무언가 고민하고 있는 게 분명했다. 호진백과 문명후보다 두세 걸음 뒤에 걷고 있는 것이 다른 곳에 정신이 팔린 모습이다.

　무언가 하지 말아야 할 일을 하고 있다는 얼굴이다.

　그러던 그녀가 우뚝 멈춰 섰다.

　"이건 아닌 거 같아요."

　모용연의 갑작스러운 말에 호진백과 문명후가 걸음을 멈추고 돌아보았다.

　"사매, 갑자기 그게 무슨 말이야?"

　문명후가 물었다.

"그 사람, 분명 숨기는 게 있기는 하지만 가기 싫다는 사람 억지로 끌고 가는 것도 아닌 것 같아요."

모용연의 말에 호진백이 얼굴을 찡그렸다. 지금은 그가 유일한 방법인데 저런 말을 하니 당연한 반응이다.

"그게 무슨 말이냐?"

호진백의 목소리가 날카로워졌다.

"혜아의 목숨을 살릴 약을 구하러 가는 거예요. 아무리 길잡이가 필요하다지만 가기 싫다는 사람, 게다가 무공도 모르는 것 같은 사람을 억지로 데려가서 어쩌자는 건가 싶어요."

"사매……."

모용연의 목소리에는 물기가 가득했다. 동생 모용혜 때문이리라.

"영약은 아무나 찾을 수 있는 게 아니에요. 그런데 오기 싫은데 억지로 온 사람이 일행에 있으면 영약이 쉬이 그 모습을 보여줄까 싶기도 하고요. 영약을 구한다 해도 그 사람이 어떻게 되기라도 한다면 과연 그 약을 먹고 나은 혜아가 기뻐할까 싶기도 하고요."

이어진 모용연의 말에 호진백의 얼굴도 침중해졌다.

"비록 이곳이 우리 경천회의 영역은 아니라 하지만 우리는 명문정파를 대표하는 경천회의 사람들이에요. 우리의 목적을 위해 힘없는 양민을 핍박해도 되는가 싶기도 해요."

심사가 복잡하다.

가슴은 이러면 안 된다 하는데 머리가 가슴을 이겼다.

"하지만 말이다, 우리끼리 과연 향산에 들어갈 수 있겠느냐?"

호진백의 말에 모용연이 입술을 질끈 깨물었다.

"그래서 저도 말도 안 되는 도발을 해보긴 했지만… 아무리 생각해도 아니에요. 결국은 갈 호법님과 대사형을 믿을 수밖에요."

그렇게 말하는 그녀의 꽉 쥐어진 주먹이 파르르 떨렸다. 창백한 얼굴로 침상에 누워 있는 동생의 병색 완연한 모습이 절로 눈앞에 아른거렸다. 그런 동생을 살리기 위해서라면 무슨 짓이라도 해야 하건만 이성이라는 놈이 그것을 막고 있었다.

모용연은 자신의 머리가, 이성이 그렇게 미울 수가 없었다.

호진백과 문명후는 그런 그녀를 가만히 바라보았다.

그들도 그녀의 말에는 공감하고 있었다. 하지만 납득은 하지 못하고 있었다.

"모든 일에는 사정이라는 게 있는 법이다. 모든 법칙에는 예외가 있는 법이고."

호진백이 낮은 목소리로 말했다. 그의 목소리는 무척 무거웠다.

"스스로를 속이시는 것은 아니고요? 아버지께서도 그리 말씀하실까요?"

힘없는 목소리로 모용연이 물었다. 그녀는 지금 아무것도 할 수 없는 자신이 너무나도 싫었다.

"흐음."

호진백은 대답하지 못했다. 못할 수밖에 없었다.

"오늘은 그냥 여기서 묵고 내일 해미성으로 돌아가요."

모용연이 힘없이 말했다.

"그래도 혹시 모르니 내일 한 번만 더 찾아가 보자. 그때도 똑같으면 포기하는 걸로 하고."

문명후가 그냥 포기하기에는 아쉽다는 듯 말했다.

"그래요, 그럼."

모용연 역시 아쉬움이 남았는지 문명후의 의견에 동의했다.

문명후는 남몰래 품속의 전표를 꽉 쥐었다. 혹시나 싶어 준비한 전표이다. 무려 일만 냥짜리.

"꺄악!"

그때였다. 멀리서 낮은 비명이 울렸다.

보통 사람은 절대 들을 수 없는 소리였다. 그 정도로 멀었다. 하지만 이들은 무림인이다. 그것도 한 명은 초절정의 고수였고 다른 둘도 절정에 근접한 고수이다. 당연히 그 작은 비명을 들었다.

비명을 듣자마자 모용연이 몸을 날렸다.

열 살 남짓한 여자아이의 비명이었기 때문이다.

병석에 누워 있는 혜아가 올해 꼭 열 살이었다.

*　　　　*　　　　*

"꺄악!"

홍해의 입에서 절로 비명이 터져 나왔다.

그럴 수밖에 없었다.

자신의 앞을 굳건히 지키고 선 오빠의 얼굴에 무지막지한 주먹이 틀어박혔기 때문이다.

대번에 입안이 터져 피가 나오고 코에서도 피가 흘렀다. 집안에서 병약한 어머니와 주로 시간을 보낸 홍해의 입에서 비명이 터져 나온 것은 너무나 당연한 반응이다.

"저년이?"

관오령의 인상이 더욱 사납게 변했다. 홍해가 지른 비명 소리를 듣고 사람들이 몰려오면 일이 복잡해지기 때문이다. 물론 사람들이 온다고 해서 자신에게 해가 될 일은 없다.

단지 소란을 피웠다고 아버지에게 잔소리를 좀 들을 뿐.

관오령은 그것 자체가 너무나 싫었다. 그래서 얼굴이 더욱 사나워진 것이다.

'아저씨들을 좀 데려올 걸 그랬나?'

홍해의 비명은 예상에 없었다. 그래서 학관의 아이들하고만 왔다. 이런 차에 어른이라도 나타난다면 아버지의 귀에 일이 흘러들어 갈 것이다.

골목 입구를 지킬 어른을 데리고 왔어야 하는데 하는 후회가 머리를 스쳤다.

관오령은 피 묻은 주먹을 손수건으로 닦으며 아이들에게 말했다.

"저것들 조져!"

그 말에 관오령을 따르는 아이들이 우르르 몰려갔다.

"아, 아, 아……."

그 모습에 놀란 홍해는 눈을 한껏 뜨고 어쩔 줄을 몰라 했다. 너무나 겁에 질려 비명도 나오지 않았다.

"홍해야, 저리로 가."

이미 막다른 골목에 몰려 있었지만 홍산은 침착했다. 홍해를 자신의 등에 놓고 천천히 뒤로 물러났다.

두 사람이 물러난 곳은 막다른 골목에서도 한쪽 모서리였다. 모서리의 끝에 홍해를 둔 홍산은 굳건히 앞을 바라보며 섰다.

"너희 바보들, 나한테 어찌하는 건 상관없는데 우리 해아한테는 손가락 하나 못 댄다."

"웃기고 있네."

홍산의 결연한 말에 관오령이 피식 웃었다.

"어서 안 조지고 뭐 해?"

관오령의 외침에 아이들이 우르르 홍산에게 달려들었다. 주먹과 발이 난무했다. 하지만 좁은 모서리에 있었기에 한 번에 홍산을 때릴 수 있는 아이는 두세 명 남짓이다.

홍산은 이를 악물고 버텼다.

양팔로 얼굴을 가리고 두 다리에 힘을 줬다.

자신이 넘어지기라도 하면 뒤에 있는 홍해가 드러난다. 저 바보 녀석들이 홍해를 구타한다고 생각하니 끔찍했다.

홍산의 두 다리에 더욱 힘이 들어갔다.

"오빠… 오빠… 오빠……."

홍해는 눈물을 주룩주룩 흘렸다.

오빠라는 소리만 중얼거리며 엉엉 울었다. 열 살 여자아이가 할 수 있는 것이 그것 말고 무엇이 있으랴.

반면 홍산은 열 살답지 않게 너무나 의젓했다.

퍽퍼퍽, 퍽퍽!

아이들의 조막만 한 주먹으로 이루어지는 구타지만 제법 매서웠다. 중구난방으로 때리고 있지만 여러 명이 이곳저곳을 마구 때려대니 홍산의 몸은 점점 더 무너져 갔다.

아무리 의젓하게 행동한다 해도 홍산 역시 저들과 같은 또래의 아이다. 아이의 주먹으로 때린다지만 아이의 몸으로 버티기는 어려웠다.

게다가 여러 명이서 교대로 쉬지 않고 때리니 버티고 있는 것이 더 신기할 지경이다.

이 모든 게 홍산의 뒤에 있는 여동생 홍해 때문이다.

홍해는 주룩주룩 눈물을 흘리고 있을 뿐이다. 하지만 그 두 눈빛은 바뀌어 있었다.

여전히 겁에 질려 있었지만 그것은 폭력을 행사하는 아이들에 대한 두려움 때문이 아니었다. 자신 때문에 맞고만 있는 오빠가 저러다가 큰일이라도 하면 어떻게 하나 하는 걱정과 두려움 때문이었다.

＊　　　＊　　　＊

"흐음, 역시 그 수밖에 없나?"

홍원은 결국 마음을 굳혔다. 저들은 분명 다시 찾아올 것이다. 자신이 이곳에 있으면 계속해서 찾아와 귀찮게 할 것이다. 자신만 귀찮으면 충분히 감수할 수 있지만 이곳에는 어머니와 동생들이 있다.

무림인이라고는 그 그림자도 본 적이 없는 사람들이다. 그런 이들만 있는 곳에 무림인, 그것도 고수들이 계속 찾아와서 좋을 것이 없었다.

잠시의 화를 주체하지 못하고 그들이 살기라도 뿜어낸다면 몸이 약한 어머니에게 치명적이다.

"저들도 절박한 사정이 있는 것 같기는 했지만……."

홍원은 그것이 마음에 걸렸다.

경천회의 무인답게 그들은 자신을 강제하지는 않았다. 단지 쉬이 포기하지는 않을 것 같았다. 그러다 보면 저들이 아무리 경천회의 무인들이라 할지라도 불상사가 생기지 말란 법이 없다.

일개 사냥꾼의 자식에 지나지 않는 보통 사람이라고 생각되는 자신에게 경천회의 고수들이 부탁을 했다. 그것도 회주의 혈족으로 보이는 여자까지.

얼마나 절박하면 그러는 것일까.

"어지간하면 도와주고 싶지만… 안 될 일이지."

그랬다가는 자신의 평화가 깨질 수도 있었다. 무림인들의 속성이란 그렇다. 자신이 도와주어 그들이 원하는 자홍선지초를 찾는다면 좋은 일이다. 하지만 그게 끝이 아니다. 분명 소문이 날 것이고, 그렇게 되면 영약을 원하는 무림인들이 계속해서 찾아올 것이다.

자홍선지초는 특정한 병자를 치료하기 위한 영초이기도 하지만 무림인들의 내공을 일 갑자는 올려줄 수 있는 영약이기도 하기 때문이다.

그렇게 자신의 욕심을 위해 찾아올 무림인들이 경천회와 같은 공명정대한 정파의 인물들만 있을 리 없었다.

사파의 인물도 있을 것이고 마도를 걷는 이도 있을 것이다. 어쩌면 전대의 마두가 튀어나올지도 모른다.

무림인들의 욕망이란 그런 것이다.

강해지는 것에 대한 탐욕은 그들을 인두겁을 쓴 악귀로 만들어 버린다.

자신을 찾아온 경천회의 무인들은 좋은 사람들이다. 하지만 그들이 아무리 좋은 사람들이라고 해도 무림의 소문은 무서운 것이다.

"결국은 내가 이곳에 없어야 해결될 문제야."

홍원은 조용히 중얼거렸다.

그렇지 않아도 어머니에게 필요한 영약을 찾아서 향산에 언제 들어가나 고민하던 차다.

경천회의 손님들이 자신의 고민에 대한 답을 주었다.

그때가 지금이다.

비록 날이 저물고 있어서 어머니께서 걱정하시겠지만 그들을 한 번 더 만나는 것보다는 나았다.

그들이 떠나자마자 어머니는 자신이 만든 단약을 하나 드셨다. 그리고 그 효과도 눈으로 확인했다. 그간의 치료 경과가 좋은 덕인지 자신의 예상보다도 효과가 좋았다.

자신을 믿고 자신에게 연단법을 알려준 스승을 믿고 홍원은 떠나기로 결정을 내렸다. 떠난다 할지라도 열흘에서 보름 정도의 일정이다. 그 정도면 충분했다.

홍원은 어머니의 방을 찾았다.

"무슨 일이냐?"

어머니의 얼굴에 제법 불그스름한 혈색이 돌고 있다.

"향산에 가려고요."

"이 시간에?"

홍원의 짧막한 대답에 어머니가 깜짝 놀랐다. 대번에 걱정의 기색이 얼굴을 가득 채웠다.

"이번에는 좀 오래 다녀올 생각이에요. 열흘은 넘게 걸릴 거예요. 동면을 이 잡듯 뒤져야 할 것 같아서요."

"조 영감님이 어려운 부탁을 하신 게냐?"

동면을 이 잡듯 뒤진다는 말에 어머니는 조 영감이 홍원에게 찾기 어려운 약초를 찾아달라고 부탁한 것으로 생각했다.

오해다.

조 영감이 좋은 약초가 있으면 가져다 달라고는 했지만, 꼭 집어 찾아달라고 한 적은 없었다.

홍원에게는 너무나 고마운 오해였다. 그런 오해라도 하신다면 걱정을 좀 덜하시지 않을까 하는 생각 때문이다.

"네."

"그래도 날이 밝으면 가지 그러느냐?"

"어차피 계속해서 향산에서 지새워야 해요. 게다가 그 약초는 밤에만 찾을 수 있는 약초라서요."

이 말도 거짓말이다. 물론 밤에만 특정한 향기를 내보낸다든지 특별한 빛을 내는 약초가 있다. 하지만 조 영감은 애초에 그런 약초를 찾아달라고 한 적이 없었다.

"그래서 동면에서 열흘 정도 보낼 계획을 세운 거예요. 그러니 저녁 무렵에 향산에 들어가는 게 하루라도 일정을 줄일 수 있고요."

"그래도 너무 위험하지 않겠니?"

"동면은 어릴 때부터 놀던 곳인데요, 뭐. 맹수도 없고요."

"그래도……."

근심이 역력한 어머니를 홍원은 꼭 안아주었다.

"너무 걱정 마세요. 제가 챙겨 드린 약은 매일 꼭 드시고요."

어머니는 자신이 어떻게 할 수 없다는 것을 인정했다. 그렇다면 아들이 자신 때문에 마음 쓰지 않게 보내줘야 했다.

"알겠다. 조심해서 다녀오거라."

"네."

어머니는 홍원을 따라 방을 나왔다. 이미 홍원은 활을 어깨에 메고 화살 통에 화살을 챙기고 망태기까지 짊어졌다.

약초를 캐러 가는 사냥꾼의 모습이다.

이제는 동쪽 하늘에서 어둠이 몰려오고 있었다.

하늘을 올려다본 어머니가 걱정스레 말했다.

"그러고 보니 아이들이 늦는구나. 벌써 돌아왔을 시간인데……."

홍원은 그 말에 멈칫했다.

생각해 보니 너무 늦었다. 늦어도 너무 늦었다.

학관이 끝나면 곧장 집으로 오던 동생들이다. 이미 귀가 시간을 훨씬 넘겼다.

"무슨 일이라고 있는 건 아닌지……."

어머니의 목소리에 또 다른 걱정이 깃들었다. 그 걱정은 홍원에게도 깃들었다.

"제가 좀 찾아보고 갈게요. 걱정 마세요. 별일 아닐 거예요."

홍원의 말에 어머니는 고개를 끄덕였다.

홍원은 집을 나온 즉시 기감을 넓게 퍼뜨렸다. 동생들을 찾아야 했다. 왠지 불길한 느낌이 들었다.

홍원의 기감은 금세 읍성 전체를 뒤덮었다.

곧 읍성 사람들 모두의 움직임이 일목요연하게 홍원의 감각에 잡혔다.

"저곳은……."

물론 홍산과 홍해의 위치 역시 순식간에 파악했다. 그곳이 어디인지 알아차린 순간 홍원의 얼굴이 찌푸려졌다.

일전에 학관의 아이들에게 무자비하게 맞은 그곳이다.

그간 아무 일 없이 잘 다녔기에 이제는 괜찮을 줄 알았건만.

게다가 홍해까지 있는데.

홍원의 움직임이 빨라졌다. 순식간에 사람들의 육안으로는 알아볼 수 없는 속도로 사라졌다.

모용연은 경공까지 펼쳐 비명 소리가 울린 곳에 도착했다.

그러고는 딱 멈춰 섰다.

"세상에……!"

입을 다물 수가 없었다. 이곳에서 펼쳐진 광경은 자신으로서는 겪은 적이 없는 모습이었다.

골목 한 끝의 모서리에 피투성이가 된 꼬마가 벽을 짚고 등을 내보인 채 후들거리며 서 있었다.

그 아래에는 조금 더 작아 보이는 여자아이가 쭈그리고 앉아서 부들부들 떨면서 쉼 없이 눈물을 흘리고 있었다.

열 명 남짓한 아이들이 그 남자 아이를 둘러싼 채 마구잡이로 때리고 있었다. 그 뒤에선 대장인 듯한 아이가 팔짱을 끼고 의기양양하게 지켜보고 있었다.

이것이 모용연이 이곳에 착지한 순간 본 모습이다.

물론 지금은 모든 것이 멈췄다. 단지 여자아이의 눈물만이 계속해서 흘러내릴 뿐이다.

"뭐, 뭐야?"

관오령이 깜짝 놀라 외쳤다.

그럴 수밖에. 웬 여자가 하늘에서 뚝 떨어져 내렸으니 당연했다.

무척이나 놀라서 그 여자의 외모가 선녀처럼 예쁘다는 사실 따위는 알아차리지도 못했다.

지은 죄가 있는 터에 하늘에서 사람이 뚝 떨어져 놀라고 있을 뿐.

곧이어 문명후와 호진백 역시 도착했다. 그들 역시 눈살을 찌푸렸다.

열 살 남짓의 어린아이들이 벌인 일이라고 보기에는 너무나 잔인했던 것이다.

"쯧쯧."

호진백이 혀를 찼다.

"너!"

모용연이 손가락으로 관오령을 가리켰다.

"왜, 왜?"

어른이 부르는데 반말이다. 관오령의 싸가지가 그 정도였다.

아버지가 성주였기에 읍성에서는 무서운 것 없이 자라온 탓이다.

짝!

모용연의 손이 번개처럼 관오령의 따귀를 훑고 지나갔다.

"악!"

바로 비명이 터졌다. 입술도 터지고 코피도 터졌다.

관오령이 얼굴을 감싸고 주저앉았다.

"어, 어……."

아이들은 갑작스러운 어른들의 출현에 어쩔 줄 몰라 하며 주춤거렸다.

"쪼그만 것들이 어디서 못된 것만 배워가지고."

모용연이 날카로운 눈으로 그런 아이들을 훑어보았다.

"이씨, 이 아줌마가 내가 누군 줄 알고!"

그때 관오령이 벌떡 일어나며 모용연을 쏘아보았다.

"뭐? 아줌마?"

모용연의 손이 다시 한번 번개같이 움직였다.

"악!"

관오령의 입에서 비명이 또 한 번 터졌다.

"아줌마라니? 이렇게 어리고 예쁜 아줌마가 어디 있어?"

신경질적인 외침이다.

"저, 사매, 그건 좀 초점이 빗나간 것 같은데?"

문명후가 조심스레 모용연을 말렸다.

"아차."

그제야 모용연은 자신이 조그만 꼬마의 말에 흥분한 사실을 인지했다.

"쯧쯧, 아직 수양이 부족하구나."

호진백이 다시 한번 혀를 찼다. 그의 말에 모용연의 얼굴이 살짝 붉어졌다.

"야, 빨리 우리 집 가서 병사 아저씨들 데리고 와! 저 아줌마 도망 못 가게!"

얼굴을 감싸 쥐고 주저앉은 관오령이 주변의 아이들에게 외쳤다. 그 외침을 들은 아이들이 우르르 골목을 빠져나갔다.

갑작스러운 어른들의 출현에 도망가고 싶던 아이들이 관오령의 눈치를 보느라 어쩔 줄 모르던 차에 그가 도망갈 핑계를 던져준 것이다. 일단 골목을 빠져나가는 것이 아이들에게는 급선무였다. 빠져나간 아이들 중 분명 관오령의 집으로 가는 아이도 있을 것이다.

관오령은 누가 뭐라고 해도 이곳 읍성 성주의 아들이었으니까.

"어린놈이 싸가지를 아주 제대로 밥 말아 먹었구나."

자박자박.

관오령을 향해 다가가며 모용연이 말했다.

"우우……."

이미 두 차례의 따귀로 관오령은 모용연이 얼마나 무서운 사람인지 알았다. 저도 모르게 모용연이 움직이자 주저앉은 채 엉금엉금 뒤로 물러났다.

모용연은 그런 관오령을 힐끗 보고는 그를 지나쳤다.

그러고는 곧장 홍산과 홍해를 향해 다가갔다.

"괜찮니?"

허리를 숙여 홍산을 보며 물었다.

벽을 짚고 서 있던 홍산은 아이들이 달아나자 모용연 쪽을 바라보고 서 있었다.

모용연의 물음에 홍산이 작게 고개를 끄덕였다.

"예쁜 꼬마 아가씨는?"

모용연이 홍산의 뒤쪽을 쳐다보았다. 홍산은 살짝 경계하는 얼굴을 했지만 자신이 어쩔 수 없는 사람이라는 것을 아는 듯 가만히 있었다.

홍해는 여전히 훌쩍거리며 울고 있었다. 무척이나 놀란 얼굴이다.

"저런……."

모용연이 그 모습을 안타까운 표정으로 바라보았다.

"어디서 저런 못된 종자가 튀어나와서는."

모용연은 이어 사나운 눈으로 관오령을 노려보았다. 겁먹은 관오령은 어느새 일어나 있었다.

이곳에는 모용연뿐만 아니라 문명후와 호진백도 있었다. 그랬기에 관오령은 어찌해야 하나 눈알을 뒤룩뒤룩 굴리며 눈치를 보고 있었다.

"당신들, 실수한 거야."

관오령은 겁먹은 얼굴이었지만 그래도 기는 죽지 않았는지 세 사람을 보며 작게 말했다.

"하, 저게 아직 정신을 못 차렸네?"

모용연이 어이가 없다는 얼굴로 관오령을 노려보았다. 그 모습에 관오령이 움찔했다. 다리도 후들거리며 떨었다.

그래도 이를 악물며 모용연을 마주 노려보았다.

"어쭈? 싸가지 없는 만큼의 독기는 있다 이거지?"

"실수하신 거 맞아요."

그때 모용연의 등 뒤에서 홍산의 작은 목소리가 들렸다. 그 목소리는 상당히 지쳐 있었다.

그렇게 무자비하게 폭행을 당했으니 당연한 결과다.

"뭐라고?"

불쌍한 피해자라 생각한 아이의 입에서 그런 말이 나오자 모용연이 알 수 없다는 얼굴로 홍산을 돌아보았다.

"홍, 그 거지새끼의 말이 맞아. 내가 누군 줄 알고."

홍산의 말을 관오령도 들었는지 그가 한껏 의기양양해서 외쳤다.

"누군데?"

모용연이 어이가 없다는 듯 물었다.

"이곳 읍성의 성주님이 바로 내 아버님이시다. 당신들, 정말 큰 실수 한 거야. 감히 성주의 아들을 이렇게 구타하다니, 곧 병사들이 몰려올걸."

이젠 아예 팔짱까지 끼고 있다.

"하아, 저 꼬마가……."

모용연이 어이가 없다는 듯 한숨을 내쉬었다.

호진백은 그런 모습을 가만히 바라보고만 있을 뿐이다. 모용연이 나선 일이다. 그녀가 어떻게 일을 풀어갈지 그저 지켜만 보고 있었다. 호진백이 가만있으니 문명후 또한 나서지 않았다.

"괜한 일 하셨어요."

홍산이 작게 말했다. 그 말 속에는 작은 원망도 섞여 있었다.

"뭐?"

모용연이 다시 홍산을 돌아보았다. 그의 말 속에 섞여 있는 작은 원망을 느꼈기 때문이다.

"소문으로만 들은 무림인이신 것 같은데요, 무슨 일로 저희 읍성에 오셨는지는 몰라도 어차피 곧 떠나실 분들이잖아요."

홍산은 어느새 체력을 어느 정도 회복했는지 차분히 말하고 있었다.

"여협님께서 떠나시고 나면 오늘 일에 대한 저 녀석의 화는 어차피 저희한테 오게 되어 있어요. 오늘 일이 모두 저랑 제 동생 때문에 일어났다고 생각할 게 당연한 녀석이니까요."

모용연은 홍산의 말에 섞인 원망의 근원을 알게 되었다.

그러고 보니 그렇다.

"이런……."

모용연은 짧은 한숨과 함께 자책했다. 저 어린 꼬마도 아는 사실을 자신이 간과한 것이다.

그 탓에 도와주려고 한 아이들이 더한 곤경에 처하게 되었다. 자신의 순간적인 분노엔 이곳에서 계속 살아야 하는 이들에 대한 생각이 없었다.

모용연은 호진백 쪽을 바라보았다. 그는 무표정하게 자신을 보고 있을 뿐이다.

'제가 벌인 일은 제가 처리하라는 것인가요?'

모용연은 속으로 생각했다.

'그렇게 커가는 것이다. 의와 협을 행함에 있어 항상 신중해야 하며 크고 넓게, 그리고 멀리 두루두루 살펴야 한다. 그것

은 가르친다고 되는 것이 아니다. 오직 경험하면서 스스로 느끼고 깨달아야 할 일이지.'

호진백은 모용연이 과연 이 난관을 어찌 해결할지 흥미로운 눈빛으로 지켜보았다. 물론 그런 그의 감정은 얼굴에 드러나지 않았다.

모용연은 의기양양한 얼굴로 서 있는 꼬마와 이를 악물고 서 있는 꼬마를 번갈아 바라보았다. 또래의 아이들 같은데 전혀 달랐다.

한 아이는 자신보다도 생각이 깊었고, 한 아이는 싸가지라는 것을 엄마 배 속에 놔두고 나온 듯했다.

그렇게 번갈아보기를 잠깐, 이윽고 모용연은 결심을 굳힌 듯했다.

"좋아."

호진백의 눈가에 흥미와 기대가 잠깐 떠올랐다가 사라졌다.

"네가 이곳 성주의 아들이라 그 말이지? 그렇다면 나름대로 귀족이라 이건데……."

"흥!"

모용연의 말에 자신에게 굽히고 들어온다고 생각한 관오령은 더욱더 오만해졌다.

"이 아이들을 제대로 도와주려면 결국은 네 아비와 담판을 지어야겠구나."

귀족이라고 해도 이곳의 성주가 귀족이다. 관오령은 그저 성주의 아들일 뿐이었다.

대륙은 관료가 되면 귀족의 신분으로 대우를 받는다. 하지만 그 신분이 세습되지는 않았다. 물론 황도의 명망 있는 가문들은 그 권력과 힘을 바탕으로 자신들의 기득권을 세습하고 있지만 그런 집안은 극히 일부의 명문 귀족들이다.

이런 시골의 성주라면 그저 성주 본인만이 귀족일 뿐이다.

관오령은 귀족의 아들로 귀족에 준하는 대우를 받지만, 그것도 아버지가 성주의 직에서 물러나면 끝이다. 그때부터는 그도 보통 평민이 되는 것이다.

*　　　*　　　*

"어디 네 아비 되는 사람의 상판을 한번 보러 가보자."

모용연의 말에 관오령이 피식 웃었다.

그 모습을 본 모용연 역시 피식 웃었다.

한 꼬마와 한 여인은 그렇게 다른 생각을 하고 마주 본 채 웃음 짓고 있었다.

관오령의 코와 입가에서 나던 피는 어느새 멎어 있었다. 소매로 대강 피를 닦은 관오령이 앞장섰다. 성주의 거처로 가는 중 때때로 뒤를 돌아보며 제대로 따라오고 있는지 확인까지 했다.

대강 닦은 그의 얼굴은 참으로 우스꽝스럽고도 초라해 보였다. 모용연 일행이 그 뒤를 따랐고, 홍산과 홍해도 쭈뼛쭈뼛 그 뒤를 따랐다.

자신들 때문에 일어난 일이었기에 집으로 갈 때를 놓치고 분위기에 휩쓸려 성주의 거처로 함께 향하고 있었다. 홍해는 어느새 울음을 그쳤지만 여전히 겁에 질린 얼굴이었다.

그런 그들을 조용히 뒤따르는 이가 있었지만 누구도 눈치채지 못했다.

홍원은 기척을 지우고 모습을 숨기며 그들을 뒤따르고 있었다. 홍원이 현장에 도착했을 때는 모용연이 관오령의 따귀를 올려붙일 때였다.

처참하게 당한 동생의 모습에 살기가 불같이 일었지만 모용연 일행 때문에 애써 억눌렀다. 그리고 시간이 지나면서 살기는 점차 가라앉았다.

하지만 성주와 관오령에 대한 차가운 분노만은 더욱 뜨거워지고 있었다.

과연 성주의 집은 컸다. 작은 읍성에서 가장 으리으리했다. 성의 주 행정 업무를 보는 관청보다도 더 컸다.

성주의 관사 입구에 다다르자 관오령이 서둘러 달렸다. 문을 지키고 있는 병사들에게 달려간 것이다.

병사들은 처참한 몰골이 되어 돌아온 둘째도련님의 모습에 깜짝 놀랐다. 한 명은 서둘러 관사 내로 달려갔다. 무언가 변이 생겼음을 직감한 것이다. 남은 세 사람이 모용연 일행에게로 다가왔다. 관오령이 악을 쓰며 외쳤기 때문이다.

"저 연놈들을 당장 내 앞에 무릎 꿇려!"

평소에도 성질이 더럽기로 유명한 관오령이다. 왜 하필이면 관사를 지키는 병사로 배치 받아 저 꼬맹이에게 이리 시달리며 사는지 한탄하는 병사들이지만 눈앞에서 저리 악을 써대니 따를 수밖에 없었다.

그런 병사들의 고민을 모용연이 단박에 해결해 줬다.

그녀의 품에서 나온 호패가 그것이다.

순은의 패에 금박으로 새겨진 글씨.

은판음각금자패(銀板陰刻金字牌)였다.

"헉!"

"이럴 수가……!"

병사들이 그 자리에 딱딱하게 굳었다. 그럴 수밖에 없었다.

읍성과 같은 촌구석에서 실제로 은판음각금자패를 볼 일이 있을 수 없었으니까.

그들은 단지 교육만 받았을 뿐이다.

그래도 혹시나 하는 생각에 상관들이 교육을 단단히 했기에 단번에 알아볼 수 있었다.

아직 어린 관오령은 호패에 대한 교육을 받지 못했기에 오히려 딱딱하게 굳은 병사들에게 호통 쳤다.

"뭐야? 저딴 패가 뭔데 그러고 있어? 어서 저것들 꿇리라니까!"

하지만 그 말에 반응하는 병사는 없었다.

그 모습에 모용연은 다시 한번 피식 웃었다.

호패는 신분을 증명하는 패로 성인이 된 남녀는 누구나 소지하고 다녀야 한다.

또한 재질로 소유자의 신분을 구분하고 있었다.

대륙에서 단 하나 있는 호패는 순금패(純金牌)였다. 오직 황제만이 가질 수 있는 패로 전면에는 황(皇) 자가, 후면에는 제(帝) 자가 양각되어 순금양각패라고 불렸다.

오직 황제만이 소유할 수 있기에 옥새와 함께 대대로 황제에게 물려져 왔다.

그리고 뒷면은 금으로, 앞면은 은으로 되어 금으로 된 글자가 은판 위에 양각되어 있는 반금반은양각패가 있었다. 이것은 황제의 혈족, 즉 황족과 황제가 한 지역의 왕으로 임명한 군왕만이 지닐 수 있는 패였다.

그리고 그 밑으로 있는 패가 바로 모용연이 가지고 있는 은판음각금자패였다.

왕족만이 가지는 호패로 순은 패에 음각으로 글자를 새기고 글자에 금박을 입힌 것이다.

그 밑으로 관료들은 신분에 따라 은패와 동패, 그리고 철패를 가졌으며, 일반 평민은 보통 목패를 가졌다.

모용연은 경천회주의 딸로 사대세력의 수장들은 황제에게 왕으로 인정받았기에 왕족의 호패를 지닐 수 있었다.

병사들이 그 호패를 알아본 것이다.

모용연은 미소를 띤 채 보무도 당당하게 걸음을 옮겼다. 그녀의 손에 들린 패가 대롱대롱 흔들렸다.

털썩털썩.

병사들이 무릎을 꿇고 머리를 조아렸다.

갑작스러운 상황에 관오령은 당황해 어쩔 줄 몰라 했다.

"이익!"

관오령이 이를 악물었으나 자신이 할 수 있는 일은 없었다. 그저 악을 쓰며 다른 병사들을 불러모으는 것뿐.

병사들이 모일 시간도 필요 없었다.

관사의 문 앞에 선 모용연이 일장에 관사의 문을 박살을 내 버렸다.

"어, 어……."

그 모습에 관오령은 입을 쩍 벌렸다.

설마 저 정도의 실력을 가진 인물이라고는 상상도 못한 것이다.

홍산의 표정은 점점 더 담담해졌다.

저런 짓을 생각 없이 할 사람으로는 보이지 않았다. 그만한 자신이 있으니 했을 것이다. 그리 생각하니 앞으로 자신과 동생들이 별일 없이 지낼 수 있을 것이란 생각이 들었다. 그런 생각이 드니 절로 담담해지는 것이다.

홍산에게 있어 관오령이나 성주 따위의 안위는 하등 가치가 없었다.

"이게 무슨 소란이냐!"

아직 업무 시간이 끝나지 않았음에도 관사에 돌아와 있던 읍성의 성주 관해욱이 큰 소리를 치며 나타났다.

앞서 뛰어들어 간 병사가 피투성이가 된 채 관오령이 돌아왔다는 소식을 알렸기에 놀라서 서둘러 나오던 참에 관사의 문이 박살이 나는 장면을 본 것이다.

"성, 성주님……."

마침 관오령을 향해 달려오던 병사들이 관해욱을 보면서 허리를 숙였다.

모용연의 시선이 그를 향해 간 것은 당연했다.

"댁이 성주예요?"

모용연의 물음에 성주의 시선이 모용연과 마주쳤다.

"감히 무례하……."

모용연을 향해 막 호통을 치려던 성주의 입이 벌어진 채 멈췄다. 그의 눈동자가 좌우로 흔들렸다. 그 흔들림의 끝에는 은판음각금자패가 있었다.

이곳에 나타날 리가 절대 없지만 그래도 만의 하나, 백만의 하나라는 생각으로 수하들을 닦달해서 고위층의 호패를 외우게 한 그였다.

그런 만큼 단박에 알아봤다.

그랬기에 이렇게 얼어붙은 것이다.

"소, 소……."

관해욱이 무어라 말하며 무릎을 꿇으려 했지만 그럴 필요가 없었다. 아니, 그럴 수가 없었다.

곧게 뻗은 모용연의 다리가 그의 턱을 후려쳐 올렸기 때문이다.

"아악!"

그의 입에서 비명이 터졌다.

그러나 모용연은 아랑곳하지 않았다. 한 손에 여전히 호패를

든 채 양발로 관해욱을 지근지근 밟았다.

소란에 병사들이 몰려들었음에도 누구도 모용연을 말리지 못했다.

석양빛을 받아 반짝거리는 은판음각금자패를 본 순간 모두 순한 양이 되어 두 무릎을 꿇고 고개를 조아렸다.

관오령은 그제야 무언가 잘못되었다는 것을 깨달았다.

눈에서 절로 눈물이 났다. 두 다리가 후들후들 떨리며 바지가 축축하게 젖어들었다.

그제야 모용연은 성주에 대한 구타를 멈췄다.

그녀의 입가에는 미소가 걸려 있었다. 관오령이 보기에 그 미소가 그렇게 스산할 수 없었다.

"일어서."

냉랭한 목소리다.

관해욱은 후들후들 떨리는 다리로 겨우 일어섰다.

*   *   *

그는 자신이 왜 이렇게 맞았는지 알 수 없었다. 아무리 왕족이라지만 황제가 임명한 관리를 이렇게 이유 없이 두들겨 패는 것이 과연 가능한 일인지 생각할 여력도 없었다.

"궁금하지?"

모용연이 짤막하게 물었다.

입술이 터져 제대로 움직이지도 않았다. 목소리도 나오지 않았다.

그런 상태를 다 안다는 듯 모용연이 뒤를 힐끗 보며 말했다.

"저기 저 아이가 네 아들보다 신분이 비천하다는 이유로 조금 전에 네가 나에게 맞은 것처럼 네 아들에게 맞았어. 그래서 나는 이 동네는 신분 낮은 사람은 마구 패도 되는 줄 알고 너에게도 그랬지."

모용연의 목소리에는 살기가 스며들어 있었다.

아닌 밤중에 홍두깨처럼 두들겨 맞은 관해욱은 그 살기에 바짝 얼었다.

"앞으로 잘해. 저 아이들 주변에 무슨 일이 있단 이야기가 내 귀에 들리기만 해봐. 나 다시 돌아온다."

모용연의 말에 관해욱은 힘겹게 고개를 끄덕였다.

"가자."

모용연은 호패를 다시 품에 넣고 홍산과 홍해를 향해 말했다. 홍산과 홍해는 멍한 표정으로 그녀의 뒤를 따랐다.

문명후는 질렸다는 얼굴로 고개를 젓고는 그곳에 남았다. 누군가는 저 불쌍한 성주에게 자초지종을 알려줘야 했기 때문이다.

"무엇 때문이죠?"

얼마간 걷다가 멈춰 선 홍산이 물었다. 그의 물음에 모용연도 멈춰 섰다.

"응?"

"무엇 때문에 별 볼일 없는 저희들을 신분이 높으신 분께서 이렇게 도와주신 거죠?"

읍성이 아무리 촌구석이라지만 이런 곳의 성주를 자기 마음대로 두들겨 팬 사람이 보통 사람일 리 없었다.

"으음."

홍산의 눈빛이 너무나 진지했기에 모용연은 무어라 대답할까 잠시 생각에 잠겼다. 이윽고 입을 열었다.

"지극히 개인적인 이유야. 심화가 쌓이고 고민되고 슬프고 답답한 그런 일이 있었는데… 마침 너희를 본 거야. 그래서 화가 터진 거고."

"그럼 단지 화풀이로 관오령과 성주님께 그렇게 하신 건가요?"

그렇게 묻는 홍산의 눈빛이 변했다. 그것은 관오령을 바라볼 때와 같은 눈빛이었다.

모용연은 그 눈빛의 변화를 감지했다.

'앙큼한 꼬마네.'

보통의 아이들과는 완전히 다른 반응에 모용연은 홍산에 대해 호기심이 생겼다.

"오빠, 그러지 마. 우릴 도와주신 분이잖아."

오빠의 분위기가 바뀌었음을 알아차린 홍해가 처음으로 입을 열었다. 홍해는 그래도 저 언니가 고마웠다. 저 언니가 아니었으면 자신이 세상에서 가장 좋아하는 오빠가 어떻게 되었을지 모른다.

"안녕, 꼬마 아가씨. 그러고 보니 아직 인사도 제대로 못했네. 이름이 뭐야? 이 언니는 모용연이라고 하는데."

홍해가 자신에게 호감을 가졌다는 사실을 눈치챈 모용연의 시선이 홍해를 향했다.

"호, 홍해예요. 장홍해."

모용연의 인사에 다시 홍산의 등 뒤로 숨으며 발개진 얼굴로 부끄럽게 대답하는 홍해였다.

"예쁜 이름이네. 몇 살이야?"

"열 살이요."

"그렇구나."

모용연의 입가에 띤 미소가 더욱 진해졌다. 진해지는 미소에는 슬픔도 더해져 있었다.

홍산은 경계의 빛을 띤 채 모용연을 바라보았다. 왜 홍해에게 저렇게 호의적으로 관심을 보이는 것일까.

낯선 사람에게 생기는 경계심 그 이상의 것이 생겼다.

이들은 외지인이다. 그것도 무서운 무림인에 신분도 굉장히 높은 듯했다. 뭐가 뭔지 알 수가 없었다.

모용연의 시선이 다시 홍산을 향했다.

"이 누나에게는 홍해랑 나이가 같은 동생이 있어. 그런데 굉장히 많이 아프단다. 그래서 약을 찾으러 향산으로 온 거야. 그것 때문에 읍성에 들른 건데… 일이 잘 안 되었어."

여전히 미소 띤 채 말하고 있지만 이번에는 굉장히 슬픈 미소였다. 홍산은 단번에 그 슬픔을 느낄 수 있었다.

그것은 홍해 역시 마찬가지인 듯했다. 어느새 홍해의 눈가에 눈물이 그렁그렁 맺혔다.

"그래서 무척이나 슬프고 답답하고 그랬어. 그러던 차에 홍해의 비명을 들은 거지. 그래서 달려갔더니… 그랬어. 그리고 화가 터진 거고. 만일 홍해가 그렇게 겁에 질린 채 울고 있지 않았다면… 아마 그 정도로 화가 터지지는 않았을 거야. 내 동생 혜아를 보는 것 같았거든."

그제야 홍산의 눈빛이 원래대로 돌아왔다. 그녀가 관오령 따위와는 비교도 할 수 없는 사람이라는 것을 알았기 때문이다.

"그런데 이 멋진 오빠는 이름이 뭐야? 나와 혜아에게도 이런 오빠가 있으면 참 좋았을 텐데."

"홍산이에요. 장홍산. 열 살이고 홍해랑은 쌍둥이에요."

홍산은 짤막하게 여러 가지 이야기를 했다. 자신들을 알게 되는 사람이라면 누구나 궁금해하는 것들에 대한 답을 미리 한 것이다.

홍산의 말에 살짝 놀란 표정을 짓던 모용연이 이내 미소를 지으며 고개를 끄덕였다.

"그렇구나. 이리로 좀 와보렴, 홍산아."

그렇게 홍산을 부른 모용연은 품에서 금창약을 꺼내 상처에 발라주었다. 그리고 맥문을 통해 내력을 흘려 혹시나 내상은 없는지 살피기까지 했다.

그러고 나니 어느새 사위에 어둠이 내려앉았다.

"이런. 집에서 걱정하시겠구나. 집이 어디니? 데려다줄게."

어느새 문명후도 모용연을 찾아온 상태였다.

"고맙습니다."

홍산은 진심을 담아 허리를 숙여 인사했다. 오늘 아주 큰 도움을 받았음을 홍산은 너무나 잘 알았다.

"고맙습니다."

홍해 역시 홍산을 따라 인사했다.

그 모습이 너무나 사랑스럽고 예뻤다.

그저 사태를 방관만 하던 호진백과 문명후의 얼굴에 절로 미소가 지어졌다.

"저… 누추하지만 오늘은 저희 집에서 묵고 가세요. 물론 저희 집 같은 곳보다는 객잔이 훨씬 좋긴 합니다만, 은인 분들을 이렇게 보내는 건 예가 아니라고 배웠습니다."

홍산이 공손히 허리를 숙이며 말했다. 그 행동에 홍산에게 가까이 다가간 모용연이 손가락으로 가볍게 그의 이마를 튕겼다.

"얘가 징그럽게 왜 이래? 애늙은이같이."

그 말에 홍산의 얼굴이 벌겋게 달아올랐다.

"언니, 그러지 말고 오늘 우리 집에서 자고 가요."

홍해가 모용연의 치맛자락을 붙잡으며 말했다. 그 모습에 그녀가 피식 웃었다.

"그래, 이렇게 말해야지. 알았어. 예쁜 홍해 말대로 오늘은 홍해 집에서 자고 갈게. 집이 어디니?"

모용연의 대답에 홍해가 활짝 웃었다.

오늘 처음으로 본 웃음인 것 같았다. 그 웃음이 너무나 예쁘고 밝았다. 모용연은 절로 자신의 마음이 따듯해지는 것 같았다.

홍해는 한 손으로는 홍산의 손을 잡고 다른 한 손으로는 모용연의 손을 잡고 집을 향해 걸었다.

홍원은 그 모습을 처음부터 끝까지 지켜보고 있었다.

굳게 다문 입술이 살짝 떨렸다.

"자홍선지초라……"

낮은 중얼거림.

그 중얼거림을 남기고 홍원은 몸을 돌렸다. 그는 곧장 서쪽으로 향했다. 홍산과 홍해가 무사한 것을 확인했으니 애초의 목표대로 움직여야 했다.

그렇게 홍원은 홀로 향산으로 들어갔다.

第六章
북면마수
(北面魔獸)

크르르릉!

세찬 눈보라가 몰아치는 북해의 차디찬 동토.

눈으로 덮인 새하얀 땅과 구분할 수 없을 정도의 새하얀 털을 가진 거대한 짐승이 이를 드러낸 채 전방을 바라보고 있다.

사방이 절벽으로 틀어 막힌 이곳. 어지간한 고수도 쉬이 접근할 수 없는 험지이다.

순백의 털에 쫑긋 선 귀, 왼쪽으로 말린 꼬리에 팔각형에 가까운 머리를 가진 짐승은 그 모습이 개와 비슷했다. 그러나 어지간한 장정의 허리까지 올 듯한 거대한 체구는 과연 이 짐승이 개일까 하는 의문을 갖게 만들었다.

그 짐승이 두 눈을 번쩍이며 한 곳을 직시한 채 으르렁거리고 있었다.

그 시선의 끝.

새빨간 뱀이 똬리를 틀고 있다.

새하얀 눈과 너무나 대비되는, 금세 타오를 듯한 진홍의 빛깔을 가진 뱀.

북해의 깊은 곳에서만 산다는 마수 중의 하나인 빙설열독사(氷雪熱毒蛇)였다.

빙설열독사의 뒤편.

이런 추운 동토에서 어떻게 자랐을까 싶은 녹색의 풀이 한 포기 있었다. 붉은 열매가 달린 그 풀은 이 차디찬 땅에서 너무나 싱그럽게 자라 있었다.

빙설열독사는 흡사 그 풀을 지키려는 듯 똬리를 틀고 붉은 혀를 날름거리고 있었다.

개로 보이는 짐승이 천천히 빙설열독사를 향해 접근했다. 빙설열독사의 경계가 더욱 거세졌다. 하지만 개는 아랑곳하지 않았다.

그의 목표는 열독사의 뒤편에 있었다.

휘이잉!

세찬 눈보라의 돌풍이 둘 사이를 지나갔다.

그 찰나의 순간, 먼저 움직인 것은 빙설열독사였다. 똬리를 풀어 용수철처럼 퉁기더니 개의 앞발을 휘감으려 했다.

하지만 개는 그 자리에 없었다. 어느새 몸을 날려 빙설열독사를 피했다. 빈 땅에 떨어진 빙설열독사는 다시 재빠르게 바닥을 훑고 움직였다. 그 끝에는 개의 뒷다리가 있었다.

이번에는 개의 움직임이 조금 늦었다. 빙설열독사가 재빨리 뒷다리를 물었다.

커다란 독니가 허벅다리를 파고들었다 독니 끝의 구멍에서 대번에 빙설열독사의 열독이 뿜어져 나왔다. 개의 허벅다리가 순식간에 부어올랐다.

크르르릉!

고통의 소리일까, 분노의 소리일까. 개의 입에서 사나운 울음이 다시금 터져 나왔다.

빙설열독사의 두 눈에 득의양양한 빛이 어리는 듯했다. 마수가 눈빛으로 감정을 표현할 수 있던가.

빙설열독사는 당장에라도 이 싸움을 끝내겠다는 듯 그 긴 몸통으로 개의 몸을 칭칭 감아 조이기 시작했다. 이빨은 여전히 허벅다리에 박힌 채로 계속해서 열독을 뿜어내고 있었다.

부어오른 다리가 시뻘겋게 변하고 열이 끓어올랐다.

이 정도면 코끼리도 즉사할 판이다.

한데 이상했다.

개는 여전히 사나운 눈빛을 뿌리고 있었다. 아니, 그렇게 보인다 싶은 순간 개의 입꼬리가 살짝 올라갔다. 흡사 회심의 미소를 짓는 사람과도 같았다.

빙설열독사는 그제야 무언가 이상하다는 것을 느낀 듯했다. 그러나 이미 늦었다.

개의 두 눈에서 어마어마한 안광이 폭사한다 싶은 순간 개의 몸이 순식간에 두 배는 부풀어 올랐다.

온 힘을 다해 개의 몸을 조이고 있던 빙설열독사가 그 힘을 채 풀기도 전에 순식간에 부풀어 오른 개의 몸이 발한 압력이 빙설열독사를 산산이 터뜨려 버렸다.

몸이 터져 나가자 허벅다리를 물고 있던 빙설열독사의 아가리 힘도 빠져 버렸다. 개가 귀찮다는 듯 뒷다리를 몇 번 움직이자 빙설열독사의 대가리가 힘없이 툭 떨어졌다.

피식 웃은 개는 천천히 빙설열독사가 지키고 있던 풀을 향해 다가갔다. 그러더니 킁킁거리며 풀 주위를 돌면서 냄새를 맡았다.

그렇게 한참을 뱅글뱅글 돌면서 냄새를 맡던 개의 얼굴이 딱딱하게 굳었다.

마치 이게 아닌데 하는 듯한 표정이다.

개는 굉장히 복잡한 눈빛으로 풀을 바라보았다.

풀은 설삼(雪蔘)의 줄기였다. 열매는 설삼의 열매였고.

줄기의 크기와 열매의 상태가 설삼의 수령을 알려주고 있는데 그것이 참 애매했다.

줄기와 열매로 보아 설삼의 수령은 대강 구백삼십 년에서 구백육십 년 사이였다.

물론 개는 냄새로 그 수령을 알아차렸다.

설삼이 진정한 영약이 되려면 그 수령이 천 년을 넘겨야 한다. 천 년을 넘겨야 설삼의 약효에 영험함이 어려 영초요 영약이 되는 것이다.

구백구십 년 묵은 설삼의 약효는 천년설삼의 그것에 비하면 십분의 일도 되지 않는다. 그런데 이 설삼의 수령은 거기에도 못 미쳤다.

개는 마치 그러한 사실을 다 안다는 듯 복잡한 얼굴로 풀을 내려다보다 고개를 돌려 빙설열독사의 시체를 바라보았다.

아마 저 빙설열독사는 이곳에서 오십 년을 지킬 작정이었을 게다. 천년설삼은 마수와 영수들에게도 그럴 가치가 있는 영약이었다.

하지만 이 개는 그럴 시간이 없었다.

태황산(太皇山).

대륙의 중심, 황도의 정 북쪽에 위치하여 황도의 뒤를 든든히 받쳐주는 산이다. 높이는 그렇게 높지 않지만 산세의 험준함은 대륙에서도 손가락에 꼽힐 정도이다.

대륙의 지기가 중심으로 모여 솟구쳐 오른 산으로 넓디넓은 평원에 오롯이 홀로 우뚝 솟은 산이었기에 높지 않음에도 크고 웅장해 보이는 산이었다.

개는 이 태황산의 영약이란 영약을 다 먹어치웠다. 그러고 나서 주인을 찾아 나섰다. 주인의 냄새를 좇아 북해 근처로 왔다가 그만 이 설삼의 냄새를 맡고 홀린 듯 이곳으로 왔다.

한데 이곳에서 설삼이 천 년의 수령을 채우기를 기다렸다가는 주인이 자신을 기다리지 못할 수가 있었다.

개는 고민했다.

그리고 결정을 내렸다.

코를 쿵쿵거리면서 냄새를 맡기 시작했다.

어디서 놓쳤는지 모를 주인의 냄새를 다시 찾기 위해서였다.

이날이 홍원이 읍성의 성문을 처음 지나친 날이었다.

"하아, 이곳에 있긴 있는 걸까요, 조장?"

검은 복면을 한 사내가 한숨을 쉬며 앞에 있는 또 다른 복면사내에게 물었다. 눈으로 덮여 하얀 이 세상에서는 검은 복면이 오히려 눈에 띄었다.

"몰라. 까라면 까야지. 은월 호법이 눈에 불을 켜고 찾으라는데 어떻게 해?"

"하지만 말씀하신 곳은 물론 그곳으로부터 이렇게 먼 곳까지 수색하는데도 없지 않습니까?"

수하의 불만 어린 말에 조장이란 사내는 고개를 절레절레 흔들었다.

"엊그제 정기 보고하러 갔을 때 사실은 은월 호법께서도 잘 모르는 눈치였다."

"네? 그게 무슨 말씀입니까?"

"그러니까 은월 호법보다도 더 윗선에서 내려온 명령일 거라는 거지."

"그래서요?"

수하의 물음에 조장은 고개를 다시 저었다.

"그래서 까야 한다고."

조장은 그러고는 다시 주위를 살폈다.

벌써 몇 달째 이 얼음의 땅을 배회하고 있는 것인지 수하의 어깨가 축 처졌다. 그때 그런 그의 눈에 한 짐승이 들어왔다. 땅에 머리를 박고 킁킁거리면서 냄새를 맡고 있는 짐승.

덩치로 봐서는 늑대만 했다.

그런데 하는 행동은 개였다.

그는 재빨리 조장을 불렀다.

"왜 그래?"

조장이 이제는 짜증을 내기 시작했다. 그도 이미 충분히 힘든 차에 수하가 귀찮게 하니 짜증이 나는 것이 당연했다.

"조장님, 저기."

수하의 손가락을 따라 조장의 시선이 움직였다. 그리고 그는 수하와 똑같은 것을 보았다.

"이런데 웬 개냐?"

"오랜만에 배에 기름칠 좀 해야 하지 않겠습니까?"

수하가 눈을 빛내며 말했다. 그의 두 눈은 어떤 기대로 가득했다.

"그럴까?"

어느새 조장의 눈빛도 수하와 같아져 있었다.

둘은 조심스레 개를 향해 다가갔다. 겨우 개 한 마리 잡는 데는 자신들 둘이면 차고도 넘쳤다.

일단 잡고 다른 조원들도 불러서 오랜만에 포식하면 된다. 마침 개의 덩치도 컸다.

"덮쳐!"

조장의 말과 동시에 둘은 검을 뽑아 개를 향해 몸을 날렸다.

그리고 그 둘은 다음 날 동료들에게 차디찬 시체로 발견되었다.

홍원이 귀향하고 꼭 한 달이 지난 날의 일이었다.

*   *   *

이미 깊은 어둠이 세상을 지배하는 밤이 되었다. 우거진 숲은 그런 어둠을 더욱 깊게 만들었다.

홍원은 그런 어둠도 아랑곳하지 않고 향산의 밤길을 달렸다. 홍원이 가장 먼저 향한 곳은 자신이 수련하던 곳이다. 그곳에 창이 있었다.

북면은 홍원도 처음 가보는 곳이다.

어머니의 약을 구하기 위해서 이제는 가야 하는 곳이다. 아버지에게 물려받은 능력이 과연 북면에서도 발휘가 될지 의문이다.

아버지는 가능했지만 자신은 아버지가 아니었다.

해서 북면의 마수들을 상대할 준비가 필요했다. 그 첫째가 바로 자신의 손에 익숙한 병기였다.

사실은 도가 더 익숙했다. 꿈속에서의 애병이 도였다. 하지만 그것은 지금의 홍원 자신의 것이 아니다.

현재 자신의 애병은 창이었다.

홍원은 그렇게 창을 가장 먼저 챙겼다. 그리고 북쪽을 향해 땅을 박찼다.

다행히 산의 길이 눈에 들어왔다. 기운이 펼쳐진 모양새도 잘 보였다.

동면에서 북면으로 접어드는 초입은 동면과 마찬가지였다. 더 깊은 곳은 어떨까?

홍원은 일단 이곳에서 숨을 고르기로 했다. 어머니께 드린 단약은 아직 충분했다. 그렇게 생각하며 서두르지 않았다.

홍원은 적당한 나무를 찾아 훌쩍 위로 올라갔다. 그곳에서 잠깐 눈을 붙일 요량이다.

나뭇잎 사이로 비쳐드는 햇살에 홍원이 눈을 떴다. 어둠은 홍원의 시야에 영향을 줄 수 없었지만 밝은 햇살 아래의 향산의 풍경은 또 다른 맛이 있었다.

"다시 가볼까?"

홍원은 나무에서 훌쩍 뛰어내렸다. 아직 초입이라 그런 것인지 간밤에 별다른 일은 없었다.

홍원의 눈에 또다시 산의 길이 펼쳐졌다. 홍원은 다리를 빠르게 움직였다.

그렇게 점점 북면의 중심을 향해 다가갔다.

그런 홍원의 눈에 약초들이 보였다. 하나같이 진귀한 약초들이다. 하지만 영약이나 영초의 수준은 아니었다.

보통의 산에서는 만나기 힘들겠지만 한두 개는 있을 약초들이 북면의 중심 근처에 지천으로 깔려 있었다. 홍원이 동면에서 찾은 하수오 같은 것들은 흔한 풀 수준이다.

"이곳을 자유자재로 드나들 수 있는 약초꾼이라면 평생 돈 걱정은 없겠어."

홍원이 백 년 묵은 하수오를 살피며 중얼거렸다.

그때,

크르르릉!

사나운 울음소리가 등 뒤에서 들렸다.

홍원은 천천히 돌아보았다.

호랑이였다. 어마어마한 크기의 호랑이다.

"이러니 약초꾼이나 사냥꾼들이 이곳에 들어오지를 못하지."

약초들을 살피느라 잠시 산의 길에서 벗어났다. 그런데 그 짧은 시간에 맹수가 사람의 냄새를 맡고 나타난 것이다.

향산 주변 사람들이 왜 그렇게 북면을 두려워하는지 이해가 되었다.

"하지만 그건 보통 사람들 이야기이고."

홍원은 등에 지고 있던 창을 뽑아 들었다. 움직이는 데 불편하여 짧게 줄인 단창이다. 하지만 이걸로 호랑이를 상대하는 데는 전혀 부족함이 없었다.

호랑이는 홍원이 자신과 싸우려 한다는 낌새를 느낀 것인지 더욱 사납게 울음을 흘리며 천천히 걸음을 옮겼다.

홍원은 단창을 쥐고 가만히 호랑이를 노려보았다.

어흥!

호랑이가 홍원을 향해 훌쩍 몸을 날렸다. 그 움직임이 홍원의 예상보다 훨씬 빨랐다. 보통의 호랑이보다 세 배는 빨랐다.

그 때문에 홍원의 움직임이 약간 늦었다.

찌익.

몸을 틀어 호랑이의 공격을 피했지만 왼팔의 옷자락이 살짝 찢겼다.

"북면이라 이거지."

홍원의 표정이 살짝 변했다. 그 찰나 호랑이가 다시 달려들었다. 하지만 홍원은 이미 호랑이의 속도를 체감한 터다. 두 번의 실수는 없었다. 살짝 틀어 호랑이의 공격을 여유 있게 피해냈다.

홍원의 단창이 호랑이의 목을 찔렀다.

크릉!

호랑이의 입에서 신음이 흘러나왔다. 하나 그뿐이다. 호랑이의 두 눈은 더욱 사나워져 있었다.

홍원은 어이가 없다는 눈으로 호랑이의 목과 자신의 단창을 번갈아 보았다.

일격에 꿰뚫을 자신이 있었기에 찌른 것인데 설마 호랑이의 가죽이 자신의 단창을 튕겨낼 줄은 몰랐다. 이런 일은 처음이다.

움직임의 속도만 보통 맹수와 다를 거라 생각한 것이 잘못이었다.

"가죽도 다르단 말이지. 북면에 마수들이 넘쳐난다더니 너도 마수가 되려는 놈인가 보군."

그러고 보니 호랑이의 대가리 한가운데가 살짝 볼록하게 솟아 있다. 예사 호랑이라 생각했기에 놓친 부분이다.

"북면이라……. 역시 만만한 곳이 아니군. 이런 데를 아버지가 들어오셨단 말이지."

홍원의 눈이 아련하게 물들었다.

내공을 가진 자신도 순간적으로 깜짝 놀랄 맹수가 있다. 그런데 이놈도 되다 만 놈 같다.

이런 위험한 곳에 그저 남들보다 조금 실력이 좋은 사냥꾼일 뿐인 아버지가 왔었다니 가슴 한구석이 따끔따끔했다.

'차라리 이곳의 약초나 뜯어다가 팔았으면 그리 힘들게 사시지는 않았을 텐데……'

홍원은 생각했다. 하지만 홍원이 간과한 사실이 있었다.

산의 길을 본다는 것은 아버지의 타고난 능력이지만, 아버지는 북면에서 산의 길을 벗어나서 생존할 능력이 없었다. 홍원이 잠시 하수오를 살피느라 길을 벗어난 사이 저 호랑이가 나타났다.

아버지는 그런 상황을 이미 알고 있었기에 지천에 널린 약초를 보고도 차마 캐지를 못한 것이다.

홍원이 살짝 상념에 잠긴 사이, 호랑이가 기회를 만났다는 듯이 홍원에게 달려들었다.

하지만 이미 충분히 쓴맛을 본 홍원이다. 너무나 가볍게 호랑이의 공격을 피해냈다. 그리고 다시 단창이 호랑이의 목을 향해 날아들었다.

호랑이는 아랑곳하지 않고 홍원을 향해 달려들었다. 조금 전의 경험으로 상대의 무기는 자신에게 위협이 되지 않는다는 것을 알게 된 듯하다.

여간 똑똑한 것이 아니었다.

하지만 호랑이답지 않은 그 지혜가 호랑이를 죽음으로 이끌었다.

푹.

너무나 단순한 소리가 울렸다.

홍원의 단창이 호랑이의 목을 관통해 머리 뒤로 삐죽이 솟아올라 있다.

"내공을 주입해야 뚫을 수 있는 가죽이라니 위험해."

홍원은 담담히 중얼거리고 다시 걸음을 옮겼다.

북면에 들어와 홍원과 같은 경험을 하는 이들이 또 있었다. 그들은 북면에 들어온 지 이제 닷새째이다.

지난 닷새가 어찌 흘렀는지 알 수가 없었다. 그 정도로 생사를 넘나드는 여정이었다.

"후우, 나리들, 정말 돌아가지 않으실 겁니까?"

잔뜩 초췌한 얼굴로 초 서방이 물었다. 그나마 셋 중 그가 제일 멀쩡했다.

유일한 길잡이였기에 갈현청과 사도평이 최우선으로 그를 보호한 덕이다.

이미 두 사람의 옷은 누더기로 변한 지 오래되었고 얼굴은 피곤으로 가득했다. 벌써 열두 시진째 자지 못하고 맹수들과 사투를 벌이고 있는 것이다.

"아직 멀었는가?"

사도평이 지친 목소리로 물었다.

"이제 끝나갑니다."

열두 시진 자지 못한 것은 초 서방도 마찬가지였으나 그는 맹수들과 싸우지 않았다. 그랬기에 오히려 그가 제일 멀쩡했다.

"어서 가세."

갈현청이 작게 말했다. 세 사람은 묵묵히 걸음을 옮겼다.

다행히 그 후 반 시진 동안 맹수가 나타나지 않았다.

"아, 이곳입니다."

초 서방이 가리킨 곳은 나무 네 그루가 둘러싼 작은 구덩이였다.

"이곳에는 맹수나 마수가 접근하지 않습니다."

오랜 경험의 산물이다. 그동안 북면을 헤치고 다니며 이곳의 맹수가 절대 나타나지 않는 안전지대를 알 수 있게 된 것이다. 문제라면 바로 전의 안전지대부터 무려 열세 시진 거리라는 것이다.

"휴우, 이제 좀 쉴 수 있겠군."

갈현청이 나무에 등을 기대며 중얼거렸다.

"이제 얼마나 온 것인가?"

사도평이 물었다.

"내일이면 가마골 초입에 들어갈 듯합니다. 가마골부터 호골

까지가 북면의 중심입니다. 그곳에는 마수들이 예사로 다니는
데 지금까지의 맹수나 마수로 접어들려는 맹수들과는 차원이
다른 놈들이지요."

초 서방의 설명에 두 사람의 안색이 어두워졌다. 이미 이곳
맹수들의 위력을 절절히 느낀 이후이다.

"연아는 잘 갔는지 모르겠습니다."

사도평이 갈현청에게 말했다. 갈현청이 어두운 얼굴로 답했
다.

"잘 갔어도 문제로구나. 연아의 실력으로는 이곳에 들어오는
것이 무리야. 괜히 호 호법과 명후의 발목만 잡는 것은 아닌지
모르겠다."

두 사람이 대화를 나누는 사이 초 서방이 품에서 육포를 꺼
내 건넸다. 이것이 이곳에서 먹을 수 있는 유일한 식량이었다.
물론 나무 열매도 있었지만 언제 어디서 나타날지 모르는 맹
수들 때문에 따 먹을 생각을 하지 못했다.

"한데 이곳은 왜 안전한지 모르겠군. 벌써 닷새째인데 올 때
마다 신기하단 말이야."

육포를 우물거리며 사도평이 말했다.

"아마도 향기 때문일 겁니다."

초 서방이 답했다.

"향기?"

사도평의 반문에 초 서방의 설명이 이어졌다.

"이렇게 네 그루의 나무가 둘러싼 웅덩이에 특이한 버섯이

자랍니다. 그 버섯 하나로는 안 되고 네 그루의 나무에도 각기 다른 버섯이 자라지요. 사람은 맡을 수 없는데 이곳의 맹수들은 맡을 수 있는 특이한 향이 나나 봅니다. 이렇게 다섯 종류의 버섯이 있는 곳이면 맹수들은 절대 접근하지 않습니다."

"그래서 불을 피우면 안 되는군."

갈현청이 고개를 끄덕이며 중얼거렸다.

"네. 불을 피우면 맹수들이 불빛을 보고 오는 것이 겁나는 것이 아니라 연기가 버섯의 향을 지우는 것이 무서운 겁니다."

이제야 초 서방은 안전지대에서 불을 절대 피우지 못하게 한 이유를 말해주었다.

"그럼 그 다섯 종류의 버섯을 몸에 지니고 다니면 될 것 아닌가?"

사도평이 고개를 갸웃거리며 물었다.

"벌써 해보았지요."

초 서방이 쓴웃음을 지으며 답했다. 쓴웃음 속에 답이 들어 있었다.

"거참 신기하군."

갈현청이 나직이 중얼거렸다.

"그렇습죠. 그래서 그토록 오래 걸어온 것 아니겠습니까요. 그리고 이곳에서 여덟 시진 정도 쉬어갈 것이니 푹 쉬십시오."

그렇게 말을 마친 초 서방은 한 나무 아래 누워 눈을 감았다. 구덩이는 작지 않아 세 사람이 누워서 쉬기에 충분했다.

                    *   *   *

어두컴컴한 밤.

새하얀 바람이 불었다. 아니, 바람이 아니라 새하얀 번개 같
기도 했다. 땅에 낮게 깔려 움직이는 번개가 있다면 말이다.

멈추지 않고 곧장 쭉쭉 뻗어 나가는 새하얀 빛.

하루에 천 리를 달린다는 명마로도 도무지 따라잡을 수 없
는 속도이다. 그랬기에 바람이나 번개라는 착각이 들 수밖에
없었다.

백풍의 실체는 큰 덩치의 개였다. 북해에서 빙설열독사를 터
뜨려 버린 그 개다.

지금까지는 설렁설렁 달리던 개였지만, 찾는 사람의 체향이
점점 진해지니 절로 달리는 속도가 빨라졌다.

멀리 성벽이 보인다.

읍성이다.

어둡고도 깊은 밤, 개는 단숨에 성벽을 훌쩍 뛰어넘었다. 경
비를 서던 병사들은 눈앞에 흰빛이 번쩍인 듯한 느낌만 받았
을 뿐이다.

발소리도 울리지 않았다. 가볍게 땅을 박찬 개는 순식간에
홍원의 집 앞에 도착했다.

그립고도 반가운 냄새가 집에서 진동하고 있었다. 하지만 이
내 개는 고개를 갸웃거렸다.

냄새는 진했지만 냄새의 주인이 없었다.

다시금 코를 킁킁거리며 땅의 냄새를 맡았다. 이윽고 고개를 들고 서쪽의 향산을 바라보았다.

개의 두 눈이 빛났다.

순간 다시 땅을 박찼다.

끼익.

그때 문소리가 울리며 한 여인이 모습을 보였다.

모용연이다.

"뭐지? 굉장한 존재감이 순간 느껴진 듯한데?"

하지만 아무리 둘러봐도 아무것도 없었다. 대체 어떻게 된 일일까.

그때 다른 방에 몸을 있던 호진백이 모습을 드러냈다. 문명 후도 그 뒤를 따르고 있다.

"너도 느꼈느냐?"

먼저 나와 있는 모용연을 보고 호진백이 물었다.

"네."

"흐음, 굉장한 고수인 것 같았는데……."

하지만 아무리 둘러봐도 그 어떤 흔적도 없었다.

저녁 무렵 홍산이 깨끗이 쓸어놓은 싸리문 입구에는 사람의 발자국이라고는 없었다. 아무리 고수라 한들 이런 마을에서조차 상시 답설무흔의 경공을 펼치고 있을 리 없을 터.

자신들이 잘못 느낀 것이라 생각한 세 사람은 다시금 잠자리로 향했다.

"거참, 무언가 알 수 없는 동네야."

호진백이 고개를 갸웃거리며 낮게 중얼거렸다.

혹시나 하는 마음에 읍성에 이틀 정도 더 머물기로 한 세 사람은 그렇게 찜찜한 마음을 안고 각자의 거처로 들어갔다.

그들이 사라진 싸리문 입구에는 희미하게 찍힌 개의 발자국만이 어둠에 묻혀 있었다.

홍원이 향산으로 향한 다음 날 밤의 일이었다.

향산에서 맞는 두 번째 아침이다. 이미 홍원의 망태기는 가히 영약이라 불릴 만한 약초로 가득 찬 상태였다. 마수들도 홍원에게는 아무런 위협도 되지 않았다.

하지만 홍원의 얼굴에는 골이 파여 있었다.

고민이다.

"흐음, 어떻게 한다."

이미 어머니에게 필요한 약초의 채집은 다 끝났다.

하지만 딱 하나가 없었다.

자홍선지초.

그 녀석은 도무지 눈에 띄지 않았다. 아직 자신의 실력이 부족하여 그런 최상급의 영약은 쉬이 찾지 못하는 건 아닌가 하는 생각도 들었다.

선지초라면 이미 많이 찾았다. 어머니께 필요한 약재 중에도 오륙백 년 묵은 녀석으로 두 뿌리나 캐놓은 상태였다.

그런 최상급의 선지초를 찾을 정도면 홍원의 실력은 수십 년 경력의 약초꾼 이상이다.

한데 도무지 자홍선지초는 찾을 수가 없었다.

"흐음, 하긴 전설에나 존재한다는 영약을 찾아내는 건 항상 백린 그 녀석이었으니까. 사부님도 못 찾으신 걸 말이지."

홍원은 피식 웃으며 중얼거렸다.

은살림에 들어가면서 태황산에 풀어놓은 그 녀석이 그렇게 아쉬울 수가 없었다.

은살림과 숭무련의 추적을 따돌리느라 태황산에는 들르지 못했다. 읍성에서 어느 정도 생활이 정리되면 잠시 태황산에 다녀올 계획인데 이렇게 빨리 백린이 필요하게 될 줄은 몰랐다.

"그러고 보니 애들 때문에라도 백린 녀석이 있어야겠어."

똑똑하고 강한 녀석이니 동생들의 호위로도 그만이다.

"어떻게 한다?"

홍원의 고민이 다시 깊어졌다.

홍원은 인정했다. 자신의 능력으로는 자홍선지초를 찾을 수 없음을. 그들이 홍산과 홍해에게 보여준 호의를 생각해서 눈에 띄면 찾아줄 생각은 하고 들어왔지만 찾을 수가 없었다. 물론 마음먹고 한 달이고 두 달이고 뒤지면 찾을 수는 있을 것이다.

하지만 자신에게는 그럴 시간도 없고 그럴 이유도 없었다. 큰 호의를 입은 것은 사실이지만 그렇다고 가족을 두 달이라는 시간 동안 버려둘 만큼은 아니라는 것이 홍원의 생각이다.

"일단 오늘까지만 찾아보자."

품속에서 육포를 꺼내 입안에 털어 넣은 홍원은 나무에서 훌쩍 뛰어내렸다. 그리고 다시금 주변을 살피며 걸음을 옮기기 시작했다.

"으악!"

정말 절묘한 시기에 귓가에 울리는 비명이다.

홍원의 걸음이 빨라졌다. 산의 길을 타고 달려가는 홍원의 머릿속에 혹시나 하는 생각이 떠올랐다. 북면에서 길잡이를 하나밖에 구하지 못해 읍성으로 왔다던 그들의 말이.

비명을 지른 이는 초 서방이었다.

그는 북면을 수시로 드나들면서도 이런 경험은 처음이다. 북면에서도 가장 험하다는 다섯 봉우리의 골짜기 중에서도 또 절대 가지 말아야 할 곳이라는 용린골. 이곳은 초 서방도 오늘이 처음이었다.

용린골 초입의 안전지대에 도착한 것은 어젯밤이다. 안전지대에서 푹 쉬고 아침에 나와 불과 백 보도 걷기 전에 마수가 튀어나왔다.

거대한 산원숭이 한 마리가 침을 질질 흘리며 자신들을 노려보고 있었다. 그 모습에 평범한 약초꾼인 초 서방의 입에서 비명이 터져 나온 것은 너무나 당연한 일이었다.

"크군요."

온몸이 상처투성이인 사도평이 낭패한 얼굴로 중얼거렸다.

육 척 크기의 원숭이는 분명 거대했다.

"이놈이 우리를 기다린 것 같다."

갈현청이 침중한 얼굴로 중얼거렸다.

용린골이 북면에서도 가장 무서운 곳이라더니 과연 그랬다. 저딴 미물이 풍겨내는 기세에 온몸이 찌릿찌릿할 정도였다.

"용, 용린골은 북면에서도 또 다른 곳입니다요. 저런 놈들이 수두룩하다는 소문이 있습죠. 어이해 저놈들이 용린골 밖으로 나오지 않는지는 모르지만 용린골은 향산에서도 금지 중의 금지입니다요."

바들바들 떨면서도 할 말을 다 하는 초 서방이었지만, 이미 그의 바지는 축축이 젖어들고 있었다. 그는 죽음을 떠올리고 있었다.

"과연… 마수(魔獸)라고 불리는 이유를 알 것 같습니다."

사도평이 검병에 손을 가져가며 말했다.

"북면의 마수로고……."

피가 덕지덕지 묻은 검을 뽑아 들며 갈현청이 말했다.

전날 가마골에 진입한 후 최대한 빠르게 안전지대를 찾아 움직이면서 마수들과의 싸움을 피했다. 그럼에도 두 번이나 맹수를 만났다. 아직 마수까지 된 녀석들은 아니었기에 그럭저럭 빠르게 용린골에 도착할 수 있었지만, 그 행운도 여기서 끝인 듯했다.

갈현청의 눈빛이 깊게 가라앉았다.

결사의 싸움을 눈앞에 둔 무인의 그것이다.

*　　　　*　　　　*

크르르르!

마수의 입에서 도무지 원숭이의 울음으로는 들리지 않는 소리가 흘러나왔다. 갈현청과 사도평의 등이 땀으로 축축이 젖어들고 있었다.

먼저 움직인 것은 거대 원숭이였다. 재빠르게 땅을 박차고 두 사람의 사이로 쇄도해 왔다.

"막아라!"

갈현청이 재빨리 앞으로 튀어나가며 검을 휘둘렀다. 노고수답게 그는 원숭이가 노리는 상대가 초 서방임을 한눈에 알아보았다.

사도평도 재빨리 움직였다. 갈현청의 뒤에서 어느 쪽으로 원숭이가 튀어나와도 초 서방에게로 향하는 길목을 차단하는 위치를 점했다.

캉!

원숭이의 손톱과 검기가 깃든 검이 부딪치자 요란한 소리가 울렸다.

"역시나 단단하구나."

갈현청은 그럴 줄 알았다는 듯 중얼거렸다. 북면에서의 경험은 마수들에 대한 경각심을 충분히 갖게 해주었다.

크앙!

검과 부딪친 손톱이 제법 아픈지 원숭이의 입에서 괴성이 터져 나왔다. 그리고 두 눈이 더욱 흉흉하게 빛났다.

"이놈!"

갈현청의 검이 현란하고 힘 있게 움직였다. 사방에서 짓쳐드는 검을 원숭이는 양팔을 휘둘러 막았다.

"어떻게 저럴 수가……."

사도평은 자신의 두 눈을 믿을 수가 없었다. 초식도 없고 형식도 없는, 아무렇게나 휘두르는 양팔이 갈현청의 모든 검로를 막고 있었다.

보통의 원숭이라면 이미 양팔이 다 잘려 나갔어야 하건만 저 단단한 가죽은 검기가 깃든 검을 아무렇지도 않게 막아내고 있었다.

크르릉!

원숭이의 울음이 더욱더 사나워지고 있었다. 눈앞의 인간이 휘두르는 검에 계속 맞으니 그 통증이 보통이 아닌 탓이다.

원숭이가 팔을 더욱 거칠게 휘둘렀다. 방어를 위해 휘두르는 것이 아니라 공격을 하기 위함이었다.

갈현청이 조금씩 뒤로 밀렸다. 벨 수가 없으니 절로 물러날 수밖에 없었다.

"크윽."

갈현청의 입에서 신음이 흘러나왔다.

"갈 호법님……."

사도평은 믿을 수 없다는 얼굴이다. 설마 원숭이 따위가 저런 모습을 보일 줄이야.

두 발짝 정도 물러선 갈현청이 무언가를 결심한 듯 얼굴을 굳혔다.

'더 이상 힘을 아꼈다가는 아무것도 못한다.'

앞으로 무슨 일이 또 있을지 몰라 어느 정도 여력을 남겨두려 했지만, 눈앞의 거대 원숭이는 그런 것을 할 수 없게 만드는 괴물이었다.

쿠오오!

원숭이가 왼손을 번쩍 치켜들어 그대로 갈현청을 향해 내려쳤다. 갈현청의 검이 마주 날아갔다.

서걱!

지금까지와는 다른 소리가 울렸다.

허공에 붉은 피가 튀었다. 원숭이의 손이 허공으로 붕 떴다가 바닥으로 털썩 떨어졌다.

원숭이는 잠깐 동안 무슨 일이 일어났는지 인식할 수 없는 듯 움직임을 멈췄다. 지금까지와는 분명 무언가 달랐다. 가만히 왼팔을 들어본다.

없었다.

손목 위로 분명히 있어야 할 손이 없었다. 대신 붉은 피가 줄줄 흘러내렸다.

크아아아앙!

그제야 손목이 잘린 통증이 몰려오는 듯했다. 원숭이의 울부짖음이 산을 떨어 울렸다.

그 모습을 가만히 지켜보고 있을 갈현청이 아니었다. 갈현청이 몸을 날려 원숭이의 품으로 파고들었다. 원숭이는 허둥지둥 오른팔을 휘둘렀다.

서걱!

선명한 검강(劍罡)이 맺힌 갈현청의 검이 원숭이의 오른팔 팔꿈치 아래를 잘라 버렸다.

"호법님!"

사도평의 얼굴이 눈에 띄게 밝아졌다.

갈현청은 마수에게 쉴 틈을 주지 않고 검을 휘둘렀다. 그때 마다 가죽이 베이고 피가 튀었다.

이윽고 완벽하게 원숭이의 허점을 파고든 갈현청의 검이 원 숭이의 심장을 꿰뚫었다.

그제야 원숭이의 움직임이 멎었다.

갈현청의 얼굴이 땀으로 흠뻑 젖어 있다.

이미 북면에 들어와 상당한 체력을 소모한 상태였다. 운기조 식으로 내공을 늘 보충하였다 하지만, 체력은 알게 모르게 조 금씩 깎여 나간 상태였다. 체력이 달리니 내공이 있다 할지라 도 검강을 펼치는 것이 힘에 부쳤다.

갈현청은 호흡도 상당히 거칠어져 있었다.

"갈 호법님, 정말 대단하십니다."

사도평이 흥분해서 말하자 갈현청은 가만히 고개를 가로저 었다.

"검기도 막아내는 괴물들이 있는 곳이다. 오직 검강으로만 가죽을 상하게 할 수 있으니… 과연 이곳에서 자홍선지초를 찾는 것이 옳은 일인지 모르겠구나."

갈현청의 얼굴에는 걱정이 가득했다. 그 말을 들은 사도평의 얼굴도 딱딱하게 굳었다.

"어, 어서 돌아가야 합니다."

그때 초 서방이 말했다.

그의 목소리가 심하게 떨리고 있었다.

"그게 무슨 말인가?"

사도평이 물었다.

"원숭이는 무리 지어 사는 놈들입니다요. 북면의 원숭이라고
해서 다르지 않습니다. 용린골의 원숭이 마수는 처음 봅니다
만, 모르긴 몰라도 저놈의 무리가 근처에 있을 겁니다. 어서 피
해야 합니다."

그 말에 두 사람의 얼굴이 딱딱하게 굳었다. 사도평이 갈현
청을 바라보았다.

잠시간 고민을 하던 갈현청은 결정을 내렸는지 침중한 얼굴
로 말했다.

"이 이상은 우리에게 무리다. 혜아에게는 미안한 일이다만… 일
단은 북면을 빠져나가도록 하자. 그리고 다시 정비해서 찾아와야
할 곳이다. 이곳은 소문이 너무 축소되었어."

갈현청은 현실을 인정했다. 검강을 사용해야 비로소 죽일
수 있는 마수들이 사는 곳이라면 소수로는 절대 진입할 수 없
었다.

"네, 알겠습니다."

사도평은 충분히 이해한다는 얼굴로 고개를 끄덕였다.

"초 서방, 이만 돌아가세나."

갈현청이 초 서방을 바라보며 말했다.

초 서방에게는 그 말이 천상의 울림처럼 달콤하게 들렸다.

"알겠습니다요. 어서 가시지요."

초 서방이 서두르려는 순간, 사방에서 나무가 흔들리는 소리가 울리기 시작했다.

쿵! 쿵! 쿵!

요란한 울림과 함께 나무에서 원숭이들이 뛰어내렸다. 어느새 삼십여 마리의 원숭이가 갈현청 일행을 둘러쌌다.

그 모습에 갈현청은 아무 말도 못 하고 멍하니 원숭이들을 바라보았다.

이렇게 접근할 때까지 그 기척을 느끼지 못했다니 믿을 수가 없었다. 아무리 마수라지만 어찌 한낱 원숭이가 접근하는 것을 모를 수 있단 말인가.

"이, 이게 도대체……."

사도평이 멍한 얼굴로 중얼거렸다.

"하이고, 이젠 죽었구나."

철퍼덕 주저앉은 초 서방의 얼굴에 절망이 드리워져 있다. 이미 축축해진 바지는 더 젖을 것도 없었다.

홍원이 그곳에 도착한 것은 원숭이들이 막 나무에서 뛰어내릴 때였다. 가까운 곳이었지만 산의 길이라는 것이 직선으로 곧장 뻗어 있는 것이 아니라 시간이 좀 걸렸다.

마수화 된 원숭이들에게 둘러싸인 세 사람. 그들은 보는 순간 홍원은 대번에 정황을 알아차릴 수 있었다.

'저분은……'

특히나 그중에는 낯익은 사람도 한 명 끼어 있었다. 자홍선지초가 향산에 있을지도 모른다는 이야기를 듣고 찾아왔다는 말을 들었을 때 예상을 하긴 했다.

예상한 그 인물이 지금 위기에 처해 있었다.

사부가 흔쾌히 친우라 부르던 사람들 중 한 명이다.

청검(淸劍) 갈현청.

과연 별호대로 맑은 사람이었고, 그래서 사부가 특히나 좋아하던 사람이다.

덕분에 홍원과도 몇 차례의 안면이 있는 터이다. 그가 경천회의 호법이라는 것은 이미 알고 있는 사실이다. 사부가 살아계실 적부터 호법이었으니.

하지만 덕분에 나서기가 좀 곤란해졌다.

'뭐 예상은 했지만.'

예상을 했기에 준비할 수 있었다. 홍원은 등에 비껴 메고 있던 활을 왼손에 들었다. 화살은 챙기지 않은 채 활만 들었다.

'그런데 과연 산의 길 안에서 밖으로 쏘는 게 될까? 아니, 그러면 내가 드러나지는 않을까?'

한 번도 시도해 본 적이 없는 일이기에 의문이 들었다. 활을 잠시 내려놓은 홍원은 품에서 천 조각을 꺼내 얼굴을 가렸다. 만일의 사태에 대비한 것이다.

그사이 원숭이들이 한발 한발 갈현청 일행을 향해 접근했다.

　　　　*　　　　　*　　　　　*

　혼란스러웠다. 분명 냄새는 이곳으로 이어져 있는데 중간에 사라져 버렸다.

　백린은 벌써 두 번이나 읍성에 다녀왔다. 혹시나 자신이 냄새를 잘못 맡은 것은 아닌가 하고. 하지만 분명 이리로 이어져 있었다. 그런데 산에 들어가면 흔적도 없이 사라진다.

　그래서 일단 무작정 산속을 달렸다.

　그럴 때마다 드문드문 나타나는 냄새. 그건 자신이 찾는 사람의 냄새가 분명했다.

　그런데 사라졌다가 한참 멀리 떨어진 곳에 다시 나타났다.

　이래서는 곧장 찾기가 어려웠다. 어쩔 수 없이 온 산을 뛰어다녔다.

　간혹 맹수나 마수가 덤벼들기도 했다. 가뿐히 무시하고 계속해서 그의 흔적을 찾았다.

　여유가 있다면 우습게 처리했을 맹수, 마수였으나 지금 그는 바빴다. 그런 애송이들과 놀아줄 시간이 없었다.

　그렇게 점점 더 깊은 산속으로 들어갔다.

　냄새는 갈수록 찾기가 힘들어졌다. 그리고 덤벼드는 녀석들이 조금씩 강해졌다.

　"으악!"

　한창 산속을 달리는 와중에 사람의 비명이 들렸다. 자신이 찾는 사람과는 다른 목소리다. 하지만 일단 사람이 있는 곳으로 가보기로 결정했다.

빠르게 달렸다.

속도를 한껏 올리는데 어느 순간 귀찮은 것들이 달라붙기 시작했다.

원숭이들이다.

백린이 멈춰 섰다. 안광이 흉흉하게 빛나기 시작했다.

크아앙!

멈춰 선 백린을 향해 거대한 원숭이 한 마리가 달려들었다. 껑충 뛰어서 가볍게 피했다. 그러고는 다시 뛰어들어 원숭이의 목덜미를 물었다.

푸욱 하는 소리와 함께 이빨이 파고들어야 하건만 가죽에 튕겨 나왔다.

이빨이 얼얼했다.

지금까지 만난 놈들과는 차원이 다른 놈들이었다. 백린의 눈빛이 더욱 흉포하게 빛나기 시작했다. 그리고 몸집이 서서히 부풀었다.

새하얀 이빨이 빙설처럼 시리게 빛나기 시작했다.

갑작스러운 백린의 변화에 원숭이 두 마리가 달려들었다. 재빠르게 피한 백린이 다시 원숭이의 목을 물었다.

푸욱.

기분 좋은 소리가 백린의 귀에 들렸다. 고개를 휙 돌려서는 목을 문 원숭이를 다른 원숭이에게 던졌다.

쾅!

요란한 소리가 울리며 원숭이 두 마리가 나무에 부딪쳤다.

크우!

원숭이들의 경계심이 올라갔다. 본능적으로 눈앞의 개가 보통 상대가 아님을 알아차린 것이다.

백린의 입꼬리가 살짝 올라갔다.

마치 그런 원숭이들을 비웃는 듯했다.

갈 길이 바쁘기에 백린이 먼저 움직였다.

끼익! 끽끽!

원숭이들의 비명이 산속에 울려 퍼졌다.

크앙!

요란한 울음과 함께 가장 앞에 있던 원숭이가 갈현청에게로 달려들었다.

"이놈!"

갈현청은 검강이 깃든 검을 마주 휘둘렀다.

차가운 절삭 음과 함께 원숭이의 팔이 어깻죽지에서부터 잘려 나갔다. 그것이 신호였는지 다른 원숭이들이 동시에 달려들기 시작했다.

"크윽."

사도평이 검기가 깃든 검을 열심히 휘둘렀다. 하지만 요란한 금속음과 함께 원숭이들의 팔에 튕겨 나올 뿐이다.

갈현청이 검강으로 원숭이들을 무참히 베고 있었지만, 그도 사람인 이상 내공의 한계가 있을 수밖에 없었다.

점점 그의 호흡이 거칠어졌다.

초 서방은 그저 멍한 얼굴로 열심히 싸우는 두 사람을 지켜
보고 있을 뿐이다.

전투는 점점 더 치열해졌다. 갈현청의 내공이 달림에 따라
검강의 빛이 점차 탁해지기 시작했다. 그와 동시에 두 사람은
조금씩 밀리기 시작했다. 사도평은 이미 온몸이 상처투성이였
다.

그 모습을 지켜보며 홍원은 천천히 활의 시위를 당겼다. 화
살이 없는 빈 활대의 시위를 진지한 얼굴로 당기는 홍원.

그렇게 한껏 활대가 휘어진 순간, 아무것도 없는 시위의 한
가운데에 강기(罡氣)가 맺히기 시작했다. 이윽고 차갑게 빛나는
푸른 화살이 나타났다.

순수하게 강기만으로 만든 화살.

시강(矢罡)이다.

막 원숭이 한 마리가 힘껏 뛰어올라 사도평의 머리를 내려치
려는 순간 홍원이 시위를 놓았다.

피융!

공기를 가르며 날아가는 시강은 산의 길을 벗어나서도 아무
런 왜곡이나 방해 없이 곧장 목표물을 향해 날아갔다.

슉!

조용하게 울린 바람이 빠지는 듯한 소리.

그와 동시에 사도평을 향해 달려들던 원숭이의 관자놀이에

서 피가 튀었다.

쿵!

끽소리도 내지 못하고 절명한 원숭이.

갑작스레 일어난 사태에 어안이 벙벙한 것은 갈현청 일행도 원숭이들도 마찬가지였다.

잠깐의 멈춤.

그때를 놓칠 홍원이 아니었다.

홍원의 오른손을 바쁘게 움직였고, 무수한 시강이 쏟아져 나와 원숭이들의 머리를 꿰뚫었다.

한 번의 시강에 한 마리의 원숭이.

한 치의 어긋남도 없었다. 가히 명궁이라는 소리를 들을 만한 솜씨였다.

그렇게 잠깐의 시간이 지나자 그 자리에는 오직 사람들만이 두 발을 딛고 서 있었다.

갈현청은 여전히 정신을 차릴 수가 없었다. 오직 검강으로만 벨 수 있던 원숭이들이 어디선가 날아온 화살을 맞고 모두 절명했다.

그런데 화살의 흔적을 찾을 수가 없었다.

그렇다면 생각할 수 있는 것은 시강밖에 없었다.

하지만 시강이 쏟아져 나온 곳은 아무것도 없는 허공이다. 이게 대체 어찌 된 일이란 말인가.

"고인의 도움에 감사드립니다."

먼저 정신을 차린 쪽은 사도평이었다.

그는 아무것도 없는 시강이 날아온 허공을 향해 포권을 하며 허리를 숙였다.

홍원은 산의 길에서 그들의 그런 모습을 바라보고 있었다.

'다행이야. 아무런 간섭 없이 강기가 저곳으로 나갈 수 있어서.'

홍원은 요 며칠 산의 길을 움직이면서 묘한 느낌을 받았다. 산의 길 밖의 상황에 대한 기감이 둔해지는 것이다.

그래서 알 수 없는 어떤 힘이 작용하는 것은 아닌가 하고 추측했지만, 그 실체를 확인할 방법은 없었다.

그런 상태에서 갑작스레 길 밖으로 시강을 쏘아야 하는 상황이 되자 살짝 걱정되었던 것이 사실이다. 그래서 만약의 사태에 대비해 직접 검을 들고 뛰쳐나가기 위해 얼굴까지 가리지 않았던가.

사도평은 자신의 인사에 아무 반응이 없자 허리를 폈다. 강호는 넓고 기인이사는 모래알처럼 많다고 했다. 자신들을 도와준 고인도 스스로를 드러내기 싫어하는 분이리라.

그렇게 생각했다.

그사이 갈현청도 정신을 추슬렀다.

어찌 되었든 큰 위기를 벗어난 것은 사실이었으니까.

"초 서방, 이제 그만 돌아가세나. 이제 다 끝났으니 어서 정신 차리게."

갈현청이 초 서방에게 다가가 그의 어깨를 흔들었다.

사도평도 완전히 마음을 놓고 갈현청을 향해 다가갔다.

그때 나뭇잎이 거칠게 흔들렸다.

크아앙!

그리고 지금까지의 원숭이들과는 차원이 다른 거대한 원숭이가 나무에서 뛰어내렸다. 갈현청도 사도평도 등을 완전히 보인 상황.

홍원마저 활을 내려놓고 있던 차라 반응을 할 수 없었다. 서둘러 활을 들었지만 어떻게 해도 이미 늦은 상황이었다.

"젠장."

홍원의 얼굴에 낭패한 기색이 어렸다.

이 무리의 대장 원숭이의 양팔이 갈현청과 사도평의 등을 향해 떨어졌다.

날카로운 손톱이 위험한 빛을 뿌리고 있었다.

"크윽!"

갈현청이 서둘러 검을 뽑으며 몸을 돌리려 했다.

슈우욱!

그때 새하얀 빛이 어디에선가 쏘아져 왔다.

빛은 곧장 원숭이의 목덜미를 향했다. 원숭이의 손톱이 사도평과 갈현청에게 닿기 직전 하얀 빛이 먼저 원숭이에게 도달했다.

빛과 부딪친 순간 원숭이는 뒤로 튕겨났고, 빛은 그 자리에 머물렀다.

새하얀 털을 가진 개였다. 원숭이를 향해 사나운 이빨을 드러내고 있는 개의 털 군데군데에 붉은 빛이 감돌았다.

"백린?"

홍원은 갑작스러운 백린의 등장에 깜짝 놀랐다.

태황산에 있어야 할 녀석이 이곳에 나타났으니 놀랄 수밖에 없었다.

*   *   *

다른 원숭이들은 모두 갈색 털을 가지고 있었으나 백린에 의해 튕겨져 나간 놈은 온몸이 붉은 빛이었다. 덩치도 머리 하나는 더 큰 것이 놈들의 무리의 대장이 분명했다.

갑작스러운 상황에 갈현청과 사도평은 어안이 벙벙했다. 하지만 지난 세월의 경험이 많은 갈현청이 먼저 정신을 차렸다.

"이게 대체……."

갈현청은 눈앞에 있는 큰 개의 뒷모습을 보고는 이게 무슨 일인지 파악하려 애썼다.

크르르르릉!

붉은 원숭이를 보며 사나운 울음을 흘려내는 개.

그런데 어째 그 모습이 낯이 익었다. 덩치는 훨씬 커졌지만 그 기세가 사뭇 익숙했다.

마을에만 가도 발에 차이는 것이 백구이다. 사람이 그런 백구의 겉모습을 보고 분간한다는 것은 쉬운 일이 아니다. 대강 그놈이 그놈처럼 생겼기 때문이다.

하지만 저놈은 달랐다. 강한 인상을 받은 적이 있는 듯했다.

충격이 컸음인가. 원숭이는 잠시 동안 움직이지 못했다.

하지만 백린은 쉬이 달려들지 않았다.

백린 역시 상대의 강함을 느끼고 있는 것이다. 게다가 지금 백린은 상당히 지친 상태였다. 조금 전 만난 원숭이 무리를 처리하느라 상당히 무리를 했다.

저놈이 그 무리의 대장이리라.

붉은 원숭이가 천천히 몸을 일으켰다.

우캬!!

분노에 찬 울음이 붉은 원숭이의 입에서 터져 나왔다. 온몸이 쩌릿쩌릿 울리는 울음이다.

사도평은 몸이 살짝 굳는 느낌까지 받았다.

"무슨 마수가… 음공 수준의 울음을……"

갈현청은 도무지 향산의 북면이라는 곳이 어떤 곳인지 알 수가 없었다.

대체 어찌 이런 곳이 중원에는 아무런 소문도 나지 않았을까. 단지 들어가서 돌아 나온 사람이 손에 꼽힌다는 소문밖에 없었다.

그랬기에 이곳을 방문한 이들의 약함을 생각했다.

하지만 아니었다.

이곳까지 들어온 이들은 분명 아무도 돌아가지 못했을 것이다.

용린골.

정말 무서운 곳이었다.

왜 초 서방이 북면을 그리 무서워했는지 알 것 같았다.

'괜히 그에게 못 할 짓을 했구먼.'

무림의 고수도 버틸 수 없는 곳에 일개 약초꾼을 데리고 왔으니 큰 죄를 지은 듯한 기분이다.

그런 갈현청의 마음과는 아무 상관없이 붉은 원숭이와 백린의 대치는 계속되고 있었다.

붉은 원숭이의 흉성이 점점 더 난폭해지고 있었다.

백린의 몸에서 풍기는 피 냄새를 맡은 것이다. 이곳으로 오는 길목을 지키고 있던 부하들의 피 냄새가 저 빌어먹을 개의 몸통에서 진하게 풍겨오고 있었다.

붉은 원숭이는 그게 무얼 의미하는지 알 정도의 지능을 갖추고 있었다. 그랬기에 저리 분노를 토해내는 것이다.

사람 셋을 사냥 왔다가 자신의 무리를 모두 잃었다.

아무리 자신이라도 다시 무리를 만들기 전에는 이곳에서 사는 것이 제법 고달플 것이다.

그 원흉이 눈앞에 있다.

그랬기에 붉은 원숭이는 눈앞의 개새끼에게 모든 분노와 흉성을 토해내고 있었다.

부하들을 뒤덮은 빛의 소나기에 대한 것은 이미 잊었다. 어찌 된 일인지도 모르게 부하들이 픽픽 쓰러져 죽은 것에 대한 이유를 생각할 정도의 머리는 없었다.

아무리 똑똑하다고 해도 마수였다.

"저놈이 어찌 여기에 와 있는 건지……. 그나저나 어쩌지?"

홍원은 가만히 상황을 주시했다. 마침 백린이 무척이나 아쉽던 차다. 그런데 이렇게 나타나니 반갑기는 했지만 또 일을 어찌 처리해야 할지도 고민이었다.

무엇보다도 갈현청이 백린을 알고 있다. 백린도 갈현청을 알고 있었다.

백린 녀석이 자신에게로 곧장 오지 못하는 것을 보니 이곳은 기감뿐만이 아니라 냄새까지 차단하는 듯했다. 오직 눈으로만 길 밖을 볼 수 있는 곳.

산의 길 속에 들어서 있지만 이 길은 대체 어떻게 생긴 것인지 신기할 뿐이다.

'아버지는 어떻게 이런 길을 보실 수 있었던 걸까?'

새삼 아버지의 능력이 대단하게 다가왔다.

그때 서서히 백린의 몸이 부풀어 오르기 시작했다.

"저, 저……."

그 모습에 가장 놀란 것은 사도평이었다. 초 서방은 이미 넋이 나가 혼절해 버린 상태였다.

"응?"

갈현청은 사도평과는 다른 반응을 보였다. 언젠가 저런 개를 본 적이 있었다. 저런 신기한 광경을 잊을 리가 있겠는가.

"네 녀석은?"

갈현청의 얼굴에 반가움이 어렸다. 백린을 기억해 낸 것이다.

백린의 몸이 점점 커졌다. 그리고 사방으로 사나운 기세를 뿜어내기 시작했다.

붉은 원숭이의 두 눈에서 흥성이 점점 가라앉았다.

그는 마수치고는 똑똑했다. 그랬기에 눈앞의 상대가 쉽지 않다는 것을 느낀 것이다. 그리고 보통의 분노에 휩싸인 마수들과는 다르게 다음 수에까지 생각이 미쳤다.

크으으.

붉은 원숭이의 울음이 잦아들었다. 그러더니 천천히 뒤로 물러서기 시작했다.

백린은 계속해서 기세를 뿜어내며 그 모습을 지켜보았다. 얼마간 물러섰을까. 놈이 훌쩍 뛰어올라 나무를 타고 사라졌다.

백린과 싸워봐야 자신이 손해라고 판단한 붉은 원숭이가 물러난 것이다. 마수답지 않은 판단이다. 여간 똑똑한 것이 아니다. 그래도 마수인 변함없지만.

원숭이가 완전히 멀어진 것을 느낀 백린의 몸이 원래대로 돌아왔다. 그때 갈현청이 백린을 향해 반갑다는 표정으로 다가갔다.

"이놈아!"

백린도 꼬리를 살랑살랑 흔들며 갈현청에게 다가갔다.

사람의 냄새를 쫓아왔는데 익숙한 냄새가 있었다. 주인과 아는 사람의 냄새. 그랬기에 더욱 서둘렀다.

그런데 역시나 주인은 없었다.

갈현청은 기쁜 얼굴로 백린의 머리를 쓰다듬었다.

"아이구, 이놈아. 더 강해졌구나. 영약만 죽어라 찾아 먹더니 우리 똥개가 아주 대단해졌어."

갈현청이 똥개라고 말하는 순간 백린이 고개를 팩 돌렸다. 마치 그의 말을 다 알아듣는다는 듯이.

"푸하하하!"

무엇이 그리 좋은 걸까. 그 모습에 갈현청이 대소를 터뜨렸다.

"호법님, 대체 이게 무슨 일입니까?"

사도평이 다가오며 물었다. 도무지 적응할 수 없는 일이었다.

"흐음, 그게 말이다."

갈현청이 백린에 대해 설명하려고 사도평을 향해 고개를 돌리는 순간, 바람이 불었다.

그리고 백린이 사라졌다.

"이게 대체……."

갈현청의 몸에 가려 아무것도 보지 못한 사도평과 마침 고개를 돌리느라 아무것도 보지 못한 갈현청.

둘은 얼떨떨한 얼굴로 서로를 마주 보았다.

그때, 산의 길 안에서는 홍원이 미친 듯이 얼굴을 핥아대는 백린의 극성에 어쩔 줄을 몰라 하고 있었다.

겨우겨우 백린을 진정시켰을 때, 갈현청과 사도평은 정신을 잃은 초 서방을 데리고 용린골을 벗어나고 있었다. 그들은 이곳이 얼마나 무서운 곳인지 깨닫고 결국 이곳에서 자홍선지초를 찾는 것을 포기한 것이다.

"일단 산의 길에는 약초가 없으니 저들이 완전히 이곳을 떠난 후에 찾아볼까?"

자홍선지초를 찾으려면 산의 길을 벗어나야 했다. 길 주변에 약초가 있기는 했으나 어쨌든 길 밖에 있는 것들이다. 지금까지 자신은 눈으로 보고 약초를 찾았기에 산의 길로 다녀도 문제가 없었지만 백린 녀석은 다르다.

이놈은 냄새로 찾는다. 산의 길을 나갈 수밖에 없었다.

홍원은 망태기에서 선지초를 꺼내 백린에게 내밀었다. 백린이 열심히 선지초의 냄새를 맡는다.

그리고 잠시 후 산의 길을 벗어난 일인 일견이 바람이 되어 용린골 곳곳을 날아다녔다.

백린이 자홍선지초를 찾아낸 것은 그로부터 만 하루 뒤의 일이었다.

결국 아무것도 얻지 못하고 만신창이가 된 채 북면 자락을 내려오던 갈현청 일행은 침을 질질 흘리면서 입에 자홍선지초가 들어 있는 작은 망태기를 물고 있는 백린을 만났다.

그 망태기를 갈현청에게 건넨 백린은 다시 북면으로 들어갔다. 한 걸음 떼고 한 번 돌아보고, 두 걸음 떼고 두 번 돌아보고, 그렇게 백 번은 돌아보았다.

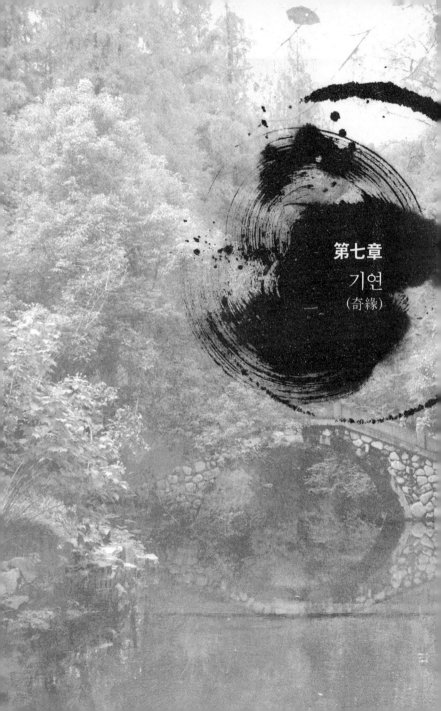

第七章

기연

(奇緣)

　시리도록 차가운 하늘의 푸른빛은 깊고도 깊었다. 새하얀 첫 눈이 온 세상을 백색으로 물들이는 겨울.

　홍원이 고향에 돌아와서 맞이하는 첫 겨울이다.

　학관이 마친 오후.

　아이들이 삼삼오오 짝을 지어 집으로 돌아가고 있다. 두꺼운 솜옷을 입고 장갑을 낀 채 종종걸음으로 움직인다. 아이들의 입에서는 연신 새하얀 입김이 새어 나오고 있었다.

　세상이 하얗게 물들었다는 것 말고는 여름과 달라진 것이 없는 풍경이다.

　읍성은 그런 곳이었다.

　단지 아이들의 모습이 조금 달라졌다.

아니, 홍산와 홍해가 달라졌다는 것이 더 정확한 표현이다.

아이들의 사이로 커다란 개 한 마리가 천천히 걸음을 옮기고 있었다. 그 개 옆으로 홍산이 걸음을 옮기고 있다.

뽀드득뽀드득.

눈 밟는 소리가 여기저기에서 울린다.

개는 보무도 당당한 모습이지만 아주 가볍게 사뿐사뿐 걷고 있었다.

홍산은 그 모습을 신기하단 듯 바라보고 있었다.

"린아, 너는 어떻게 걷는데 눈 밟는 소리가 나지 않을 수 있어? 해아까지 태우고 말이야."

홍산과 함께 걷는 개는 백린이었다.

자홍선지초를 갈현청에게 건네고 몹시도 아까워하던 백린은 홍원과 함께 읍성으로 돌아왔다. 만약 자홍선지초를 건네던 그때, 홍원이 먼발치서 지켜보고 있지 않았다면 백린은 자신이 무슨 짓을 벌였을지 알 수 없었다.

자홍선지초에서 올라오는 그 향긋하고도 맛있는 냄새에 연신 입에서 침이 줄줄 흘러내렸으니까.

지금은 백린도 읍성의 자연스러운 풍경에 녹아들어 있지만, 처음 홍원이 읍성에 데리고 들어왔을 때는 난리가 났었다.

홍원은 개라고 주장했지만 성 사람들이 보기에는 어떻게 봐도 맹수였다. 늑대보다도 큰 개라니, 보통 사람들이 믿을 수 있겠는가.

사실 백린의 덩치에는 홍원도 좀 놀란 터였다. 헤어질 때보다 오 할은 더 커져 있었으니까. 더 이상 크지 않을 거라 생각했건만 그것은 완벽한 오산이었다.

"대체 네놈은 그동안 영약을 얼마나 처먹은 것이냐? 사람 먹을 것도 없는데."

겨우겨우 집에 백린을 들이는 것을 성 사람들에게 허락을 받고 집으로 가던 중에 백린을 향해 홍원이 작게 중얼거린 말이다.

그 말에 고개를 치켜들고 더 당당히 걷는 백린의 모습에 홍원은 어이가 없었다.

백린을 처음 집에 데리고 갔을 때도 난리가 났다. 홍산은 깜짝 놀라 눈물을 흘렸고, 겨우 건강을 회복하시던 어머니도 백린의 모습에 경기를 일으킬 뻔했다.

그때만큼은 홍원도 자신의 실수를 자책하지 않을 수 없었다. 아직 심약한 어머니의 상태를 깜빡하고 백린을 데리고 온 것이다.

홍원은 백린을 아주 어린 강아지 때부터 키워왔다. 그랬기에 홍원에게 있어 백린은 그저 귀여운 친구에 불과하지만 처음 보는 사람에게는 그렇지 않았다.

백린이 너무 익숙했기에 다른 사람들, 특히 가족이 백린을 보고 어떤 반응을 보일지 예상을 못한 것이다.

그런 위기를 구해준 것이 홍해였다.

"우와! 진짜 큰 강아지다! 나 강아지 꼭 길러보고 싶었어요, 오빠!"

백린을 처음 본 홍해의 감상이다.

그 말에 홍원은 피식 웃음을 흘렸고, 어머니의 놀람도 사라졌다. 홍산도 눈물을 그쳤음은 말할 필요도 없다.

대체 백린 저 녀석을 어떻게 봐야 강아지라는 생각이 들까.

어쨌든 그 말을 들은 백린이 홍해에게 다가가 얼굴을 핥아주는 걸로 백린은 홍원의 집에 들어오는 데 성공했다.

첫 만남의 인상 때문일까.

백린은 가족 중에서도 홍해를 제일 잘 따랐다. 물론 밥시간만 빼고.

밥을 챙겨주는 것은 어머니였으니까.

덕분에 학관 아이들의 괴롭힘도 염려할 필요가 없었다. 백린이라는 엄청난 호위무사가 있는데 무에가 걱정일까.

모용연이 그때의 뒤처리도 깔끔하게 잘해주었는지 성주에게서는 어떠한 반응도 없었다. 성주의 망나니 아들도 잔뜩 기가 죽어 조용히 지낸다고 했다.

성주의 큰 망나니 아들까지 같이 얌전해져서 성내 주민들은 어찌 된 일인지 모른 채 별일이라고 수군댔다.

어느새 홍산과 홍해가 집에 도착했다.

"어머니, 저희 왔어요!"

멍멍!

홍산의 외침과 백린이 짖는 소리에 어머니가 문을 열고 나왔다.

얼굴에 붉은 기가 도는 것이 어머니는 이제 완전히 건강을 회복한 상태였다. 그때 홍원이 북면에서 구해온 영약으로 연단한 단약 덕분이다. 홍원은 또 꼬박 한 달을 연단에 매달렸다.

단약이 몇 개 남은 덕에 홍산과 홍해에게도 하나씩 먹여 둘 모두 이 추운 겨울에도 고뿔 한번 걸리지 않고 있었다.

모든 것이 평화로운 일상이다.

홍원은 예의 그곳에서 열심히 창을 휘두르고 있었다.

한 번 한 번의 움직임에 어마어마한 힘이 실려 있다. 처음 수련을 시작할 때와는 몰라보게 달라져 있었다.

물론 홍원의 생각에는 아직 부족하기만 할 뿐이다.

"휘유."

잠깐 앉아 휴식을 취하는 홍원의 몸에서 하얀 김이 모락모락 피어오른다.

"아이씨, 빌어먹을 놈의 꿈."

꿈 덕에 이 소중한 일상을 손에 넣었지만, 꿈 덕에 목표는 하늘 높은 줄 모르고 높아져만 갔다.

수련을 시작한 지 이제 반년이다. 그런데 홍원은 이미 완성된 것이라 추측되는 무공의 형태와 위력을 인식하고 있었다.

그랬기에 아무리 수련을 해도 불만족스럽고 오히려 조바심만 나는 것이다.

그 꿈에 이런 부작용이 있을 거라곤 미처 예상하지 못했다.

가끔씩은 그런 유혹도 느낀다. 차라리 꿈에서 익힌 무공을 그대로 사용할까 하는.

"뭐, 그래서는 안 되겠지."

홍원은 시리도록 푸른 하늘을 올려다보면서 그렇게 중얼거렸다.

"뭔가 다른 돌파구가 필요할 것 같은데……."

이미 초식은 이해를 한 상태이다. 아마 그럴 것이라 생각하고 있다. 단지 그것을 창으로 펼쳐내려고 하면 군데군데가 여전히 막힌다.

"그놈의 꿈 때문에."

도를 사용하던 꿈에서의 기억이 현실의 몸에서 엇박자를 만들고 있었다.

자신은 어떻게든 창으로 움직이려 하건만 몸은 도의 경로에 맞춰 움직이려 하는 것이다.

계기가 필요했다.

몸에 새겨진 꿈에서의 기억을 부수어 버릴.

홍원의 시선이 북쪽을 향했다.

"역시 실전이겠지?"

지난여름 들어가서 본 북면의 마수들은 대단했다. 특히나 마지막에 몸을 돌리던 붉은 원숭이.

그놈은 아마 자신의 시강을 피했을지도 모르겠다는 생각이 들었다.

그리고 놈은 북면에서도 그리 강한 축에 속하지는 않을 것 같다는 생각도 들었다.

"진짜 강한 놈은 무리를 만들지 않으니까."

그렇다면 한번 들어가서 그놈들과 싸워보는 것도 나쁘지 않을 것 같았다.

무엇보다 자신은 산의 길이라는 안전한 피난처가 있지 않은가.

"휘유, 우리 동네 뒷산이 이렇게 무서운 곳일 줄이야. 온 중원을 다 뒤져도 이런 땅은 없을 거야."

홍원은 나직이 한숨을 내쉬었다.

*   *   *

"홍원아!"

해가 빨리 지는 겨울이라 이미 사위는 어둑어둑하게 변했다. 그렇다고 성문을 지키는 일이 빨리 끝나는 것은 아닌지라 진구는 이제야 홍원의 집을 찾았다. 그의 곁에는 말끔한 얼굴의 키가 큰 사내가 서 있었다.

"어, 진구 형님, 안녕하세요."

진구의 목소리를 듣고 나온 것은 홍산과 백린이었다.

"오랜만이구나."

진구 곁의 사내가 홍산에게 인사를 건넸다.

"종현 형님, 상행 다녀오셨나 보네요. 오랜만에 뵙습니다."

말끔한 얼굴의 키가 큰 사내는 홍원의 죽마고우 중 한 명인 박종현이었다. 현재는 작은 상단을 꾸리며 이곳저곳으로 상행을 다니는 중이다. 두 달 전에 상행을 끝내고 홍원과 해후를 한 후 다시 상행을 떠났다가 오늘 돌아온 것이다.

"장사꾼 녀석이 모처럼 돌아와서 한잔하려고 왔는데 홍원이는 뭐 하냐?"

진구의 물음에 홍산이 고개를 가로저었다.

"아직 안 들어왔어요."

"향산은 벌써 해가 졌을 텐데, 아직도 안 돌아왔다고?"

종현이 걱정스레 물었다.

그때,

멍멍!

백린이 먼 곳을 바라보며 짖었다. 그 모습에 홍산의 얼굴에 금세 화색이 돌았다.

"형이 성 안에 들어왔나 봐요."

"응? 이 똥개가 그렇게 영리해?"

진구가 의외란 얼굴로 백린을 쳐다보았다.

"린이는 똥개가 아니에요!"

언제 밖으로 나온 것일까. 홍해가 뾰족하게 외쳤다.

"어이쿠, 공주님도 계셨네. 내가 잘못했다. 미안해."

홍해가 백린을 얼마나 아끼는지 이미 잘 알고 있는 진구이다. 홍산만 보였기에 장난삼아 말한 것을 홍해가 들었다는 것을 알자마자 얼른 사과부터 했다.

종현은 그 모습에 피식 웃고만 있었다.

진구 이 녀석은 언제나 이렇게 넉살이 좋았다.

사실 백린이 얼마나 영리한지는 온 성 사람들이 모두 알았다. 데리고 들어올 때부터 워낙 난리가 났던지라 사람들이 유심히 지켜본 때문이다.

"뭐냐?"

어느새 집 앞에 당도한 홍원은 진구를 보자마자 용건부터 물었다.

"어, 왔냐? 날도 춥고 해도 빨리 지는데 너무 늦게 다니지 마라. 네 동생들 걱정한다."

만나자마자 시작되는 진구의 잔소리에 홍원은 피식 웃었다. 그리고 그제야 종현을 발견했다.

"상행은 잘 다녀왔어?"

"걱정해 준 덕분에."

종현이 빙그레 웃으며 답했다. 네 죽마고우 중에서도 유독 마음이 잘 맞는 두 사람이었다. 그랬기에 오히려 둘은 서로에게 말이 별로 없었다.

"오빠, 오늘은 어땠어요?"

홍해가 쪼르르 다가와 홍원의 망태기를 받아 들며 물었다.

"날이 추워 그런지 별 수확이 없네. 미안하다."

홍원이 홍해의 머리를 쓰다듬으며 말하자 고개를 도리도리 젓는다.

"아니에요. 그냥 이렇게 매일 무사히 집에 오기만 하면 돼요."

배시시 웃으며 말하는 홍해의 모습이 어찌나 예쁜지 홍원은 여동생을 꽉 끌어안고 싶은 것을 애써 참았다. 물론 두 친구 때문이다.

"한잔하자고 온 거지?"

종현이 고개를 끄덕였다.

"때를 잘 맞췄네. 그러지 않아도 내일부터는 며칠 여정으로 좀 깊이 들어가 볼까 하던 차였는데."

홍원의 말에 홍해의 얼굴이 금세 시무룩해졌다. 그런 어린 동생의 반응을 느낀 홍원은 홍해의 머리를 헝클어트렸다.

"오빠 괜찮아. 지난번에도 아무 일 없었잖아."

여름의 일을 말하는 것이다.

"그래도……."

"그리고 이번에는 백린이가 집에 있잖아."

"그냥 오빠가 린이 데리고 가요."

홍해에게는 큰오빠 다음으로 믿음직한 백린이를 데리고 가라는 걸로 보아 어지간히 걱정되는 모양이다.

홍원은 동생의 마음씀씀이에 절로 가슴 한쪽이 따뜻해졌다.

"일단 어머니께 인사부터 드리고."

그러고 보니 문 앞에서 너무 오래 잡혀 있었다.

홍원은 어머니께 내일부터의 여정을 말씀드리고 허락을 받았다. 어머니는 걱정스러워하셨지만 그래도 아들을 믿는 눈치였다. 아무래도 아버지 생전에 무언가 이야기를 들은 게 있는 모양이다.

홍원은 두 친구와 집을 나왔다.

근처 주막으로 가서 방에 자리를 잡았다. 훈훈히 지핀 군불이 방 안에 훈기를 만들어주었다.

"너 칼 쓰는 건 좀 어떠냐?"

대접 가득 탁주를 채운 홍원이 종현에게 물었다.

"뭐, 이제 흉내 정도는 내는 것 같다."

상인의 자식이었지만 종현은 늘 강함에 대한 갈망이 있는 친구이다. 그랬기에 사부가 읍성에 머물던 시절 정말로 귀찮게 쫓아다녀서 간단한 토납법과 칼 쓰는 법 한두 수를 배웠다.

그 시절 종현은 무엇 때문인지 몰라도 사부가 무림인이라고 확신하는 듯했다.

그때 철우와 진구는 종현을 비웃었다. 떠돌이 약장수가 아는 무공이라고 해봐야 차력밖에 없다고.

홍원이 돌아왔을 때 홍원이 무공이라고는 하나도 배우지 않았다는 것을 알았을 때도 진구는 다시 한번 종현을 놀렸다. 그러나 종현은 흔들리지 않는 믿음으로 여전히 그때 배운 칼질을 열심히 수련했다.

그 사실을 알기에 홍원이 물어본 것이다.

"야야, 차라리 무관을 다녀. 뭐, 이제 무관 다닐 나이는 넘고도 넘었다만."

시원하게 탁주를 들이켠 진구가 답답하다는 듯 종현에게 말했다.

그 모습에 홍원은 속으로만 웃었다.

세 친구의 오랜만의 술자리는 밤을 잊고 이어졌다.

다음 날 늦은 오전.

홍원은 채비를 마치고 집을 나섰다. 어머니가 싸리문 앞까지 나와 배웅을 해주셨다. 집은 조용했다.

홍산과 홍해는 이미 학관에 가고 없는 시간인 덕이다.

"다녀오겠습니다."

"무리는 하지 말거라. 네가 지난가을에 열심히 일해준 덕에 형편이 괜찮으니까."

"네."

홍원은 천천히 걸음을 옮겼다. 성문을 나가 인적이 없는 곳에 이르자 경공을 펼치기 시작했다.

찬바람이 뺨을 스치고 지나갔다.

홍원은 오후가 안 되어서 북면에 도착할 수 있었다.

북면에 도착하자마다 홍원은 즉시 산의 길을 벗어났다.

뽀드득뽀드득.

눈 밟는 소리가 나무 사이로 울렸다.

"지난번의 경험으로는 그 근처까지는 가야 좀 강한 녀석들이 나올 것 같기는 하지만……."

일단 초입부터 차근차근 겪어보기로 마음먹었다.

역시 처음에 주로 나타나는 녀석들은 맹수들이었다. 그 이후 맹수와 마수의 중간쯤 되는 녀석들이 나타났다. 그 녀석들까지는 홍원은 별 어려움 없이 단창으로 처리할 수 있었다.

그사이 밤이 깊었다.

다시 산의 길로 들어간 홍원은 주변의 눈을 뭉쳐 간단한 움집을 만들고 안에 몸을 뉘였다. 이미 한서불침의 경지에 오른지라 그것만으로도 제법 편안하게 잠자리에 들 수 있었다.

그렇게 북면에서의 첫날은 별다른 일 없이 지나갔다.

　　　　*　　　　　*　　　　　*

　아직 간밤의 냉기가 천지에 가득한 이른 아침.

　새하얀 입김을 뿌리면서 종현이 걸음을 바삐 옮기고 있었다.
그가 서둘러 향하는 정문의 현판에는 철마표국이라 쓰여 있었다.

　"박 단주님 아니십니까? 어쩐 일이십니까?"

　표국의 경계를 서던 표사가 종현을 알아보고 인사를 건넸다.

　"철우 있는가?"

　"철 표두님은 아직 출근 전이십니다만."

　표사의 대답에 종현은 얼굴을 찡그렸다.

　"에잉, 게으른 녀석."

　"대체 누가 게으르다는 거지?"

　그때 종현의 뒤에서 묵직한 소리가 들려왔다.

　시꺼먼 얼굴의 곰 같은 덩치의 사내가 종현의 뒤에 서 있었다.

　"너, 나보다 늦게 왔잖아."

　종현이 당연하다는 얼굴로 철우를 바라보며 말했다.

　"난 출근 시간보다 일각은 일찍 나왔다만."

　"고객보다 늦었으면 게으른 거야."

　종현은 어림없다는 얼굴로 딱 잘라 말했다.

　"끄응, 아무튼 네놈의 그 상인 기질은……."

　철우가 졌다는 듯 고개를 저었다. 그 모습에 경계를 서던 표
사가 피식 웃었다.

늘 보는 모습이지만 볼 때마다 정겹게 느껴지는 친구 간의 툭탁거림이다. 표사의 웃음에도 아랑곳 않고 두 사람은 안으로 들어갔다.

철우의 집무실에 마주 앉은 두 사람 앞에 따뜻한 차가 김을 모락모락 피워내고 있다.

"용건은?"

"이거."

종현이 품에서 작은 유리병을 꺼내 다탁 위에 올려놓았다. 병을 집어 든 철우는 뚜껑을 열고 안에 들어 있는 녹색 가루를 살폈다.

"향신료로군."

"중원에는 없는 거지."

"이번에 사업 구상 한다는 게 이거냐?"

"진구 놈이로군."

"어제 진하게 마셨지."

종현의 말에 철우가 피식 웃었다. 그 반응을 보니 오늘 진구 녀석은 지각을 할 것이 틀림없었다.

"그럴 거 홍원이 녀석 산에 들어가기 전에 마시지."

"난 어제 표행에서 돌아왔어. 홍원이 놈은 어제 오전에 산에 들어갔고."

철우의 대답에 종현이 고개를 주억거렸다.

넷 중 셋이 밖으로 나도는 일을 하다 보니 네 사람이 모두 모이는 일이 여간 어려운 것이 아니었다. 그저 속 편한 녀석은 진구 녀석뿐이었다.

종현이 품에서 지도를 꺼내 펼쳤다.

"이 향신료는 향산 너머의 천화국이란 곳 특산물이지. 향산을 넘어서 한참 서쪽으로 간 후 다시 또 한참을 남쪽으로 가야 나오는 지긋지긋할 정도로 먼 곳이야."

철우는 종현의 설명을 가만히 듣고 있었다.

"이 징글징글한 곳을 더 끔찍하게 만드는 놈이 바로 저 향산이지. 향산 남쪽으로는 울창한 밀림이 덮고 있어서 상행을 도저히 할 수 없고, 결국 북쪽으로 빙 돌아서 사막 지역을 지나야 하는데 그게 정말 고역이거든."

철우가 고개를 끄덕였다. 사막으로 향하는 상행에 두어 번 호위로 다녀온 탓이다.

"시간도 두 배는 더 걸리고."

"그것도 향산을 넘을 수 있을 때 이야기다. 아예 넘을 수 없으니 두 배라는 건 의미가 없지."

철우가 종현의 말을 끊고 들어왔다. 그 말에 종현이 고개를 저었다.

"향산, 넘을 수 있다."

"미친놈."

종현의 말을 철우는 단 세 글자로 평가했다.

"미친놈 소리 들을 만하지. 근데 네놈이나 홍원이 놈이 나서 주면 가능해."

"홍원이 놈은 거절했고."

"곰같이 생긴 놈이 머리 회전은 정말 빠르다니까."

종현의 핀잔에 철우는 피식 웃으며 차를 마실 뿐이다.

"향산 중심부는 지금까지 들어가 본 사람조차 없는 곳이다. 향산을 넘으려면 결국 북면이나 남면으로 돌아가야 하는데 북면으로 돌아간다는 건 그냥 죽으러 가는 거지."

찻잔을 내려놓으며 철우가 하는 말에 종현이 공감한다는 듯 고개를 끄덕였다.

"하지만 남면은 넘을 수 있어."

"그곳에 사는 부족들의 공격을 피할 수 있다면 말이야. 그리고 서면은 아직 이쪽에서는 가본 사람도 없고."

철우의 말에 종현이 가만히 고개를 가로저었다.

"있어."

"설마……."

철우의 반응에 종현이 철우의 두 눈을 직시했다.

"너."

"그게 무슨 소리야?"

종현의 말에 철우가 황당하다는 듯 되물었다.

"네놈이 남면을 거쳐 서면까지 간 적이 있다고 말하는 거다."

"진짜로 미친놈."

"네가 왜 이 촌구석에서 별거 없는 표두 노릇이나 하고 있는지 모르겠다만 나는 안다. 네놈이 무지막지한 무공을 익혔다는 것도. 그것을 익힌 곳이 남면이라는 것도."

종현의 말에 철우의 몸이 딱딱하게 굳었다.

그것으로 이미 대답을 한 것이나 다름없었다.

"어떻게……?"

"네놈도 머리 회전이 빠르지만 내 머리는 못 당한다."

종현이 빙그레 웃으며 말했다.

"그것과는 별 상관없는 것 같은데?"

"나도 무공을 익혔거든."

종현의 말에 철우가 같잖다는 듯 피식 웃었다.

"약장수의 칼 장난?"

"진실은 뭔지 모르겠다만… 어쨌든 어르신이 가르쳐 주신 걸 익히고 나서 무공을 익힌 사람과 그렇지 않은 사람을 구분할 수 있게 됐다. 거기에 더해 얼마나 강한지도."

종현이 진지한 얼굴로 말하자 철우가 믿을 수 없다는 얼굴을 했다. 하지만 자신의 친구는 이런 걸로 거짓말을 할 사람이 아니었다.

"홍원이 떠나고 일 년이 안 되어서 네놈도 떠났지. 그리고 오년 후 돌아와서는 표사가 되었다. 근데 네놈이 떠난 방향은 서쪽이야. 향산밖에는 없는. 말도 안 되는 북면에 들어갔다 나왔을 리는 없고, 동면이라고 해봐야 별것 없는 산속. 중심을 갔다는 건 정말로 말도 안 되는 일이고, 남은 것은 남면이지."

종현이 웃음 띤 얼굴로 자신의 추론을 말했다.

"게다가 남면에는 사람들이 살고 있으니까. 그곳에서 네놈은 뭔가 얻은 것이 틀림없어. 그렇다면 서면 쪽으로도 가봤겠지. 그런 거다."

"아주 소설을 써라. 네 녀석, 상인 하지 말고 작가 하는 것은 어떠냐?"

"나 지금 농담하는 거 아니다."

철우의 말에 종현이 진지한 얼굴로 그를 바라보았다.

"왜 가려는데?"

"상인은 원래 이익을 좇는 법이다."

"편한 길 있잖아."

철우의 말에 종현이 피식 웃었다.

"위험이 클수록 이익도 큰 법이지."

결국 진 쪽은 철우였다. 종현이 그의 죽마고우였기에 철우가 진 것이다.

대체 종현이 무슨 생각으로 향신료 무역을 하려는 것인지 알 수가 없었다. 읍성의 작은 상단의 단주인 그가.

하지만 어쩌겠는가. 친구가 저리 진지한 얼굴로 부탁하는데.

그들이 작은 규모의 상단을 꾸려 향산으로 들어간 것은 그로부터 사흘 뒤의 일이었다. 종현은 이미 모든 준비를 마쳐놓은 상태였다.

*　　　　　*　　　　　*

강기를 머금은 단창이 공기를 갈랐다. 그 끝에는 송곳니가 입 밖으로 길게 솟아나온 표범이 있었다.

단번에 송곳니가 잘리고 이어 목이 잘렸다. 사방으로 피가 튀었다.

홍원은 가볍게 창을 휘두르고는 다시 등 뒤에 꽂았다.

창의 수발이 한결 자연스러워진 느낌이다.

이제 막 용린골에 접어든 참이다. 홍원은 이곳의 이름이 용린골이라는 것은 몰랐다. 하지만 얼굴에는 긴장감이 가득했다.

이 골짜기에 들어오는 순간 공기가 달라졌음을 느낀 탓이다.

"알 수가 없군. 이곳은 숫제 맹수에 마수뿐인데… 대체 이놈들은 뭘 먹고사는 거지?"

당연한 의문이다.

자연에는 먹이사슬이라는 것이 존재한다. 풀을 먹고사는 작은 벌레나 작은 동물들, 초식동물들, 그런 벌레를 잡아먹고 사는 동물들이나 초식동물을 잡아먹고 사는 육식동물들, 맹수들.

결국 산속에는 토끼나 노루, 산양 같은 초식동물이 더 많아야 한다. 동면은 그랬다. 한데 북면은 도무지 초식동물이 보이지가 않았다.

벌레는 많이 있었지만 동물이라고는 오로지 맹수뿐이었다. 간혹 들쥐가 보였으나 맹수들이 그런 들쥐만 잡아먹고 살 리는 없었다.

"여러모로 신기한 곳이야. 설마 이놈들도 백린이처럼 영약만 찾아 먹고사는 건가?"

그럴 리는 없었다. 홍원은 자신이 말하고도 그냥 피식 웃고 말았다.

용린골도 눈으로 새하얗게 덮여 있었다. 홍원은 눈길을 걸으며 다른 마수들의 발자국을 찾았다. 겨울이라 그런지 지난번에 왔을 때에 비해 마수들의 출현이 줄어들었다.

"마기에 침습당한 것처럼 보이는 맹수들의 움직임은 그대로 인데… 도통 마수는 잘 안 보이네."

홍원은 곤란하다는 듯 중얼거렸다.

이래서야 이곳에 들어온 의미가 없기 때문이다. 지난번에 본 그 붉은 원숭이 정도는 되는 마수들을 찾아왔건만 그것들은 코빼기도 보이지 않았다.

"그나저나 종현이 녀석은 분명 철우 놈에게 부탁했겠지?"

홍원은 사방을 살피며 중얼거렸다.

향산에 들어오기 전날 진구, 종현과 가진 술자리.

그곳에서 종현은 자신에게 부탁했다. 향신료 상행을 도와달라고.

물론 홍원은 자신의 일정이 있었기에 안타까운 마음으로 거절했다. 무엇보다 종현은 홍원의 무공 실력을 몰랐기에 쉬이 그의 거절을 수긍했다.

종현도 애초에 혹시나 하는 마음으로 부탁했던 것이다.

"분명 철우 놈의 경지를 추측하고 있을 거야."

홍원은 피식 웃었다.

사부에게 배운 한 자락 도법. 그건 분명 훌륭한 도법이고 무공이었다. 덕분에 종현은 자신도 모르게 상대의 무공을 어느 정도 알아볼 수 있게 되었다.

물론 까마득한 차이가 나면 알아볼 수 없다. 홍원의 무공 실력을 모르는 것처럼.

하지만 철우 정도는 알아볼 것이다. 그것도 모두 종현이 사부를 믿고 열심히 수련을 한 덕이다.

"남면에서 서면으로 가는 길은 철우 정도면 충분할 거야. 그리고 그 쪽 부족들과도 인연이 있는 것 같고."

홍원은 별 걱정 없다는 듯 중얼거리며 계속해서 걸음을 옮겼다.

어느 순간,

홍원의 두 눈이 빛났다. 그리고 걸음걸이가 조심스러워졌다. 눈을 밟는 소리도 점점 잦아들었다. 그와 동시에 눈길 위에 나 있는 홍원의 발자국이 점점 희미해지더니 종국에는 발자국 없이 걸음을 옮기고 있었다.

'드디어 찾던 놈이군.'

단창을 뽑아 든 홍원의 손아귀에 살짝 땀이 배었다. 앞으로의 싸움에 대한 기대로 인해 몸에 밴 가벼운 긴장 탓이다.

우거진 나무들 사이로 놈의 모습이 살짝 보였다.

그 모습을 확인한 홍원은 숨을 들이켰다. 깜짝 놀란 탓이다. 그와 동시에 놈과 눈이 마주쳤다.

그 작은 소리도 놓치지 않은 것이다. 멀찍이 기세를 느꼈을 때 강한 놈이라 생각은 했지만 이 정도 기척도 놓치지 않다니 보통 놈이 아니었다.

아니, 생김새부터가 그랬다.

산양의 머리를 가진 놈은 뒷다리로만 서 있었고 앞발은 날

카로운 발톱이 솟아나 있었다. 앞발이 아니라 팔이라 불러야
할 모습이다.

그야말로 마수였다.

크르릉!

산양 머리 마수의 입에서 나직한 울음이 터져 나왔다.

"타핫."

홍원은 재빨리 앞으로 튀어나가며 창을 휘둘렀다. 창은 유려
하면서도 빠르게 움직였다.

창날에는 푸른 강기가 시린 빛을 사방에 뿌리고 있었다.

"카핫!"

산양 머리 마수가 울음을 토하며 팔을 휘둘렀다. 놈의 손톱
과 창이 몇 차례나 부딪쳤다.

요란한 소리가 울렸다.

홍원의 입가에 절로 미소가 지어졌다.

드디어 자신의 실력을 시험할 상대를 만난 것이다.

홍원의 창이 사방으로 빛을 뿌리며 마수를 향해 몰아쳤다.
마수의 양팔이 빠르게 움직이며 홍원의 창을 모두 막아냈다.

그에 더해 홍원의 움직임이 점점 더 빨라졌다.

마수의 움직임 역시 빨라지기 시작했다. 싸움이 계속됨에
따라 마수의 손톱에 붉은 빛이 어리기 시작했다.

'강기?'

홍원은 대경했다.

강기를 사용하는 마수라니.

그러나 창 놀림에는 한 치의 흐트러짐도 생기지 않았다. 놀란 것은 놀란 것이고 싸움은 싸움이다.

챙! 채챙! 챙!

요란한 소리가 울리며 눈이 사방으로 비산했다.

몇 차례의 부딪침 후 둘은 멀찍이 물러섰다. 서로를 바라보는 눈에는 투쟁심이 가득했다.

"인… 간… 대… 체… 무… 슨… 짓… 이… 지? 크르르릉!"

그 잠깐의 틈.

산양 마수의 입에서 믿을 수 없는 소리가 흘러나왔다. 그것은 분명 사람의 말이었다.

"허어!"

홍원은 깜짝 놀라 대꾸하는 것조차 잊고 멍하니 마수를 바라보았다.

"크르르릉."

마수의 울음소리에 홍원은 번뜩 정신을 차렸다.

"이곳은 너무 위험한 곳 같아서."

홍원이 창을 다시금 겨누며 답했다.

마수는 홍원의 답에 두 팔을 앞으로 내밀었다. 붉은 기운이 넘실거리고 있다.

'강기는 아니야.'

홍원은 몇 차례 부딪쳐 본 후 저 붉은 기운이 강기는 아님을 느낄 수 있었다. 하지만 강기에 필적할 기운이었다.

"마기(魔氣)인가?"

"숲… 의… 정… 기……."

홍원의 물음에 마수는 뚝뚝 끊어지는 음성으로 답했다. 그리고 동시에 홍원을 향해 몸을 날려왔다. 양팔을 휘두르자 붉은 마기가 줄기줄기 뻗어 나와 사방을 휩쓸었다.

홍원은 재빨리 기운을 피하며 마수를 향해 파고들었다.

일인 일수의 공방이 다시금 시작되었다.

싸움이 지속될수록 홍원의 창의 움직임이 부드러워졌다. 어딘가 톱니가 어긋나는 듯한 느낌이 들던 부분들이 한결 부드러워져 있었다.

그에 따라 마수가 조금씩 밀리기 시작했다.

홍원의 입에 맺힌 미소가 점점 진해졌다. 드디어 무언가 잡을 듯한 느낌이 온 것이다.

홍원은 점점 더 자신이 휘두르는 창 속으로 침잠해 들어갔다. 어느 순간 눈앞 마수의 모습이 홍원의 뇌리에서 지워졌다.

푸른 강기의 막이 사방에서 마수를 향해 짓쳐들었다.

마수는 필사적으로 붉은 기운을 줄기줄기 뿜어냈지만 역부족이었다.

아래에서 위로 세차게 솟아오르는 창날.

서걱.

마수의 오른팔이 팔꿈치 아래에서 잘렸다.

서걱.

다시금 울린 섬뜩한 절삭 음.

이번에는 왼팔이었다.

"그! 만!"

마수의 입에서 절규와 같은 외침이 터져 나왔다.

우뚝.

그와 동시에 홍원의 창이 멈췄다.

그리고 홍원은 현실로 돌아왔다.

"인… 간… 대… 체… 내… 게… 왜… 이… 러… 는… 가?"

산양 머리 마수가 두 눈을 잘게 떨며 물었다. 양팔이 잘린 그는 몹시 괴롭고 힘겨워 보였다.

홍원은 상대의 반응에 별일이라는 생각을 하며 고개를 갸웃 거렸다. 적을 쓰러뜨리는 데 이유가 필요하다는 말인가?

"네가 마수니까."

마수라는 말에 마수가 분노의 울음을 터뜨렸다.

"크허헝! 헛… 소… 리!"

그 반응에 홍원은 일순 황당하다는 표정을 지을 수밖에 없 었다.

산양은 뒷다리의 두 발로만 서 있었다. 게다가 앞발은 팔과 같은 형태로 산양에게는 어울리지 않는 날카로운 발톱이 솟아 나 있다.

더군다나 인간의 말까지 한다.

이런 녀석이 마수가 아니라면 대체 무어란 말인가.

홍원의 그런 생각을 읽었음인지 마수의 입이 계속해서 움직 였다.

"나… 는… 정… 령… 수……. 이… 산… 의… 기… 운…

속… 에… 서… 태… 어… 난… 존… 재… 마… 기… 따…
위… 에… 침… 습… 당… 한… 하… 등… 한… 마… 수…
따… 위… 와… 비… 교… 치… 말… 라…….."

홍원이 그 말의 의미를 생각하는 사이 스스로를 정령수라
밝힌 놈이 스르륵 양 발을 움직여 사라졌다.

그 행동에 홍원은 깜짝 놀랐다. 그리고 이내 수상한 마수가
아님을 확실히 인지했다.

그럴 수밖에 없었다.

정령수가 사라진 곳은 산의 길이었다. 그랬기에 홍원에게 놈
의 행적이 고스란히 보였다. 홍원 역시 산의 길을 다닐 수 있었
기에.

'신기한 녀석이군. 일단 따라가 보는 게 좋겠어.'

홍원은 조용히 산의 길로 접어들었다. 그곳에서 기척을 죽이
고 조심스레 정령수의 뒤를 따랐다.

놈은 이미 큰 부상을 입었기에 홍원의 추격을 눈치챌 여력
이 없었다.

*   *   *

멀찍이 떨어져 따라가는 데 어려움은 없었다. 잘린 팔에서
떨어지는 핏자국만으로도 충분히 어디로 갔는지 알 수 있었다.

그렇게 얼마나 걸었을까. 못해도 반 시진 거리는 온 것 같았다.

정령수가 향하는 곳에 작은 초옥(草屋)이 있었다.

홍원은 그 집을 발견하곤 깜짝 놀랐다. 설마 이곳에 집을 짓고 사는 인물이 있을 줄은 생각도 못한 탓이다.

'그런데… 과연 사람이 사는 곳일까?'

문득 그런 의문이 들었다.

이곳의 마수들도 마수들이지만 사람의 말을 하는 정령수라는 존재를 마주하자 그런 의문이 든 것이다.

홍원이 잠깐 망설이는 사이, 정령수가 초옥의 문을 발로 열고 안으로 들어갔다.

정령수가 문을 열고 들어간 초옥의 내부는 단출했다.

벽 한쪽으로 침상이 있고 창가엔 다탁과 의자, 다른 한쪽 벽으로는 서가와 다구들이 정갈하게 놓여 있었다.

창가의 다탁에 앉아 다향을 즐기던 노인이 문을 열고 들어온 정령수를 마주 보았다.

"응? 산록이 아니냐? 그 상처는 어인 것이더냐?"

노인이 대번에 정령수의 상태를 알아보고 물었다.

"굉… 장… 한… 인… 간… 이……."

짧은 대답이었지만 노인은 금세 그 속에 담긴 사정을 모두 이해했다는 듯 고개를 끄덕였다.

"어서 이리 오너라."

노인의 손짓에 산록이 노인에게 다가가 양팔을 내밀었다.

"쯧쯧, 많이 상했구나. 다시 팔이 자라려면 한 달은 걸리겠어."

그리 말하며 노인이 양손을 내밀었다. 양손에 녹색 빛이 어리기 시작하더니 산록의 양팔로 스며들었다. 서서히 피가 멎고 곧 새살이 조금씩 돋아나기 시작했다. 거기까지였다. 단번에 팔이 새로 나타나거나 하는 기적은 일어나지 않았다.

하지만 노인이 손을 치운 이후에도 상처 부분의 살은 조금씩 회복하고 있었다.

"산혈(山穴)로 가서 요양하면 한 달이면 될 게다."

"감. 사. 합. 니. 다."

인사를 꾸벅 한 산록은 곧바로 초옥을 떠났다.

산록이 멀리 간 것을 확인한 노인이 창밖을 내다보며 말했다.

"그럼 이제 이만 들어와 보게나. 산록을 해한 이는 그대이겠지?"

창을 통해 믿을 수 없는 광경을 바라보던 홍원은 그 소리에 깜짝 놀랐다.

어떻게 자신의 은신을 알아본단 말인가.

초옥의 창을 발견한 홍원은 자신이 할 수 있는 한 최대한 은밀하게 은신하여 안을 살펴보던 참이었다.

노인의 손에서 나온 빛이며 무섭게 아무는 정령수의 상처며 어느 것 하나 이 세상 일 같은 것이 없었다. 그런데 이제는 은신까지 발각되었다.

홍원은 자신이 어찌할 수 없는 상황임을 인정하고 조용히 모습을 드러냈다.

홍원의 모습을 본 노인의 얼굴에 놀람의 기색이 살짝 어렸다.

"이리 들어오게나."

홍원은 노인의 부름에 따라 초옥 안으로 들어가 다탁에 자리했다. 그사이 노인이 홍원의 앞에 차를 놓았다.

"산의 길에 들어올 수 있는 인간이 또 있을 줄은 몰랐군."

"선친께 배웠습니다."

홍원의 대답에 노인이 고개를 끄덕였다.

"장 엽사의 아들이로구나."

노인은 홍원의 아버지를 아는 듯했다.

"아버지를 아십니까?"

홍원의 물음에 노인이 대답했다.

"참으로 대단한 친구였지. 어떻게 산의 길을 보는 눈을 선천적으로 타고날 수가 있는지. 물론 이곳까지 들어올 만한 능력은 없었지. 자네도 산의 길을 다닐 수 있으니 무슨 말인지 알겠지?"

"네."

"하면 자네는 대체 왜 이곳 용린골에서 정령수를 해하였는가?"

노인의 물음에 홍원이 되물었다.

"정령수란 존재는 무엇입니까? 저는 단지 마수를 사냥하러 왔을 뿐입니다."

홍원의 대답에 노인은 어찌 된 일인지 알았다는 얼굴을 했다.

"마수라……. 하긴 정령수도 이곳 밖에서는 볼 수 없는 친구이니 마수라 착각할 만하지. 허참."

노인은 공교롭다는 얼굴로 헛웃음을 터뜨렸다.

"이름이 뭔가?"

"장홍원이라 합니다."

"나는 이미 이름을 잊은 사람이네. 그냥 산인(山人)이라 부르면 될 게야."

노인의 말에 홍원은 작게 대답했다.

"알겠습니다, 산인 어른."

"그럼 향산 북면에 대해 먼저 설명을 해야겠지? 북면 맹수의 흉포함과 간혹 튀어나오는 마수들에 대해서는 알 테고."

산인의 중얼거림에 홍원은 고개를 끄덕였다.

"그중에서도 이곳 용린골은 특별한 곳이지. 세상의 온갖 기운이 솟아나오는 통로이니까. 나는 그것을 원혈(原穴)이라 부르네만, 종류가 세 가지일세. 먼저 마기가 솟아나오는 마혈(魔穴), 산의 정기가 솟아나오는 곳이 산혈(山穴), 마지막으로 땅의 영기가 솟아나오는 곳이 영혈(靈穴)이네. 이것들이 용린골에서 솟아나와 세상으로 퍼지는 게야."

홍원은 멍한 얼굴로 산인의 설명을 들었다.

"향산에만 있는 산의 길은 그중 산혈과 영혈의 영향으로 생긴 것이지. 그래서 북면에 유독 영약이 많은 걸세. 또한 마기의 침습을 받은 맹수나 마수는 마혈의 영향을 받은 것이고."

"믿을 수 없는 이야기로군요."

홍원의 말에 산인은 지그시 미소를 지었다. 홍원이 모두 받아들이고 있음을 알기 때문이다.

"해서 이곳에 사는 마수들의 먹이는 마기일세. 좀 웃기는 이야기지만 마기가 스며든 열매나 풀을 먹고 살지. 좀 더 고등한 녀석들은 마혈에서 마기 자체를 먹고. 맹수에서 변이한 녀석들이 그렇다니 참으로 신기한 노릇이지."

홍원의 의문 하나가 풀렸다. 하지만 마수가 초식이라니 정말로 어처구니없는 일이었다.

"하지만 전에 사람들을 습격한 마수를 보았습니다. 붉은 털을 가진 큰 원숭이가……."

"마기로 인해 피를 찾기 때문일세. 그저 살육을 위한 것이지. 놈들은 자기보다 약한 녀석들을 사냥하는 것을 즐기는 거야. 마기로 인해서."

"하면 정령수란 어떤 존재입니까?"

"산혈의 기운을 먹고 태어난 존재라고 할까? 마수와 비슷한 녀석들이지만 받은 기운이 전혀 다르니 전혀 다른 성향을 가지게 되네. 보통은 우연히 이곳까지 흘러들어 온 초식동물들이 많이 변이를 하지. 그래서 무척이나 귀한 존재야."

홍원은 자신이 얼마나 말도 안 되는 착각으로 애꿎은 정령수를 괴롭혔는지 깨달았다. 하지만 그 날카로운 발톱은 뭐란 말인가.

그런 홍원의 생각을 읽었음인지 산인의 설명이 계속되었다.

"아무래도 마수들이 넘쳐나는 곳이다 보니 정령수들도 자신의 몸을 지킬 수 있는 쪽으로 변이하더군."

"하아."

그 말에 홍원은 한숨을 쉴 수밖에 없었다.

"제가 몹쓸 짓을 했군요."

홍원의 말에 산인이 고개를 나직이 끄덕였다.

"암, 몹쓸 짓을 했지."

산인의 대꾸에 홍원은 고개를 숙였다. 무언가 이상하다고 생각은 했다.

마수들과는 공격에 대한 반응이 달랐으니까.

사실 마수라면 홍원이 공격하기 전에 먼저 달려들었을 것이다. 하지만 북면에 들어온 이후 만족할 만한 싸움을 벌이지 못했기에 이성적으로 행동하지 못했다.

전적으로 홍원 자신의 잘못이다.

"사과를 하고 싶습니다만……."

홍원이 어렵게 입을 열었다. 하지만 산인은 고개를 저었다.

"산록이는 지금 산혈에서 요양 중이네. 인간은 들어갈 수 없어."

"그렇습니까?"

홍원이 아쉬운 기색으로 물었다.

"들어갈 수는 있지. 하지만 산혈에서 뿜어져 나오는 진한 기운을 몸으로 맞고 나서는 어찌 될지 알 수 없는 노릇이야."

"아!"

홍원은 그제야 산인이 의도한 바를 알 수 있었다. 초식동물도 산록과 같은 형태로 변이시키는 산혈이다.

물론 변이가 되면서 강해지지만 홍원은 인간의 모습을 잃는 것은 사양이다.

"하면 저의 이 미안한 마음을 어찌 전하면 좋을까요?"

"내 전해줌세. 그리고 추후 또 인연이 될지도 모르는 일이고."

산인의 말에 홍원은 수긍할 수밖에 없었다.

"한데 자네 같은 사람이 어인 이유로 이곳에 마수 사냥을 왔는가?"

산인의 물음에 홍원은 자신이 처한 상황을 말했다. 무슨 이유에서인지 그에게는 자신의 상황을 모두 이야기해도 될 것 같은 생각이 들었다.

신기한 경험이었다.

"허허, 꿈에서 무공을 익히고 꿈속에서 익힌 무공 때문에 현실의 무공이 이상해진 듯하다?"

산인은 그 후 눈을 감고 그저 수염을 쓰다듬었다. 잠시 후 산인은 눈을 뜨고 홍원을 바라보았다.

"그야말로 장자지몽이로고. 허허허."

산인은 너털웃음을 터뜨렸다. 심유한 그의 눈빛은 마치 무엇인가를 아는 것만 같았다.

"시간이 해결해 줄 문제야. 너무 조급하게 생각하지 말게나. 어차피 모두 자네의 것인 것을……. 꿈 또한 자네가 꾼 것이니 자네의 것 아닌가. 굳이 그것을 거부하려 하지 말게나."

산인의 말에 홍원은 꽝 하는 충격을 받았다.

머릿속에서 무언가 터져 나오는 듯했다. 홍원은 조용히 눈을 감았다. 산인은 그 모습을 보고는 인자한 웃음을 지으며 몸을 일으켰다.

"방해할 수는 없는 노릇이지. 어차."

뒷짐을 지고 초옥 밖으로 나온 산인은 조용히 주변을 걸었다.

산의 길이었기에 마수들은 들어올 수 없었다. 영기를 볼 수 없는 동물들 또한 들어올 수 없었다.

그랬기에 그저 고요하기만 한 길이다.

산인은 조용히 길을 걸었다.

"허허허, 한데 꿈이라 생각하는 그것이 과연 꿈일까. 실은 그부터 시작해야 하네만 자네가 너무나 확고히 꿈이라 믿고 있으니."

산인은 모든 것을 알고 있다는 듯 중얼거렸다.

"사제, 자네는 그리 떠나더니 결국은 본 문의 문주지공을 뛰어넘었구만. 얽매이기를 싫어하는 그 성격이 결국은 바른 길로 가는 등불이나 다름없었나 보이. 못난 우형은 얼마 전에야 겨우 그 길을 보았네만……. 나도 어서 자네 곁으로 가야 할 텐데 아직은 모자라. 그곳의 아귀들은 무에 먹을 게 있다고 그리 싸우고들 있는지, 쯧쯧쯧. 사제는 이렇게 새로운 길을 열었건만."

산인은 안타까움 가득한 얼굴로 고개를 저었다.

"한데 어이해 사제의 제자는 시간의 뒤틀림 속에 있는 것인가? 그날 내가 느낀 뒤틀림이 사제의 제자 때문이었는가?"

산인은 대답해 줄 이 없는 허공에 부질없는 물음을 던졌다.

*   *   *

"아함! 이제 좀 조용해졌을까요?"

한 사내가 수풀 사이에 누워 하품을 하며 물었다.

"누가 보면 네놈이 림주인 줄 알겠다."

머리가 희끗희끗한 중년인, 전 은살림주 사강도는 눈을 사납게 부라리며 자신의 앞에 떡하니 누워 있는 인물을 보며 물었다.

"에이, 은살림 사라진 지 몇 달인데 림주 그딴 걸 따집니까?"

사내는 어디선가 뜯은 풀을 잘근잘근 씹으며 대꾸했다.

"네가 바라는 대로 조용해졌으면 은살림은 다시 생긴다, 송림."

사강도의 말에 은살림 제일살수 송림은 멍하니 하늘을 올려다보았다.

"애들, 무사할까요?"

송림의 물음에 사강도의 얼굴이 어두워졌다. 숭무련의 추격은 집요하고도 무서웠다. 수하들이 무사히 숨을 수 있도록 자신이 일부러 흔적을 남기고 유인했음에도 그들은 은살림의 살수들을 귀신같이 찾아냈다.

일부러 흔적을 남긴 자신 또한 무사하지 못할 뻔했다.

숭무련의 예상을 뛰어넘는 실력에 많은 추적자들을 염라대왕 앞으로 보내주었으나 숭무련의 대처는 발 빨랐다.

그때 사강도를 도와준 것이 송림이었다.

송림의 실력은 사강도의 예상 이상이었다. 아니, 사강도 이상이었다.

그렇게 둘은 이 산으로 숨어들었다.

향산으로.

"아마 거의 죽었을 거다."

사강도가 낮은 목소리로 대답했다. 자신이 겪은 그 집요한 추격을 수하들이 버텨냈을 거라 생각하긴 어려웠다.

"하긴 림주의 무서운 실력도 우습게 만들어 버리는 놈들이었으니……. 림주는 대체 언제 그런 실력을 숨겨둔 거유? 아무리 삼 푼은 숨기라고 했다지만……."

송림이 생각났다는 듯 물었다.

"내가 물을 말이다, 녀석아. 그 실력이면 죽림 이상일 텐데? 네놈이 그리 강하다니. 네놈, 대체 무슨 생각으로 은살림에 들어온 거냐? 너도 죽림 녀석처럼 무슨 꿍꿍이가 있는 게냐?"

"다 망한 곳에 꿍꿍이는 무슨."

송림이 피식 웃으며 말하자 사강도의 얼굴에 빠직 하고 노기가 떠올랐다. 하지만 맞는 말이기에 아무런 대꾸도 하지 못했다.

"그리고 내가 숨긴 실력이 있는데 죽림 그놈은 안 숨겼을 것같은가요?"

송림의 말에 사강도는 자신이 이제는 너무 늙었다는 생각을 했다.

본 실력의 삼 푼을 숨기라는 것은 무림의 격언이다. 그렇다면 살수는? 오 푼은 숨겨야 한다. 그래야 살아남을 수 있는 이들이 살수다.

당연히 죽림도 숨겼을 것이다. 숨긴 실력으로 그런 괴물이라는 것이 그저 놀라울 뿐이다.

사강도는 마음에 안 든다는 얼굴로 송림을 바라보았다.

"그나저나 네놈은 뭐 먹을 게 있다고 내 곁에 붙어 있는 게 냐? 그렇게 뺀질거리면서."

워낙에 기어오르던 녀석이지만 그래도 림주에 대한 기본적 인 예의는 지켰다. 하지만 도주 중 본 실력을 보인 이후엔 숫제 친구 대하듯 대하고 있으니 나날이 열불이 터지는 상황이다.

"됐고요, 오는 것 같수다."

그 말에 사강도의 두 눈이 빛났다.

"거참, 네놈은 언제 이딴 곳에 상단이 지나간다는 정보를 얻은 게냐?"

"이곳 녀석들이 전서구를 받는 것을 훔쳐보았지요."

송림이 피식 웃으며 몸을 일으켰다.

지금까지 누워 있던 것이 그는 땅에 귀를 대고 멀리서 오는 이들의 소리를 찾고 있었던 것이다.

"에효, 어쩌다가 은살림의 림주인 내가 산적질을 하게 되었 는지……."

"천화국 넘어가서 살려면 돈이 있어야지요. 가진 게 쥐뿔도 없으면서 신세한탄은."

그렇게 한 번 더 사강도의 속에 불을 지른 송림이 몸을 훌 쩍 날렸다.

홍원은 꼬박 사흘을 그렇게 앉아 있었다.

이윽고 조용히 눈을 떴을 때 그에게서 눈에 띄는 변화는 없 었다.

악취 가득한 검은 땀을 쏟아내지도 않았고 골격이 뒤틀리지도, 피부가 벗겨지지도 않았다.

처음 그대로였다.

눈빛조차도 눈을 감기 전과 달라진 것이 없었다.

기도 또한 그대로였다.

하나 그 모습을 지켜본 산인은 가만히 고개를 끄덕였다.

"이제 애꿎은 정령수들은 괴롭히지 말게나."

그 말에 멋쩍어하며 홍원은 머리를 긁적였다.

"죄송합니다. 그리고 감사합니다."

홍원이 허리를 숙여 인사하자 산인은 그저 웃었다.

"그럼 어여 가보게나. 벌써 사흘이 지났다네."

"네, 알겠습니다. 다시 한번 감사드립니다."

홍원은 그 정도의 시간이 흘렀을 줄 알았다는 듯 놀라는 기색이 없었다. 다시 한번 깊이 고개를 숙여 인사한 홍원은 초옥을 나섰다.

"기연이로구나."

홍원은 그렇게 중얼거리며 초옥을 나선 후 산의 길 또한 벗어났다.

第八章

남면임해
(南面林海)

산인의 초옥을 떠난 홍원은 곧 산의 길을 벗어났다. 사흘이
지났지만 북면의 모습은 변한 것이 없었다.

당연한 일이다.

뽀드득뽀드득.

홍원이 발을 디디며 눈을 밟는 소리가 작게 울렸다. 언제 어
디에서 마수가 튀어나올지 모르는 북면에서 경공을 펼치지도
않고 그저 단순한 걸음걸이라니.

홍원은 그런 것은 아무래도 좋았다.

산인의 초옥에서 얻은 기연 덕분이다.

지금 홍원의 눈에는 이전에는 보이지 않던 많은 것들이 보였
다. 마수들이 왜 북면에서도 이곳 중심에만 출몰하는지도 알

것 같았다.

산의 길 말고 다른 것들이 향산에는 있었다.

그것은 길이 아니고 벽이었다.

"필시 저것은 산의 정기와 영기들이 얽혀 만들어낸 장벽이겠지."

그런 장벽이 있기에 마수들이 이곳을 벗어나지 못하는 것이었다.

기운을 읽으니 그 기운이 진하게 뻗어 나오는 곳도 쉬이 찾을 수 있었다.

홍원은 한곳을 지그시 바라보았다.

그곳에서는 산의 정기가 샘솟고 있었다.

"진심으로 미안하다, 산록."

홍원은 나직이 중얼거리고 걸음을 옮겼다.

향산의 북면은 참으로 신기한 곳이었다. 못 보던 것을 보게 되니 그 신비함의 깊이가 더욱 깊어졌다.

산인에게 설명을 들어 알았지만, 실제로 보고 느끼니 대자연에 대한 경외감이 절로 들었다.

마기와 영기, 정기가 절묘하게 얽히고 어우러져 고여 있는 곳, 그곳이 향산 북면이었다.

물론 북면에서도 지역에 따라 그 분포가 달랐다.

일전에 마수 원숭이를 만난 곳은 그야말로 마기가 진하게 고여 있는 곳이었다.

"그 마기를 이겨내기 위해 필사적으로 영기를 머금을 필요

266 홍원

가 있겠지."

역설적으로 마기가 모인 곳에 오히려 진한 영기와 정기를 머금은 영초가 많았다.

그저 기운만을 읽는다면 검게 물든 대지에 빛나는 별이 점점이 박힌 모양이다.

그랬기에 이곳에서 자홍선지초를 찾을 수 있었던 것이다.

"적어도 이곳에서는 이제 백린의 도움이 필요 없겠어."

산의 길만이 아니라 영기와 마기, 정기까지 볼 수 있게 되자 영초와 영약이 있을 법한 곳들이 절로 눈에 들어왔다.

물론 당장 홍원에게는 그다지 필요하지 않은 것들이다. 언젠가 필요한 누군가에게 갈 수 있게 놓아두어야 할 것들이다.

향산의 세 가지 기운을 모두 읽을 수 있게 되자 홍원은 이곳에서 마수를 쉬이 만나기 어렵던 이유도 알 수 있었다. 정기와 영기가 진해져 있고 마기가 옅어져 있었다.

아마도 계절에 따라 세 가지 기운의 농밀함이 달라지는 듯했다.

홍원은 잠시 고민했다.

이대로 다시 집으로 돌아갈 것인가, 아니면 마수를 찾아 현재 자신의 실력을 다시 한번 확인할 것인가.

그다지 의미가 없는 일이라는 것은 알았다.

하지만 왠지 모를 호승심이 가슴 한곳에서 일었다.

"쯧, 나도 아직 멀었구나."

홍원은 나직이 중얼거렸다. 그리고 다시 발걸음을 옮겼다.

홍원의 눈은 마기의 한 자락을 쫓고 있었다.

* * *

"정신 바짝 차려라. 이제부터는 남면의 영역이다."

철우의 굵은 목소리에 종헌이 고개를 끄덕였다.

향산의 동면은 향산에서 가장 평화로운 곳이다. 그야말로 보통 사람들이 생각하는 보통 산이다.

하지만 북면과 남면은 달랐다.

북면은 사나운 맹수들이 우글거렸고, 남면은 울창한 숲이 가득 펼쳐졌다.

산세의 험준함은 오히려 동면보다 덜했지만 그 울창함은 상상을 초월했다.

괜히 달리 임해(林海), 즉 숲의 바다라 불리는 것이 아니었다.

"후아, 과연 듣던 대로구만."

종헌이 나직이 감탄을 토했다. 점점 울창해지는 숲을 가득 채운 빽빽한 나무에 점점 질려갔다.

과연 이곳을 통과해 상행을 한다는 자신의 구상이 옳은 것인가 하는 의문이 들었다.

이런 곳으로는 수레를 움직일 수가 없었다. 즉 대량의 화물 운송이 불가능하다는 뜻이다.

지금 종헌이 새로이 개척하려는 상로(商路)는 운송의 속도를 높일 수 있을지는 몰라도 운송 양을 늘릴 수는 없을 듯했다.

그래서는 반쪽짜리 상로일 뿐이다.

사실 그래도 상관없었다. 종현이 다루려는 품목의 이문이 그 반쪽을 채워줄 터였다. 그리고 일단 상로만 개척해 내면 운송 문제도 어떻게든 해결책이 생길 것이다.

종현은 그렇게 믿었다.

그사이 일행은 점점 더 남면 깊이 진입하고 있었다.

그렇게 얼마나 갔을까.

철우의 눈썹이 꿈틀했다. 철우가 한 손을 들어 일행을 멈추게 했다.

"왜?"

깊은 상념에 잠겨 뒤를 따르던 종현이 갑작스러운 철우의 움직임에 친구를 쳐다보았다.

"나와."

종현의 물음에 대답하는 대신 철우는 한곳을 보고 나직이 중얼거렸다.

중얼거림보다는 맹수의 나직한 으르렁거림과 비슷한 말소리였다.

그 말에 응답이라도 하듯 부스럭거리는 소리와 함께 두 사람이 그들 일행의 앞을 막아섰다.

"에효, 아무리 그놈들한테 시달렸다고 하지만 이렇게 쉽게 은신이 들킬 정도로 망가졌나."

툴툴거리는 사내.

그는 은살림의 림주 사강도였다.

"이게 다 림주 때문이오. 기습의 묘가 사라졌으니."

송림의 핀잔에 사강도의 눈썹이 솟구쳐 올랐다. 농으로 한 소리에 저런 핀잔이라니 기분이 좋을 리 없었다.

그런 두 사람을 바라보는 철우의 얼굴이 딱딱하게 굳었다.

＊　　　　　＊　　　　　＊

강한 사람들이다.

이곳이 남면이었기에 자신이 저들을 알아차렸다. 동면이었다면 절대 알 수 없었을 것이다.

처음 남면에 들어왔을 때 얻은 기연 덕에 가지게 된 능력. 그것으로 저들을 알아차렸을 뿐이다.

철우의 표정이 변하는 것을 본 종현의 안색도 침중해졌다. 자신의 친우가 저리 긴장할 정도면 예사 인물들이 아니라는 소리다.

'틀림없이 고강한 무림인들이다.'

시작부터 흥이 끼기 시작한 상행. 과연 이걸 계속 진행시켜야 하나 하는 고민이 다시금 자라나기 시작했다.

"흠흠."

철우의 시선에 사강도가 송림과의 기 싸움을 멈추고 헛기침을 했다.

"자네가 어찌 우리의 기척을 알아차렸는지는 몰라도 대단하구면. 중원에서도 마음먹고 숨어 있는 우리를 찾아낼 사람은 손에 꼽는데 말이야."

철우는 림주라 불린 사내의 기세가 변한 것을 느끼고 허리에 찬 도(刀)에 손을 가져갔다.

"꿀꺽."

철우는 마른침을 삼켰다.

"거참, 림주. 애들 놀라게 왜 그래요? 그래서 우리 용건이나 말할 수 있겠수?"

송림이 다시 한번 림주에게 면박을 주었다.

이미 철우와 종현을 제외한 상단의 인물들은 얼굴이 하얗게 질려서 바들바들 떨고 있었다.

"용건이 산적질인데 이거면 됐지."

사강도가 기가 찬다는 얼굴로 송림을 쳐다봤다. 산적질을 하러 온 주제에 무슨 성인군자라도 되는 양 행동하는 송림이 어이가 없었다.

철우와 종현은 사강도의 말에서 그들의 의도를 확신할 수 있었다. 그들이 나타났을 때부터 이미 예상한 바다.

"우리같이 작은 상행에 산적질이라니 보통 분들이 아니신 것 같은데 너무한 처사 아니시오?"

어느새 신색을 회복한 종현이 앞으로 나서며 두 사람을 향해 말했다.

그런 종현의 모습에 사강도와 송림의 얼굴에 이채가 떠올랐다.

그 둘은 절정을 넘어선 고수였다. 딱 보는 것만으로도 이 일행에 무공을 익힌 자는 철우 한 명이라는 것을 알 수 있었다.

그런데 일개 상인으로 보이는 이가 사강도의 기세를 이겨냈으니 어찌 신기하지 않을 수 있을까.

"그대가 이 상행의 책임자요?"

"그렇소. 서희(瑞熙)상단의 단주 박종현이오."

송림은 종현이 아직 젊지만 제법 강단이 있는 상단주라 생각했다.

"흠흠, 반갑소이다."

림주가 무어라 하기 전에 송림이 한 발 먼저 나서며 운을 뗐다.

─나는 송림이라 한다오.

송림은 자신의 이름을 전음으로 종현과 철우에게만 전했다. 자신들의 정체를 많은 사람이 알아서 좋을 것이 없었다.

그냥 보기에도 저 둘이 이 상단의 책임자였다.

송림의 소개에 종현은 눈썹을 찡그릴 수밖에 없었다. 아무리 변방인 읍성에서 작은 상단을 운영한다 하지만 대륙과 중원의 판도에 늘 눈과 귀를 활짝 열고 있는 그였다.

송림이라는 이름만 듣고도 많은 것을 알 수 있었다. 게다가 송림은 자신의 뒤에 서 있는 사내를 림주라 부르지 않았는가.

'대흉이군. 하필이면 이곳에서 은살림이라니……'

모종의 이유로 숭무련에 의해 은살림이 와해되었다는 정보는 들었다. 그 모종의 이유가 무엇인지는 모르지만.

그런데 그 은살림의 림주와 제이 살수인 송림을 이곳에서 만나다니 상행의 시작부터 대흉이었다.

송림은 찰나에 종현의 눈빛이 변하는 것을 읽었다. 그가 자신들의 정체를 알아차렸음을 직감했다.

하긴, 죽림만은 못했지만 그래도 자신의 살명 역시 중원에서는 아주 유명했다.

"이제 이야기하기 편하겠구려. 우리는 돈이 필요하다오. 이렇게 맨몸으로 이곳까지 오는 것만으로도 아주 힘들었거든."

종현은 저들이 이곳에 있는 이유를 쉬이 짐작할 수 있었다. 철우는 이해할 수 없다는 얼굴로 송림을 바라보고 있었지만.

철우도 송림이라는 이름과 그들의 기세에서 이미 그들이 은살림의 사람들임을 알아차렸다.

'저들이 이곳에 있다는 것은 분명… 천화국으로 넘어가기 위함이다. 숭무련의 눈을 피하려면 대륙을 벗어나야 할 테니.'

그런데 한 가지 이해할 수 없는 것은 어찌 저들이 자신들이 이곳으로 올 줄 알고 있었냐는 것이다.

송림은 그런 종현의 눈에 어린 총기를 쉬이 읽을 수 있었다.

"궁금한 것이 많은 모양이오?"

어느새 사강도는 꿔다 놓은 보릿자루가 되어 송림의 뒤에 서 있었다. 사정을 모르는 종현과 철우가 보기에는 림주를 대신에 송림이 일을 처리하려는 양으로 보였다.

사실은 달랐지만.

종현이 작게 고개를 끄덕였다.

도적질을 당할 위기이기는 했지만 거상(巨商)을 목표로 하는 종현이었기에 쉬이 주눅 들지 않았다.

물론 거기에는 홍원의 사부가 전수해 준 도법을 꾸준히 수

런한 효과의 덕도 있었다.

"흠, 우연이라고 하는 게 제일 적절하겠군. 박 단주 그대가 운이 없었소. 하필이면 우리랑 비슷한 시기에 비슷한 길을 택하다니."

송림의 말에 철우가 움찔했다.

이 경로는 철우 그가 택한 것이다. 그리고 이 경로를 알고 있는 사람은 그리 많지 않았다. 아니, 거의 없었다.

'장 아저씨 말고는 없을 텐데……'

사실 철우가 가는 길도 어린 시절 홍원의 아버지 장무양이 알려준 것이다.

"나도 소싯적에 남면을 좀 돌아다닌 적이 있소. 그런데 이 임해에 비둘기라니, 이상하지 않소?"

송림의 말에 철우는 그가 자신이 남면의 한 마을로 보낸 전서구를 잡았다는 것을 알 수 있었다.

"아아, 너무 걱정하지 말구려. 그 비둘기는 다시 가던 길로 보내줬으니."

철우의 표정 변화를 보고 송림은 그가 전서구를 날렸음을 알 수 있었다.

전서구를 잡아서 편지를 보았다면 이 상황이 이해가 되었다. 그 편지에는 자신들이 움직일 경로가 자세히 적혀 있었으니까.

"말이 너무 길다."

그때 사강도가 짜증이 난다는 듯 투덜거렸다. 송림은 이들과의 대화가 즐거웠지만 사강도는 아니었다.

"거참."

송림은 어쩔 수 없다는 듯 고개를 절레절레 흔들었다.

종현의 얼굴에 식은땀이 흘렀다.

이럴 수는 없었다.

사실 종현은 이번 상행에 자신의 모든 것을 걸었다. 남면으로 돌아서 갈 수 있는 천화국의 남방 지역 해안가.

중원에서 해로로 가려면 죽음의 해역을 지나야 하기에 절대 도달할 수 없는 곳이다. 오직 천화국을 남쪽으로 가로질러야만 갈 수 있는 곳.

향산 남면을 돌아 천화국으로 들어가면 그 길은 극단적으로 짧아진다. 그 때문에 이 상로가 가치가 있는 것이다.

천화국의 남부에 있는 자갈타 섬.

그곳은 천화국 향신료의 원산지였다.

정향과 육두구, 그리고 팔각까지. 후추는 천화국 북부에서 주로 생산되기에 사막을 건너가는 경로로 가도 충분히 구할 수 있었다.

하지만 정향과 육두구, 팔각은 천화국 북부에서도 귀한 향신료였다.

남면을 통해 천화국의 남부 해안으로 들어가면 그 세 가지 향신료를 북부에 비해 불과 이 할의 가격으로 살 수 있었다.

자갈타 섬으로 직접 들어간다면야 일 할의 가격에 살 수 있다는 소문도 있었지만 거기까지 모험을 할 이유가 없었다.

종현은 이 할만 해도 충분했으니까.

'성급했다. 좀 더 신중해야 했다.'

몇 년간의 조사 끝에 자신의 친우가 향산 남면을 통과할 수 있다는 확신을 얻고 얼마나 기뻐했던가.

그래서 평소 자신답지 않게 경솔하게 움직였다.

그것이 대흉을 불러왔다.

*   *   *

송림이 싱긋 미소를 지었다.

"이리로 간다는 것은 자갈타 섬의 향신료를 노리는 것이겠지?"

송림의 기세와 말투가 변했다. 본래의 용건을 해결하겠다는 뜻이리라.

'어찌 살수가……'

종현은 도무지 이해할 수 없었다. 어떻게 살수가 상인이나 떠올릴 사실을 알 수 있단 말인가.

아니, 이 길은 이미 백 년 전에 상인들이 결국 포기하고 잊힌 길이다.

종현 자신도 철우가 아니었다면 절대 시도하지 않았을 것이다.

임해.

상인들에게는 달리 수묘(樹墓)라 불리는 곳이다.

누구도 돌아오지 못한 곳이기에.

무림의 수많은 고수들을 보표로 고용해 들어간 자들도 마찬가지였다.

북면과는 또 다른 금역.

지금 종현의 뒤에서 오들오들 떨고 있는 스무 명의 일꾼들, 그리고 그들이 지고 있는 등짐.

그것은 종현의 전 재산이었다.

처음으로 상로를 개척하는 상행에 종현은 전 재산을 가지고 온 것이다.

미친 짓이었다.

'극한의 이문은 극한의 위험 끝에 자리한다.'

종현이 이번 상행을 떠나면서 수십 번 되뇐 말이다.

"후우."

종현은 깊은 한숨을 내쉬었다.

송림은 그가 결정을 내렸다는 것을 알 수 있었다.

"우리의 목숨은 살려줄 것이오?"

이곳은 이미 남면이다. 이곳에 들어올 사람도 없을 것이고 이들이 이곳에서 죽는다 하여도 알 사람도 없었다. 그저 상단 에서는 상행에 실패했고 횡사했다고 여길 것이다.

종현의 말에 철우가 한 걸음 앞으로 나섰다.

그는 어느새 거대한 도를 뽑아 들고 있었다. 철우의 큰 덩치 에 어울리는 대도(大刀)였다.

철우는 자신의 기세를 한껏 끌어올리고 있었다. 그의 온몸 에서 강한 기세가 뭉클뭉클 피어올랐다.

'귀찮을 수도 있겠군.'

무공을 익힌 자의 실력이 예상보다 더 뛰어났다.

죽이지 못할 정도는 아니었지만 죽이려면 상당한 손해를 감수해야 할 듯했다.

남면은 이제 시작이다.

시작부터 힘을 빼면 자신들도 남면을 통과하는 데 상당한 곤경에 처할 수 있었다.

"가진 것만 모두 내놔."

결정을 내린 송림이 짧게 말했다. 사강도 역시 송림과 같은 생각인 듯 아무 말이 없었다.

"하나만 가르쳐 주시오."

종현은 이미 전 재산을 포기했다.

아무리 귀한 재산이라지만 목숨보다 중할 수는 없었다.

자신 혼자였다면 모르지만 자신을 돕기 위해 동행한 친우를 이런 곳에서 죽게 할 수는 없었다.

송림이 살짝 고개를 끄덕였다.

"당신은 어떻게 이곳 남면을 통과할 수 있다고 확신하시오?"

이미 백 년 전에 통과할 수 없다고 결론이 난 남면이다. 이곳의 주인인 원주민들이 절대 통과시켜 주지 않으니까.

그렇다면 저들도 결국 천화국에는 갈 수 없다.

하지만 저들은 지금 천화국에서 쓸 자금을 위해 자신의 재산을 빼앗으려 하고 있다.

송림은 잠시 고민하는 듯했다.

상대가 알고 싶어하는 것은 아무도 모르는 일이다. 림주조

차도.

그랬기 때문일까.

사강도 역시 궁금하다는 얼굴로 송림을 쳐다보았다.

그 역시 궁금했다.

아무도 통과할 수 없다고 결론이 난 지역으로 굳이 도주로를 잡다니.

숭무련의 손에 죽느니 차라리 임해에서 자살하려는 것일까? 그런 말도 안 되는 생각도 해보았다.

송림의 입술은 쉬이 움직이지 않았다.

하지만 종현은 이대로는 무언가 억울했다.

"지금 난 이곳에 우리 상단의 전 재산을 가지고 왔소. 당신들이 내 전 재산을 빼앗아가는 것이란 말이오. 그러니 이 정도 궁금증은 대답해 줄 수 있지 않소."

나직한 말이지만 악에 받쳐 있었다.

그 모습이 조금 안쓰러웠던 것일까.

'뭐, 조금은 괜찮겠지.'

송림의 입술이 움직였다.

"난 숲에게 허락받은 사람이니까."

짤막한 대답을 끝으로 송림의 몸에서 무서운 기세가 피어오르기 시작했다. 그 기세에 철우의 얼굴이 딱딱하게 굳었다.

"전부 내려놓으세요."

그 모습에 종현이 일꾼들에게 말했다. 그 말이 떨어지자 일꾼들이 등짐을 자신이 선 자리에 내려놓았다. 그 모습을 확인한 종현이 천천히 물러났다.

일꾼들도 종현을 따라 뒤로 슬금슬금 물러났다. 마지막으로 움직인 것은 철우였다.

그는 마지막까지 도를 내리지 않았다.

그 모습에 송림이 피식 웃었다.

송림이 손을 한 번 휘젓자 바닥에 놓여 있던 등짐이 모두 송림 앞에 쌓였다. 그리 크지 않은 등짐이다.

험한 임해를 통과하기 위해 최대한 작은 부피로 짐을 꾸린 것이리라.

그렇다면 등짐에 들어 있을 것은 뻔했다.

부피가 작고 천화국에서 통용될 화폐, 거기에 무게 때문에 한 사람 당 작은 크기로 등짐에 질 것.

"금밖에 없지. 후후."

송림은 등짐을 풀어 속에 있는 금괴를 모두 챙겼다. 그것을 두 개로 나누어 사강도와 나누어 졌다.

스무 명이 짊어지던 금괴를 두 사람이 짊어지니 부피가 상당했다. 그러나 두 사람의 움직임에는 아무런 제약이 없었다.

둘은 남은 짐에서 간단한 식량과 임해를 통과하는 데 필요할 만한 물품들도 챙겼다.

그리고 미련 없이 몸을 돌렸다.

두 사람은 천천히 걸음을 옮겼다.

철우와 종현 일행은 잔뜩 긴장한 채 그 모습을 지켜봤다.

그 둘이 몇 걸음을 움직였을까.

송림이 우뚝 멈춰 섰다.

철우와 종현의 신경이 바짝 곤두섰다.

"서희상단의 박종현 단주라고 했던가?"

송림의 물음에 종현은 답하지 않았다.

─혹여 천화국에서 우리를 찾는 숭무련의 사람을 보게 된다면… 기대해도 좋아. 서희상단이라는 곳과 관련된 사람들이 어떻게 될 것인지.

송림의 전음은 종현과 철우를 향한 강렬한 경고를 담고 있었다.

그리고 그 둘은 사라졌다.

털썩털썩!

그들의 모습이 사라지자마자 일꾼들은 너나 할 것 없이 땅바닥에 쓰러졌다.

철우와 종현도 바닥에 주저앉았다.

온몸의 기운이 쭉 빠졌다.

'젠장, 역시 송림이라는 것인가.'

그는 종현이 숭무련에 자신들의 행적을 알리는 것을 차단했다.

종현은 그의 경고를 어길 생각이 없었다. 다른 사람도 아니고 은살림의 송림이다. 그리고 림주도 함께 있었다.

그들이라면 자신들이 한 말을 지킬 능력이 충분했다.

송림도 그 사실을 알았기에 굳이 죽이지 않은 것이리라.

하지만 송림과 사강도는 몰랐다.

그들이 탈탈 털어먹고 살려준 상단주의 친우가 누구인지를.

"돌아들 갑시다."

얼마의 시간이 흘렀을까. 잔뜩 기운 빠진 목소리로 종현이 말했다. 상행을 시작한 지 이제 겨우 사흘 흘렀을 뿐이다.

그런데 이런 일이라니.

철우와 종현, 일꾼들은 송림과 사강도가 버려두고 간 자신들의 짐을 다시 주섬주섬 챙겼다. 간단한 의복과 숲을 지나는 데 필요한 물품과 건량 정도였지만 버릴 수는 없었다.

'자, 이제 어떻게 먹고산다?'

종현은 심사가 복잡했다.

상행 성공을 기다리고 있을 상단의 식구들을 생각하니 눈앞이 깜깜했다.

아버지와 총관의 말을 들어야 했다는 후회가 세상을 뒤덮었다.

종현 일행은 힘없이 왔던 길을 돌아가기 시작했다.

그러길 얼마 후 선두에 앞장서 걷던 종현이 걸음을 멈췄다. 행렬도 멈췄다.

종현은 생각났다는 듯 일꾼들에게 심각한 얼굴로 말했다.

"우리는 오늘 수십 명의 산적들에게 포위되어 가진 돈을 모두 빼앗긴 겁니다."

일꾼들의 입단속을 깜빡 잊었다는 것을 깨달은 종현이 무겁게 말했다.

일꾼들은 영문을 알 수 없었다.

어마어마하게 무서워 보이는 두 사람에게 강도를 당한 것인데 단주는 왜 수십 명이라고 할까.

"우리가 두 사람에게 강도를 당했다는 소문이 난다면… 저들은 우리를 찾아올 겁니다. 우리와 우리 가족을 죽이기 위해."

이어진 종현의 말에 일꾼들의 얼굴이 하얗게 질렸다.

흉신악살같이 무섭던 두 사람이 떠올랐다.

이미 얼굴이 어떻게 생겼는지도 기억나지 않았다. 그저 굉장히 무서운 흉신악살 둘이 떠올랐을 뿐이다. 일꾼들 각자의 상상에 따라 그들의 모습이 기괴하게 변했다.

끔찍했다.

"우리는 누구에게 강도를 당했다고요?"

"수십 명의 강도에게요!"

일꾼들이 겁에 질려 이구동성으로 말했다.

"얼굴이 기억이 납니까?"

"너무 많아서 기억이 안 납니다!"

"겁에 질려 있어서 뭐가 뭐였는지 하나도 모르겠습니다!"

여기저기서 터져 나오는 대답에 종현은 고개를 끄덕였다.

순박하고 착한 사람들이다.

이들이 살고 자신이 살려면 이렇게 해야 했다.

대체 남면에 어떻게 그런 산적이 있느냐는 중요하지 않았다. 사람들이 말도 안 된다고 캐물어도 상관없었다.

그들이 그 산적을 잡겠다고 남면에 들어가지 않을 건 너무나 뻔했기에.

자신들이 그렇다고 하면 그런 것이다.

혹여 두 사람이고 무서운 무림인이었다는 소문이 나서 숭무련의 사람들이 읍성에라도 나타나면 그게 더 큰일이었다.

재앙이다.

그런 재앙을 미연에 막는 일이다.

그렇게 남면을 지나 동면에 접어들면서도 종현은 몇 번이나 일꾼들에게 확인했다.

일꾼들은 차츰 종현의 행동에 암시가 걸려 실제로 그런 일을 당한 듯한 세뇌에 빠져들게 되었다.

*   *   *

마기의 자락을 쫓은 지 두 시진쯤 되었을까.

홍원은 마침내 마수와 조우할 수 있었다.

이마에 거대한 뿔이 돋아난 늑대였다. 털은 강철 침처럼 뾰족하고 날카로워 보였다.

얼핏 봐도 지난여름 본 붉은 털 원숭이보다는 강해 보였다.

하지만 상대하기 어렵지 않을 것 같다는 생각이 들었다. 이유는 알 수 없었다. 그냥 그렇게 저절로 알게 된 것뿐이다.

크르릉!

마수가 경계의 울음을 토해냈다.

마수도 느끼고 있는 것이다. 눈앞의 인간이 만만치 않은 적임을.

일인 일수는 그렇게 잠시간 대치했다. 마수는 홍원을 노려보며 날카로운 송곳니를 드러낸 채 움직이지 않았다.

빈틈을 노리는 것이다.

홍원은 가만히 그런 마수의 눈을 마주 보았다.

어떠한 기세도 없는 눈이다. 하지만 한없이 깊어 마수의 모든 것을 꿰뚫어 보고 있는 눈이다.

일각의 시간이 흐르는 동안 둘은 그렇게 대치만 하고 있었다. 먼저 지친 쪽은 마수였다.

크헝!

늑대 마수는 큰 울음을 토해내며 홍원을 향해 전광석화와 같이 달려들었다.

슬쩍.

홍원은 한 발을 옆으로 움직이는 것만으로 마수의 세찬 공격을 피해냈다. 홍원의 두 눈은 여전히 무심했다.

허공을 날아 땅에 발을 디딘 마수는 곧바로 몸을 돌려 다시 홍원에게 달려들었다. 이마 한가운데에 난 뿔이 새빨갛게 물들었다.

그 모습에 홍원의 눈에 이채가 살짝 어렸다.

"마기가 집중된다?"

처음 보는 현상이다.

원숭이에게는 저런 능력이 없었다. 과연 이 마수는 원숭이보다 더 강한 마수였다.

마음이 일자 내력이 일었다. 그렇게 홍원의 단전에서 온몸으로 뻗은 내력이 오른손에 모였다.

맹렬한 기세로 쏘아져 오는 마수의 뿔.

홍원은 오른손을 뻗어 마수의 뿔을 잡았다.

쾅!!

인간의 손과 짐승의 뿔이 부딪쳐서는 절대 날 수가 없는 굉음이 산을 울렸다.

그리고 강맹한 기세가 세찬 바람과 함께 주변으로 뻗어 나갔다.

크르릉!

마수의 울음소리와 함께 뿔은 점점 더 시뻘겋게 변해갔다.

극한의 온도로 달아오른 쇳덩이와 같이 변해갔다.

그러나 그 뿔을 잡고 있는 홍원의 얼굴은 변화가 없었다.

무슨 일이 있냐는 듯 평온한 신색을 유지하고 있었다. 하지만 몸속의 내력은 세차게 움직이고 있었다.

사흘간의 깨달음.

홍원은 이미 그전과는 차원이 다른 경지에 발을 내딛고 있었다.

'어떻게 한다.'

산록과의 일, 그리고 산인과의 만남.

그것이 홍원의 생각을 바꾸었다.

마수라고 해서 무조건 죽여야 할까. 저들이 나를 해하거나 내 가족을 해하는 것도 아니다.

그렇다고 읍성으로 내려올 수 있는 것도 아니다.

그저 이곳 저들의 터전에서 저들끼리 본능에 따라 살 뿐이다.

자신이 마수들을 사냥한다 해도 마혈(魔穴)이 있는 한 마수들은 계속해서 생긴다.

그렇게 홍원은 마음을 정했다.

"하지만 이건 신기하단 말이야."

홍원은 자신이 잡고 있는 마수의 뿔을 보았다.

순수한 호기심이 솟아올랐다.

홍원은 가만히 왼손을 들어 수도를 만들었다. 손끝에 빛이
어리기 시작했다.

시리도록 새파란 강기(罡氣).

너무나도 간단히 만들어진 수강(手罡)이 부드러운 궤적을 남
기며 가볍게 허공을 갈랐다.

서걱.

마수의 뿔이 너무나 간단히 잘렸다.

깨갱!

늑대 마수는 뿔이 잘리자마자 흔한 개가 된 듯한 소리를 내
며 껑충 물러났다.

마기가 확연히 줄어 있었다.

홍원은 자신이 오른손에 들고 있는 뿔을 보았다. 새빨갛게
변한 상태 그대로인 뿔.

마기가 넘실거리고 있었다.

마수의 모습도 변했다.

덩치가 제법 작아져 있다.

홍원이 자른 뿔이 마수의 힘의 근원인 듯했다.

다시 한번 마수를 쳐다보았다. 홍원의 눈빛을 받은 마수는

움찔하더니 곧바로 숲 속으로 사라졌다. 빠른 속도이다.

뿔을 잘려 힘이 상당히 약해졌으나 여전히 마수였다.

산록이 산혈로 갔다는 이야기를 떠올렸다.

"저 녀석은 마혈로 가려는 것인가?"

방금 사라진 마수의 기척이 곧장 마기가 가장 짙은 곳을 향하고 있었기에 홍원은 그렇게 생각하고 몸을 돌렸다.

상당한 기간을 생각하고 향산 북면에 들어왔건만, 너무도 손쉽게 원하던 것을 얻었다.

곧장 집으로 돌아갈까 하다가 고개를 저었다. 무엇 때문인지 사부가 남긴 천선의 비급을 다시 한번 보아야겠다는 생각이 들었기 때문이다.

홍원은 빠른 속도로 내달리기 시작했다. 어느새 산의 길에 들어서 있었다.

천선의 비급을 숨겨둔 곳으로 곧장 달렸다.

이곳은 여전히 조용했다.

홍원 말고는 도저히 찾을 수 없는 위치였기에. 홍원은 바위를 치우고 땅속의 상자를 꺼내 비급을 천천히 넘기기 시작했다.

이미 수백 번을 읽어 내용은 완벽히 암기하고 있었다.

꿈속에서의 경험을 합치면 이루 셀 수도 없었다.

그럼에도 다시 천천히 읽었다.

오늘따라 사부의 필체가 더욱 또렷이 눈에 들어왔다. 사부에 대한 그리움이 왈칵 홍원을 덮쳤다.

그래서 더욱 집중해서 비급 속으로 빠져들었다.

읽으면 읽을수록 기이한 감각이 홍원을 지배하기 시작했다.

분명 같은 내용을 읽고 있으나 같은 내용이 아니었다. 천선의 무공이 머릿속에 넓게 펼쳐졌다가 다시 차곡차곡 쌓였다. 그리고 형태가 변했다.

비급의 글자 속에 다른 글자들이 서서히 떠올랐다.

서서히 글자들이 하나로 합쳐졌다.

천선(天仙).

이윽고 거대한 단 두 개의 글자만 남았다.

그때 홍원은 비급의 마지막 장을 넘기고 정신을 차렸다.

"후아!"

온몸이 땀범벅이다.

정신을 차리고 보니 동쪽에서 여명이 이곳을 비추고 있었다.

"시간이 얼마나 흐른 거지?"

알 수 없었다. 얼마나 긴 시간 비급에 빠져 있었는지.

산인의 조언에서 기연을 얻었기에 비급의 또 다른 내용을 볼 수 있었다.

이전에는 아무리 곱씹어도 알 수 없던 것들.

홍원은 물끄러미 비급을 내려다보았다.

"아직도 무언가 더 남아 있는 것 같다. 끝이 없는 것 같아."

나직이 중얼거리며 홍원은 비급을 원래의 자리에 돌려놓았다.

그리고 창을 들어 천천히 움직였다.

부드럽고 강맹하게, 빠르고 느리게, 폭풍같이 세차고 봄바람처럼 따스하게.

갖가지 움직임이 쏟아져 나왔다.

그렇게 한 시진.

홍원은 천선을 창으로 모두 펼쳐 풀어놓았다.

입가에 미소가 감돌았다.

확신할 수 있었다.

이제 자신은 꿈속의 자신과는 완전히 다른 사람이었다.

꿈속에서는 절대 간 적도 없고 갈 수도 없던 길에 이제 홍원
자신은 발을 내디뎠다.

후련하고도 기뻤다.

이제야 온전한 자신을 찾은 것 같았다.

이제야 자신의 삶이 돌아온 것 같았다.

홍원은 읍성을 향해 걸음을 옮겼다.

"얼마나 지났나. 다들 걱정할 정도로 지났으면 안 되는
데⋯⋯."

그렇게 홍원은 큰 성취를 이루고 읍성으로 향했다.

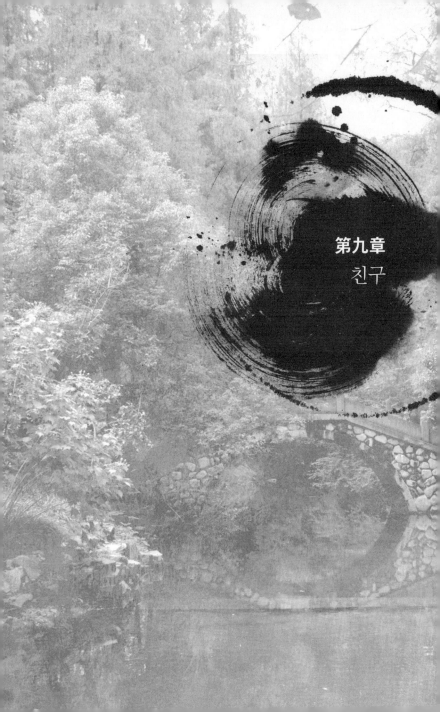

第九章
친구

　홍원이 읍성에 돌아온 것은 종현이 돌아오고 하루가 지난 후였다.

　그러니까 향산에서 대략 팔 일을 보낸 것이다.

　하지만 서문을 통해 읍성에 들어온 홍원은 아직 종현이 돌아온 것을 모르고 있었다. 그저 서문 경비를 맡은 병사에게 오늘 날짜를 듣고 자신이 얼마나 향산에 있었는지 셈했을 뿐이다.

　"다행히 집에서 큰 걱정은 않겠구나."

　홍원이 둘러멘 망태기에는 여러 가지 약초가 들어 있었다. 동면 초입에서는 쉽사리 발견되지 않는, 수령이 제법 된 약초들이다.

　어디까지나 자신은 약초를 캐기 위해 며칠간 깊숙한 곳으로 다녀왔으니 꼭 챙겨야 할 것이다.

덕분에 점심때가 좀 지나서 읍성에 들어온 것이다.

"배가 많이 고프네."

생각해 보니 홍원은 산록을 만난 이후 아무것도 먹지 않았다. 품에는 식량으로 가지고 간 육포가 있었지만 기연에 기연을 겪느라 미처 먹을 생각을 못한 것이다.

물론 배고픔을 느낄 겨를도 없었다.

읍성에 와서까지 육포를 먹고픈 생각은 없었다.

이미 점심때가 지난 무렵이라 바로 집으로 가서 배가 고프다고 하면 어머니께서 다시 식사 준비를 하실 터, 그렇게 하기는 싫었다.

홍원은 주막으로 향했다.

진구 녀석이 근무를 마친 후 늘 들러서 탁주 한 사발을 들이켜는 그곳으로.

'그리고 보면 그 녀석도 이제 장가를 가야 할 텐데.'

분가해 살면서 하루 한 끼는 꼭 주막에서 해결하는 진구를 떠올리자 절로 걱정이 되었다.

진구 역시 홍원을 보며 그런 걱정을 하는 것은 모른 채.

읍성에는 주막이 서너 곳 있지만 진구가 자주 가는 곳은 동문 쪽이다. 당연한 일이다. 진구가 근무하는 곳이 동문이니까.

주막 가까이 다다르자 홍원의 발걸음이 빨라졌다. 이상한 낌새를 느낀 것이다.

'분명 철우와 진구인데……'

철우와 진구가 함께 있음을 기감으로 알 수 있었지만 두 사람의 분위기가 좋지 않았다.

그러고 보면 이런 분위기까지는 느낄 수가 없었는데 이번 각성 후 많은 것이 달라졌다.

싸리문을 지나쳐 홍원은 주막으로 들어갔다.

그곳에는 얼큰하게 취해 있는 철우와 진구가 있었다.

"허⋯⋯."

이게 무슨 일인지 알 수가 없었다. 진구야 종종 보는 모습이라 그러려니 하지만 성실한 철우까지 저러고 있다니.

"왔냐?"

놀란 얼굴의 홍원을 슬쩍 본 진구가 살짝 풀린 눈으로 말했다.

"무슨 일이야?"

홍원이 두 사람이 앉은 평상에 걸터앉았다.

"크윽, 내가⋯ 친구를 폭삭 망하게 해버렸다."

탁주 한 사발을 벌컥벌컥 들이켠 철우가 울음 섞인 음성으로 말했다.

"그게 무슨 소리야? 너 종현이랑 상행에 함께 간 거 아니었어?"

홍원이 알기로 자신이 거절한 그 상행에 철우가 따라갔어야 한다. 그러면 철우는 지금 이곳에서 이런 모습으로 있으면 안 되었다.

지금 한창 향산 남면을 헤매고 있어야 할 녀석이 이곳에 있다니.

"설마 종현이 혼자 간 거냐?"

홍원은 아차 하는 심정으로 물었다. 자신이 거절해도 철우는 당연히 함께할 거라 생각했다. 그래서 철우는 무조건 종현을 따라갔을 것이라 생각한 것이다.

그런데 철우가 함께 가지 않을 수도 있었다.

누구에게나 각자의 사정이란 것이 있으니까.

홍원의 물음에 철우가 고개를 절레절레 흔들었다.

"함께 갔지. 그리고 함께 왔고. 후우!"

대답은 진구가 했다.

당최 알 수 없는 일이다. 이 녀석들이 왜 이러는지. 속 시원하게 그냥 말해줬으면 좋겠단 생각만 가득했다.

평소 말 많은 주모도 이 둘의 분위기 때문인지 근처에도 오지 않는다. 홍원이 왔을 때 사발 하나와 수저만 챙겨주고 부리나케 부뚜막으로 가버렸다.

그러고 보니 평상 주변으로 사람들이 없었다. 다들 멀찍이 떨어져 있다. 평상에서 식사를 하기에는 추운 겨울이기는 하나 다른 평상에 드문드문 앉아 있는 사람들을 보니 왠지 분위기가 썰렁했다.

분명 무슨 사달이 난 것이다. 그것도 종현과 관련된.

'그러고 보니⋯⋯.'

철우의 한탄이 머리를 스쳤다. 친구를 망하게 했다고 했다.

"종현이 녀석한테 무슨 일이 생긴 거냐?"

홍원의 물음에 진구가 탁주를 들이켰다. 그리고 천천히 이야기를 시작했다. 자신이 전날 철우에게서 들은 이야기이다.

진구의 이야기를 들을수록 홍원의 얼굴이 딱딱하게 굳어갔다.

은살림에 관한 이야기를 할 때 진구는 주변을 두 번, 세 번 살피며 굉장히 작은 목소리로 속삭이듯 말했다.

읍성에는 서희상단이 향산 남면에서 산적에게 당해 망하기 직전의 상황이라고 소문이 났을 뿐이다. 산적이 누구인지에 대해서는 아무것도 알려지지 않았다.

종현이 송림의 경고를 잘 지킨 것이다.

그 사실을 아는 이는 종현과 철우, 그리고 진구가 전부였다.

이제 거기에 홍원도 알게 되었다.

"그 녀석, 지금도 남은 가산 정리 중이다. 상단 일꾼들한테 조금이라도 더 챙겨주려고. 상행 떠날 때 거의 정리해서 금괴로 바꿔간 터라 남은 거라고는 집이랑 상단 건물이 전부다. 그걸 급하게 팔고 있어."

집과 상단 건물이라 해봐야 아주 작았다.

그걸 처분한다고 얼마나 나올까.

종현이 아버지께 물려받은 집과 상단 건물이지만 이제 그마저도 곧 없어질 처지이다.

벌컥벌컥.

홍원은 사발에 탁주를 들이 붓고는 곧바로 들이켰다. 그의 얼굴이 울화로 가득 찼다. 허기 따위는 사라진 지 오래였다.

"부인이랑 애들은 어쩌려고……. 에이씨! 부모님은 또 어쩌고. 씨발!"

진구가 인상을 쓰며 욕설을 내뱉었다.

종현은 그들 다섯 친구 중 유일하게 혼인을 했다. 그리고 아이까지 둘 있었다. 어여쁜 딸과 얼마 전 태어난 귀여운 아들.

종현이 무리해서 남면 행을 강행한 것도 모두 가족을 위해서였다. 지난가을 아버지가 은퇴하며 상단주가 된 종현이다. 조금이라도 더 빨리 상단을 키우고 안정시키기 위해서 무리를 한 것이다.

집까지 모두 팔아버리면 그들은 그야말로 거리로 나앉게 된다.

철우는 그저 묵묵히 술을 들이켤 뿐이다.

공기는 점점 더 무겁게 그들을 짓눌렀다.

홍원은 화가 뻗치고 또 뻗쳤다.

그 화는 자기 자신을 향한 화였다.

그깟 무공이 무에 그리 대단하고 급한 거라고 친구의 부탁을 거절했을까.

스스로에게 울화가 치밀고 분노가 솟구쳤다.

주먹을 꽉 쥐자 손톱이 살을 파고들어 갔다.

'그들을 죽이고 몸을 숨겼어야 했나?'

빠르게 아무런 흔적도 없이 사라지는 것이 우선이었다. 그랬기에 그들을 놔두었다.

홍원은 그때 그런 선택을 한 과거의 자신에게마저 화가 솟구쳤다.

"크크, 그래도 살았으니까 어떻게든 할 수 있겠지. 우리가 있으니까."

그때 진구가 중얼거렸다.

홍원은 그 말에 정신이 번쩍 들었다.

그렇다.

자신의 친우 종현은 멀쩡히 살아 있다.

비록 앞으로 어디서 어떻게 살아야 할지 막막한 처지가 되었지만 살아 있었다.

언제든 자신이 만날 수 있었다.

죽지 않고 살아 있어줘서 너무나 고마웠다.

진구의 말대로 어떻게든 될 테니까.

'그런데 그들이 어떻게……?'

종현이 살아 있다는 사실에 흥분을 가라앉히고 냉정을 되찾자 문득 궁금했다.

림주와 송림이라면 깔끔하게 종현 일행을 죽이고 재물을 가지고 갔을 터이다.

철우와 진구의 말대로라면 그들답지 않은 행동이다.

홍원은 자신의 의문에 대해 깊게 생각할 수 없었다. 종현의 기척을 느낀 때문이다.

무거운 발걸음으로 천천히 이곳을 향해 오고 있었다. 기척만으로도 그가 얼마나 큰 상심을 짊어지고 있는지 알 수 있었다.

"역시나 여기 있었군."

잠시 후 종현이 싸리문을 지나치며 말했다. 진구와 철우의 시선이 종현을 향했다.

"홍원이 너, 돌아왔구나. 보아하니 향산에서 바로 이리로 온 모양이네."

평상 아래 아무렇게나 놓인 망태기를 힐끗 본 종현이다.

"그런 건 아무래도 상관없잖아."

홍원의 말투가 절로 퉁명스러워졌다.

"녀석."

홍원의 대꾸에 종현이 피식 웃는다. 그러고는 홍원의 맞은편에 털썩 주저앉았다.

"제수씨랑 애들은?"

진구가 종현을 돌아보며 물었다.

"객잔에. 다행히 빨리 정리가 돼서 일꾼들 다 줘어 내보내고 객잔에 데려다 놨지. 부모님도 같은 객잔에 모시고."

그사이 탁주를 한 모금 마시는 종현이다.

"너무 빠른데?"

홍원이 의아한 듯 물었다.

아무리 작은 상가와 집이지만 읍성은 작은 성이다. 헐값에 급매로 내놨다 해도 너무 빨리 정리되었다.

"소문이 빠르더라. 내가 쫄딱 망했다는 소문이 언제 성현성까지 났는지 성현상단 도 영감이 사람을 보냈더라고."

종현이 툴툴거리며 말했다. 그사이 탁주가 한 모금 더 넘어간다.

성현상단.

읍성의 동쪽에 있는, 성현성에서 가장 큰 상단이다. 향산의 특산물 거래로 기반을 다졌으며 읍성의 상인들이 가장 많은 거래를 하는 상단이다. 상단주인 도연각은 그리 좋은 평을 듣는 인물이 못 되었다. 상단 역시 마찬가지였다.

그런 도 영감이 종현에게 사람을 보냈으면 가뜩이나 헐값에 처분하려던 물건들을 더욱 후려쳤을 것이다.

"남은 것도 없겠구만."

그런 사정을 다 안다는 듯 진구가 말했다. 그 말에 종현은 그저 쓴웃음을 지을 뿐이다.

탁주 한 모금이 또 넘어간다. 이번에는 연거푸 넘어간다.

"식구들 객잔에 한 열흘 정도 머무를 만큼은 남았어."

종현의 말이 이어질수록 철우의 머리는 아래로 떨어졌다. 철우의 잔이 움직이는 속도가 더욱 빨라지고 점점 눈이 풀려간다.

종현이 그런 철우를 지그시 바라보았다.

"적당히 해라. 너 때문에 그런 거 아니니까. 전부 나 때문이다. 내가 과한 욕심을 부려서 이렇게 된 거야. 어차피 굉장히 위험한 상행이었다. 난 거기에 건곤일척의 승부를 건 거고. 진 거야. 그뿐이다."

종현의 말에도 철우는 요지부동이다.

세 사람의 시선이 철우를 향해 있다. 그중 가장 먼저 시선을 돌린 것은 홍원이었다.

"놔둬라."

홍원의 말에 어쩔 수 없다는 듯 종현과 진구가 시선을 돌렸다.

주변에서 아무리 뭐라 해도 스스로가 용납하지 못하면 극복하기 힘든 일이 있다.

철우에게는 이번 일이 그런 일이었다.

"그럼 앞으로 어떻게 할 거야?"

홍원의 말에 종현이 멍하니 하늘을 올려다보았다.

"글쎄. 차차 생각해 봐야지. 시간은 별로 없지만."

그런 종현을 홍원과 진구는 가만히 바라보고만 있었다.

"도 영감이 보낸 사람이 그 말도 하더라. 성현상단에서 일해볼 생각 없냐고. 도 영감이 시킨 거겠지. 뭐, 정 방법이 없으면 그렇게라도 해야지."

그다지 평이 좋은 상단이 아니다. 게다가 종현의 사정을 뻔히 알고 있으니 아주 골수까지 빼먹으려 들 게 뻔했다.

그런 곳에서 일하게 둘 수는 없었다.

종현을 보는 홍원의 가슴속에서 다시금 분노가 일었다. 이번 분노의 대상은 림주와 송림이었다.

당장에라도 그 둘을 찾아가 박살을 내고 싶었다.

하지만 그럴 수는 없었다.

그들을 찾는 것보다 당장 종현의 현재 상황을 조금이나마 해결하는 것이 먼저였다.

종현을 도와주는 방법은 쉬웠다. 바닥에 아무렇게나 던져둔 망태기만 종현에게 줘도 된다.

그 안에는 홍원이 북면과 동면에서 캐 온 약초가 있었다. 전부 수령이 제법 되는 녀석들이라 이것만 해도 가치가 상당할 것이다.

하지만 홍원은 그럴 수가 없었다.

종현이 절대 받지 않을 것임을 알기 때문이다. 종현은 그런 녀석이었다.

"일단 부모님이랑 제수씨, 애들이 있을 곳부터 마련하는 게 먼저네. 언제까지 객잔에 있을 수는 없잖아."

홍원이 술잔을 내려놓고 말했다.

진구도 어느새 술 마시는 것을 멈췄다.

"사글세방이라도 알아보는 게 어때?"

진구가 말했다.

"돈 없다."

종현이 짤막하게 답했다.

"네 녀석 입에서 돈 없다는 소리도 들어보는구나."

진구가 피식 웃으며 농을 던졌다. 분위기에 맞지 않는 농임을 알지만 이렇게라도 웃고 싶었다.

아니, 이 일이 아무것도 아니라는 듯, 곧 괜찮아질 거라는 듯 그런 희망으로 그렇게 말하고 싶은 마음이 더 컸다.

"얼마냐?"

홍원이 종현에게 물었다.

"일없다."

예상한 대로의 대답이 종현의 입에서 나왔다.

"그거 말고."

돌아온 홍원의 말에 종현이 고개를 갸웃거렸다.

"나 없는 동안 네가 우리 집에 도와준 거, 우리 아버지 장례 치른 거, 묏자리 만드느라 든 비용 얼마냐고."

예상하지 못한 홍원의 말에 종현은 잠시 아무 말도 하지 못했다. 하지만 금세 홍원이 원하는 대답을 내놓았다.

"은자 스무 냥쯤 되려나."

식솔이 네 명인 가족의 한 달 생활비가 은자로 두 냥쯤 든다. 종현이 지난 세월 도와준 게 결코 적지 않았다.

진구가 종현이 제일 많이 도왔다고 한 말 그대로였다.

"내일까지 주마."

*　　　　*　　　　*

그간 약초를 팔아 모은 돈이 제법 되었다. 그 정도는 여력이 있었다.

홍원의 말에 종현은 거절하지 못했다. 명분이 없는 것이다.

자신은 도와준 것이지 빌려준 것이 아니라고 거절하면 홍원이 역시 도와주겠다고 할 것이다.

종현은 어떻게 해도 자신이 홍원에게서 은자 스무 냥을 받을 수밖에 없는 상황임을 알았다.

진구는 과연 하는 얼굴로 홍원을 바라보았다.

"사글세방 찾는 거라면 내가 도와주지. 네놈도 읍성 바닥 자세히 알겠지만 사글세 같은 건 내가 더 빠삭할 거야."

진구가 부리나케 평상에서 일어나며 종현의 팔을 잡아챘다. 그러고는 종현을 끌고 휘적휘적 걸어갔다.

평상에는 이제 홍원과 철우 둘만 남았다.

"한심하지?"

문득 철우가 홍원에게 물었다.

"전혀. 나라도 똑같았을 거다. 난 그저 두 사람 모두 무사히 돌아왔다는 데 감사한다."

물론 림주와 송림은 대가를 치를 것이다.

홍원의 대답에 처음으로 철우가 고개를 들었다. 그리고 홍원을 바라보았다.

"도와줘라. 다음에 저 녀석이 또 남면을 가로지르겠다고 할 때. 아저씨께 길 보는 법을 배운 너라면 이번의 나처럼 어설프게 가지는 않을 테니까."

철우는 어렴풋이나마 산의 길에 대해 아는 듯했다.

홍원은 작게 고개를 끄덕였다. 홍원의 대답을 들은 철우는 자신들이 마신 것을 셈하곤 휘적휘적 주막을 떠났다.

홍원도 천천히 집으로 향했다.

집 앞에 백린이 나와 있다. 녀석이라면 아마 자신이 읍성에 들어온 순간부터 냄새로 그 사실을 알았을 것이다.

백린의 곁에는 홍해가 서 있다.

"어서 오세요, 오라버니!"

홍해의 얼굴에는 반가움이 가득했다. 그도 그럴 것이 홍원이 집을 비운 지 조금 있으면 열흘째였다. 이제는 완전히 집안의 가장이 된 홍원의 귀가는 그렇게 반가운 일이었다.

"잘 지내고 있었지?"

홍원은 웃으며 홍해의 머리를 쓰다듬었다.

점심 조금 지난 무렵 읍성에 들어왔는데 어느새 학관을 마친 홍해가 귀가해 있으니 주막에서 상당한 시간을 보낸 것이다.

"네! 그런데 술 드신 거예요?"

밝은 얼굴로 대답하던 홍해가 홍원의 몸에서 나는 술 냄새에 얼굴을 찡그리며 물었다.

홍원은 쓴웃음을 지으며 고개를 끄덕였다.

"친구들이랑 잠깐."

"어서 들어가세요. 좀 씻고요. 헤헤."

홍해가 집 안으로 홍원의 손을 잡아끌었다. 열 살배기 여자 아이의 작은 손이 이끄는 대로 홍원은 집 안으로 들어갔다.

홍원은 곧장 집 뒤의 우물가로 갔다.

집 안의 우물이라니 사치스러운 일이다. 지난가을 홍원이 칠 주야간 공을 들여 판 우물이다. 다행히 집 뒤쪽으로 지나가는 수맥이 있었기에 가능했다.

추운 겨울 얼음보다 시린 우물물이었으나 홍원은 개의치 않고 몸을 씻었다. 그간 산속에서 쌓인 먼지와 근심이 씻겨 나가는 기분이다. 단지 기분일 뿐이지만.

뜨거운 몸에 차가운 물이 닿자 금세 온몸에 김이 피어오른다.

홍해는 한편에 엎드려 있는 백린의 등에 앉아 그 모습을 지켜보고 있었다.

언제 보아도 신기한 오라버니이다. 무엇이든 척척 해내는 초인과도 같은 오라버니. 이 추운 겨울날 덥히지도 않은 저 차가운 물로 아무렇지도 않게 씻을 수 있다니.

'아버지가 저러셨을까?'

얼굴도 기억나지 않는, 그저 어머니께 말로만 들은 아버지를 오라버니를 통해 상상하는 홍해이다.

홍원이 몸을 모두 씻은 듯하자 백린이 몸을 일으켜 홍원에게로 다가갔다. 홍해가 가지고 있던 면포 수건을 내밀었다.

"고맙다."

홍원은 싱긋 웃으며 수건을 받아 들고 몸의 물기를 닦아냈다. 내공 한번 일으키면 모두 날려 버릴 수 있는 물이지만 지금 그럴 수는 없었다.

"백린이 정말 똑똑하네. 어떻게 오라버니가 다 씻은 줄 알고 그렇게 딱 가는 거야?"

그 덕에 홍해는 백린의 등에서 내려올 필요가 없었다.

홍해의 칭찬을 알아들었다는 듯 백린이 한껏 의기양양해져 고개를 쳐들었다.

그 모습에 홍원은 피식 웃음 지었다.

오늘 저녁 식사는 모처럼 화기애애했다.

며칠 만에 온 가족이 모인 식사였기 때문이다.

가족들과 둘러앉고 나서야 홍원은 종현 때문에 잊은 허기를 다시금 느꼈다.

그러고는 많이 먹었다.

그 모습에 어머니가 홍원을 걱정 어린 눈으로 바라보았다. 가족 때문에 산속을 뒤지고 다니느라 밥도 제대로 못 먹고 다니는 걸로 보인 것이다.

"오랜만에 먹는 어머니 음식이 너무 맛있어서 그런 거니 그런 눈으로 보지 마세요."

홍원은 어머니의 걱정을 안다는 듯 미소 지으며 말했다. 그 와중에도 젓가락을 열심히 움직이고 있었다.

아들의 마음씀씀이에 어머니는 고개를 끄덕일 수밖에 없었다.

"항시 몸조심해라. 그게 제일 먼저야."

어머니는 다시 한번 당부하듯 말했다.

"네."

홍원의 대답에도 어머니의 얼굴 한곳에 자리한 아들에 대한 걱정은 사라지지 않았다.

홍원은 안다.

자신이 무엇을 하더라도 저 걱정은 사라지지 않을 것이라는 것을. 어머니이기에, 그리고 자신은 그 아들이기에 어머니는 항상 자신을 걱정할 것이라는 것을.

당신 자신에 대한 것보다 자신과 홍산, 홍해에 대한 걱정이 더 가득할 거라는 것을 홍원은 너무나 잘 알고 있었다.

자정을 향해 가는 깊은 밤.

한겨울의 밤, 추위는 더욱 시렸고 뼛속을 휘도는 한기는 절로 온몸을 떨게 만들었다.

홍원은 집 앞의 기척을 느끼고 두 눈을 떴다.

종현이다.

깊은 밤에 자신을 찾아왔으나 불이 모두 꺼져 있어 집 앞에서 어쩔 줄을 몰라 하는 기색이다.

금세 나가서 만날 수도 있었지만, 그러면 너무 공교로웠다.

친구가 추위에 떠는 것이 마음에 걸렸지만 홍원은 일각 정도 그렇게 누워 있었다.

일각도 안 되어 돌아간다면 그리 중요한 용무가 아니리라.

역시 종현은 홍원의 집 싸리문 앞을 계속 서성거렸다.

홍원은 천천히 몸을 일으켰다. 측간에 가는 양으로 방문을 열고 밖으로 나섰다.

*   *   *

싸리문 밖의 종현이 보인다.

"응?"

홍원은 짐짓 종현을 발견하고 놀란 얼굴을 했다.

"어어."

종현이 손을 들어 인사했다.

다행히 달이 밝은 밤이라 얼굴은 쉬이 보였다.

"잠깐만."

홍원은 손을 살짝 들어주고는 측간으로 향했다. 측간에 가는 척 나왔으니 들러야 했다. 온 김에 살짝 볼일도 해결했다.

"내가 측간 가려고 나오지 않았음 어쩔 뻔했어?"

홍원이 종현에게 다가가 말했다.

"글쎄다. 거기까진 생각을 안 했네. 한 번은 나오지 않을까 하는 생각만 가지고 왔지."

종현이 머리를 긁적이며 대답했다.

고요한 밤에 두 사람의 목소리만 낮게 울린다.

"무슨 일이야?"

홍원의 물음에 종현이 홍원의 손을 잡아끌었다.

"이곳에서 할 이야기는 아니고, 좀 걷자."

"아서. 순찰 도는 병사라도 마주치면 좋은 소리 못 듣는다."

깊은 밤이다. 건장한 남자 둘이 서성이면 누가 봐도 수상했다.

"일단 객잔으로 가서 이야기하자."

종현이 앞장서 걸었다.

홍원은 묵묵히 뒤를 따랐다. 종현은 그사이 많은 생각을 한 듯 걷는 걸음마다 힘이 있었다.

낮의 모습과는 달랐다.

객잔에서 간단한 안주와 화주 한 병을 놓고 마주 앉았다.

깊은 밤이라 술꾼 한둘 말고는 손님이 없었다. 두 사람은 구석에 앉아 낮은 목소리로 대화를 나누었다.

"진구 녀석이랑 이야기 많이 했다."

사글세라도 알아보자며 종현을 끌고 간 다음의 일인 듯하다.

"도움을 줄 때도 있으면 받을 때도 있는 거라고. 홋."

종현은 화주 한 잔을 털어 넣었다.

"맞는 말이지. 나도 너희 덕에 지금 이렇게 지내는 거니까. 나 떠나 있는 동안 너희가 없었으면 어땠을지… 상상도 하기 싫다. 그 고마움은 어떻게도 표현할 수가 없어."

홍원은 화주를 천천히 넘기며 읊조리듯 말했다.

현재 홍원의 말은 한 치의 거짓도 없었다.

친구들이 있었기에 자신이 돌아올 때까지 어머니가 살아 계실 수 있었다.

친구들 덕에 천추의 한이 될 일을 겪지 않아도 되었다.

꿈에서는 그러지 못한 것을. 그런 친구들에 대한 고마움은 어떻게 해도 갚을 길이 없었다. 그것이 홍원의 마음이었다.

"난……."

종현이 잠시 말을 멈췄다.

"도움을 받는 데 서투른 건지도 몰라."

자조 섞인 목소리다.

"철우 녀석에게 도와달라 했을 때도… 대가를 지불한 거래라는 생각이 머릿속 한편에 있었다."

"철우는 그렇지 않았을 거다."

홍원의 말에 종현이 고개를 끄덕였다.

"순수한 호의였을 거야. 친구니까 돕겠다는. 그래서 지금 나한테 더 미안해하는 걸 테고. 사실은 내가 미안해해야 하는데……."

"네가 나 없는 동안 우리 식구들을 도와준 게 거래였다고는 생각하지 않는다. 순수한 호의였을 거다. 네가 그렇게 베풀 수 있으면 다른 사람도 너에게 그럴 수 있어."

홍원의 말에 종현은 쓴웃음을 지었다.

"그렇지. 그런데 내가 뭐 그리 잘났다고… 받는다는 생각을 못 하고 살았는지."

종현의 자조에 홍원은 화주 한잔을 들이켰다.

"너무 엄격해서 그래. 네 자신에게. 넌 어릴 때부터 그랬으니까. 어깨에 힘을 좀 빼도 된다. 친구잖아."

홍원의 말에 종현은 묵묵히 고개를 끄덕였다.

"고맙다."

종현이 짧게 말했다.

"내가 고맙다."

홍원은 무심히 대꾸했다.

"그래서 날 찾아온 용건은?"

"도와주라."

홍원의 물음에 종현이 짤막하게 말했다. 홍원이 기다리던 말이다.

"그래."

홍원은 짧게, 대수롭지 않게 대답했다.

종현이 고개를 살짝 들었다. 이렇게 선선히 대답이 나올 거라고는 생각하지 못한 모양이다.

"왜 그런 얼굴이야? 이야기했잖아. 너희에 대한 고마움은 어떻게도 표현할 수가 없다고. 당연히 도와줘야지."

"무슨 일인지 듣지도 않고?"

"설마 죽으라는 건 아니지?"

"절대 아니지."

좀 과하다 싶은 종현의 대답에 홍원은 피식 웃었다.

"그럼 됐어. 뭐든 도와줄게."

홍원의 웃는 얼굴을 보며 종현의 눈가가 살짝 붉어졌다.

"어서 말해봐."

혹여 눈물이라도 흘릴까 홍원은 종현이 감상에 더 젖어들기 전에 황급히 이야기를 이어나갔다.

"나는 어쩔 수 없는 상인인 것 같다."

종현이 나직한 소리로 말했다.

"다시 가야겠어. 천화국으로."

홍원은 작게 고개를 끄덕였다.

"그런데 그러자면 자본도 없고 일꾼도 구할 여력도, 길잡이도 없다."

당연한 이야기다.

"철우 녀석이 돌아오는 길에 자책하듯이 그랬어. 아저씨였다면 그놈들 만나지도 않았을 거라고. 그놈들이 절대 알 수 없는 길로 갔을 거라고 그러더라."

철우도 숲의 길에 대한 것을 조금은 알고 있는 듯했다.

"그러면서 어쩌면 너라면 그 길을 알지도 모른다고… 그러면서 돌아왔지."

홍원은 고개를 끄덕였다.

"알았어. 길잡이도, 짐꾼도 내가 하지. 그리고 자본은… 얼마나 마련할 수 있을지 모르겠다만 할 수 있는 데까지 해보자."

홍원의 대답은 너무나도 시원하고 간단했다.

종현은 아무 말도 못 하고 멍하니 홍원을 바라보고 있을 뿐이다. 그로서는 얼마나 고민에 고민을 하며 꺼낸 이야기일까. 한데 홍원은 그런 고민의 시간을 너무나 우습게 만들면서 흔쾌히 대답해 주었다.

갑자기 그 시간이 무언가 싶기도 했다.

이 추운 밤, 왜 홍원의 집 앞을 그리도 서성였는가 싶기도 했다.

"그럼 내일 다시 보자. 이것저것 준비할 것도 있으니."

홍원은 먹은 것의 셈을 치르고 먼저 객잔을 나섰다.

종현은 멍하니 그 모습을 보고만 있었다.

"허, 이것 참, 이게 당최 뭔지… 저 빌어먹을 녀석……."

나직이 중얼거리는 종현.

작은 눈물방울이 뺨을 타고 흘러내리고 있다.

『홍원』 2권에 계속…

초대형 24시 만화방

신간 100%, 샤워실, 흡연실, 수면실(침대석), 커플석, 세탁기 완비

■ 시흥 정왕25시점 ■

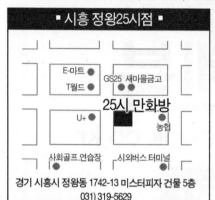

경기 시흥시 정왕동 1742-13 미스터피자 건물 5층
031) 319-5629

■ 강북 노원역점 ■

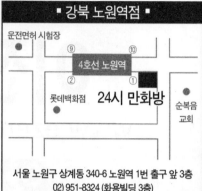

서울 노원구 상계동 340-6 노원역 1번 출구 앞 3층
02) 951-8324 (화용빌딩 3층)

■ 일산 정발산역점 ■

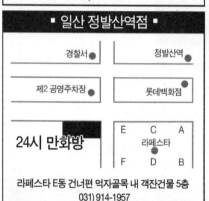

라페스타 E동 건너편 먹자골목 내 객잔건물 5층
031) 914-1957

■ 일산 화정역점 ■

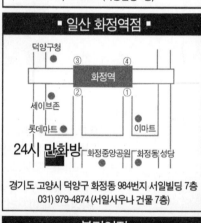

경기도 고양시 덕양구 화정동 984번지 서일빌딩 7층
031) 979-4874 (서일사우나 건물 7층)

■ 부천 역곡역점 ■

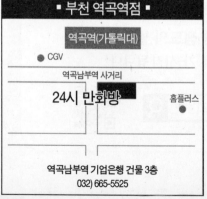

역곡남부역 기업은행 건물 3층
032) 665-5525

■ 부평역점 ■

(구)진선미 예식장 뒤 한신포차 건물 10층
032) 522-2871

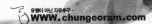

Book Publishing CHUNGEORAM

유행이 아닌 자유추구 ─
WWW.chungeoram.com

이모탈 퓨전 판타지 소설
FUSION FANTASTIC STORY

용병들의 대지
Road of Mercenaries

이 세계엔 3개의 성역이 존재한다.
기사들의 성역, 에퀘스.
마법사들의 성역, 바벨의 탑.
그리고… 그들의 끊임없는 견제 속에 탄생하지 못한

『용병들의 대지』

전쟁터의 가장 밑을 뒹굴던 하급 용병 아론은
이차원의 자신을 살해하고 최강을 노릴 힘을 가지게 된다.

그의 앞으로 찾아온 새로운 인생!
아론은 전설로만 전해지던
용병들의 대지를 실현시킬 수 있을 것인가!

Book Publishing CHUNGEORAM

투신
강태산

박선우 장편소설

FUSION FANTASTIC STORY

무림을 휩쓸던 '야차(夜叉)'가 돌아왔다.

『투신 강태산』

여행사 다니는 따뜻한 하숙생 오빠이자
국가위기 특수대응팀 '청룡'의 수장.
그리고 종합격투기계를 휩쓸어 버린 절대강자.
전 세계를 무대로 펼쳐지는 투신 강태산의 현대 종횡기!!

"나는, 나와 대한민국의 적을, 철저하게 부숴 버릴 것이다."

서러웠던 대한민국은 잊어라!
국민을 사랑하는 대통령과 절대강자 투신이 만들어 나가는
새로운 대한민국이 펼쳐진다!!